扛住

倒下，还能站起来

赵凯／著

華文出版社
SINO-CULTURE PRESS

图书在版编目（CIP）数据

扛住 / 赵凯著. — 北京 : 华文出版社, 2025. 3.
ISBN 978-7-5075-6112-8

Ⅰ. I25

中国国家版本馆CIP数据核字第2025EF5683号

扛住

著　　者：赵　凯
责任编辑：胡慧华
出版发行：华文出版社
社　　址：北京市西城区广外大街 305 号 8 区 2 号楼
邮政编码：100055
网　　址：http://www.hwcbs.cn
电　　话：总 编 室 010—58336239　发 行 部 010—58336212
责任编辑 010—58336197
经　　销：新华书店
印　　刷：三河市人民印务有限公司
开　　本：710mm × 1000mm　1/16
印　　张：14.75
字　　数：224 千字
版　　次：2025 年 3 月第 1 版
印　　次：2025 年 3 月第 1 次印刷
标准书号：ISBN 978—7—5075—6112—8
定　　价：78.00 元

目 录

序

一滴水完全可以折射太阳的光芒

梁鸿鹰

文学从来不嫌贫爱富，文学青睐的是人生的酸甜苦辣，仰慕的是对自己的执着坚守与仰望。在这个问题上，古往今来、王子与贫儿，从来都是平等的，在圣洁的文学祭坛面前，高低贵贱，都要看一个人的努力与付出。赵凯就是个一滴水折射太阳的生动例证。

赵凯用自己的写作，用自己对文学的那份痴迷放弃了很多、收获了很多。当然，这些收获付出的是灵魂的深切托付、是体力的奋力搏斗、是与时间的昂扬赛跑。他与文学在一起的日日夜夜让他彻底忘记了身体的病痛，他以乐观的心态看待家境的窘迫、肢体的伤痛，但对生活的希望从来未曾熄灭。

所有这一切的开端是热爱——赵凯对文学的热爱用他自己的话来说，“是与生俱来的”。上帝狠狠地咬了他身体一口，但又牢牢地把文学种在了他的心里。而自从有了这份热爱，他就有了目标、乐趣、动力与幸福。他没有放弃过，也不可能放弃；他没有远离过，也不会远离——无论遇到多大的困难。“要对得起自己遇到的苦难”，这是幸福的人们永远不会想到的啊！幸福的人总是相似的，而不幸福的人却可能有种种人们难以想象的不同，病痛的折磨、生活的考验，对赵凯而言从来都是痴迷于文学的动力，对文学的虔诚，才是他的宗教。

他对文学是多么的痴迷啊！看着他细致的回顾，我的吃惊实在不小——十四、五岁开始投稿，经历长期默默的写作、投稿、失望、写作、投稿的轮回。对一个没有受过多少正规教育的人来说，文学的启蒙带给人的，最可能是两个不同的方向，一种是由歪作品引向的歪路子，一种是好作品通往的正路子。赵凯接受的文学熏陶是优良的，他至今对在20世纪80年代刊物上登载过的作品如数家珍——赵本夫的《卖驴》、孟伟哉的《一座雕像的诞生》、陕西作家王箻的农村题材短篇小说，借来的《红与黑》、《呼啸山庄》，广播里的《穆斯林的葬礼》、《平凡的世界》、《白鹿原》，所有这些确实能够带领着他一探文学之幽径，也能够升腾他的文学梦想。

如果说当我读到他的《马说》的时候，我只是为他的想法，他的叙事能力、结构作品的能力有了一些好感的话，这次读到这本心灵自述之书，读到这样一些段落，我对他在文学上自信的敬意更为深重了：

“人不是玻璃，不是水，不是晶体，不是镜面的金属，不具有折射阳光的特性。但，我要说，我是特殊的人，具有折射阳光的品质。这样说时，我就感觉自己身心像是透明的，阳光穿透我的肌体，我的骨骼血肉都通亮了。有一些光，我留在体内，营养身心，还有一些光，我折射了回去，让一些处在角落阴影里的人也感受到光亮，是我这病残生命最大的愿望。”

这是让人肃然起敬的倾诉，这里面有力量、有阳光、有温度。他战胜了那么多、那么多，病瘫十八年后重新站起来，实现了生命的奇迹，在思念、哀痛、跋涉之外，他登上了泰山，“站在泰山极顶，我心里还有一座泰山！”

我相信他不会停止自己的攀登。

深深地祝福赵凯。

2014年1月21日北京东土城

梁鸿鹰：著名文学评论家，中国作协创研部主任，中国作协全委会委员，中国图书评论学会常务理事。出版文学评论集《守望文学的天空》、《文学：向着无尽的可能》，出版译作《圣经中的犹太行迹——圣经文学导论》、《阿西莫夫诠释人类万年》、《致命的冒险》等。

序

从阴霾满天到阳光灿烂

何启治

想和读者讲一讲残疾人作家赵凯的人生故事，脑子里也浮现出另一位残疾人作家贺绪林的形象。

20世纪80年代初，我在《当代》杂志分工管西北地区。老编辑龙世辉把他在来稿中发现的有点基础的稿件转给我，其中就有残疾人贺绪林的日记体中篇小说。为了去看望贺绪林，我从咸阳下车，辗转走过乡间尘土飞扬的土路，终于找到了瘫卧在床上的他。1983年的《当代》增刊“新人新作专号”上，贺绪林发表了歌赞善良人性和顽强奋斗精神的中篇小说《生命之树长绿——一个残疾者的住院日记》，随后他用稿费买了轮椅走出了家门。不久，他便被陕西省作协分会吸收为会员。几年前，他又把一部相当不错的长篇小说《昨夜风雨》寄给我，那叙事的生动流畅和文笔的老到成熟真让我惊喜。后来，人民文学出版社出版了这部小说，贺绪林终于登上了创作人生的又一个新台阶。

无独有偶。大约在1994年，我就陆续收到辽宁省沈阳市辽中县残疾青年赵凯的来稿和来信。他是从有关《白鹿原》和《古船》的文章中知道我的，来信中详述生活的艰辛和创作的艰难。他生于1970年，九岁患类风湿病，十八岁时瘫痪在床，颈椎、腰椎和双髋关节全部“锈死”，身躯僵直成了板状人。在巨大无边的厄运里仿佛看不到人生的出路。幸运的是上天赋予了他对文学的热爱和追求，艺术之光给了他坚持活下去的勇气和希望。然而，诚如我们的老社长韦君宜曾经指出的，我们这样的出版社和杂志社对文学青年的支持，只能是通过发现、发表他们的作品来体现，而不可能像老师改作文那样来帮助他。从多年通信中了解到，身残志坚的赵凯，看过《白鹿原》等当代优秀长篇小说，涉猎过《红楼梦》、《水浒》等古典名著，也知道一点托尔斯泰、雨果、巴尔扎克等世界级的文学大师，对文学并不是一窍不通。然而，在激烈竞争中要成为《当代》和人文社的作者又谈何容易！

2005年3月的一天，我又收到赵凯求援的信，说他父亲赵英超（曾任辽中县老观坨中学校长）过世了，他已失去了生活的依靠，要自寻生路，能做的还是文学创作。他在信里表达的痛苦和濒临绝望的情绪让我很不安。但我从人民文学出版社退休已经好几年，真是有心无力。在冥思苦想中，我突然想起了时任辽宁省作协主席的刘兆林。和兆林有直接交往还是最近几年的事。我知道兆林以《绿色青春期》、《啊，索伦河谷的枪声》等作品知名于文坛，更知道他是热心助人、有侠义心肠的铮铮汉子。当过兵的兆林不但小说散文写得好，而且办事雷厉风行。仿佛是在茫茫黑夜中发现了一线曙光，我想：请兆林就近关照一下赵凯这个残疾人也许能有实际的助益吧。

第二天，我便分别给兆林和赵凯写了信。

果然，只过了十几天，兆林便给我来了电话。在长长的电话中，他讲述了他们去看望赵凯的经过。那是一个春暖的阳光灿烂的日子，兆林把沈阳市文联副主席黄世俊、省作协创联部主任李光幸和《芒种》杂志的主编张启智请到一起，直奔沈阳远郊的辽中县老观坨中学。他们在这里找到任历史教师的赵凯的四哥，然后便驱车来到浑河边的一处普普通通的村庄。兆林是个细心的人，选择一个天气晴好的日子来访，是考虑到赵凯得的是风湿病。

他们看到的赵家是一个建筑在高岗上的相当整洁宽敞的农家院。那是一长排六间的砖瓦房：一边三间住的是赵凯四哥四嫂和侄子一家子，另一边三间居中间的是灶房，两边分别住着赵凯母亲李玉莲和病得更重的二哥。赵凯的父亲和同样患类风湿病残的三哥已经去世。弟兄俩和母亲就靠县民政局和教育局给的每年1300元的救济金过日子。当然，四哥四嫂对他们仨也尽心地照顾着。看得出，这是一个虽然艰难但还和睦的家庭。

兆林他们看见的是一个英俊的年轻人，浓眉大眼，因为极少外出，皮肤也显得白净，穿着很一般，但收拾得还算周正，仿佛不像身患严重残疾的人，这就是赵凯。但他们很快就知道，这只是假象。实际上，赵凯由于双腿僵直不能弯曲，既不能坐也不能久站，走路要慢慢地挪步，写东西要躺在炕上仰面举着笔纸。他二哥就更严重了，腰弯到直角以下，几乎整天躺在炕上，什么都不能做！赵凯十八岁因类风湿瘫痪，如今已是三十五岁了。

兆林他们注意到，赵凯的简易书架上有自费订的《中华文学选刊》以及过期的《当代》杂志和《芒种》杂志，还有《红楼梦》、《浮士德》、《百年孤独》之类的文学书籍；另一面墙边衣柜玻璃里醒目地镶着一排六位女模特笑模笑样还算端庄的彩色挂历图片。

他们在交谈中得知，只有初中文化程度的赵凯，参加过《鸭绿江》杂志的文学函授学习，写过历史题材的故事，也曾受现代派的影响尝试用猫的视角来观察和反映人生，只是辛辛苦苦写了几十万字都没有发表的机会。兆林指导赵凯说：你为什么不写自己的生命体验呢？像史铁生的《我与地坛》、《病隙碎笔》，多么独特又多么感人啊。你就写自己的生活和生命体验，把这些写出来就是有人性深度的作品呀！兆林的一席话，让赵凯的眼泪一串串地往下流。这慢慢流淌的热泪里有着多少感激和希冀啊！

临走，兆林和《芒种》主编带走了赵凯的几十万字手稿，并鼓励赵凯千万不要动摇和泄气。兆林明确表示：一定要帮助赵凯把有真情实感的作品变成铅字。

听到兆林在长途电话里告诉我的这一切，真是让人高兴和欣慰。我终于长长地舒了一口气：这一下好了，赵凯再不是一个人孤军奋战了。兆林和他的同事们真诚有力的帮助，不啻是阴霾日子里的一束阳光，在赵凯苦苦挣扎的关键时刻，给他带去了几多温暖和希望啊！

果然，其后不久，赵凯的一些作品就经过兆林与辽宁省作协的指导和推荐，在各地的报刊上发表了。他的第一篇正式发表的散文刊登在辽宁省一级期刊《海燕》上；稍后，《海燕》第二次刊发他的散文《母亲的手》，又被发行量很大的《读者》转载。赵凯正一步步地实现他多年追寻的梦想。我想，由于主客观条件的差异，赵凯当然无法和享誉海内外的张海迪、史铁生比肩，甚至也未必能达到贺绪林那样的水平，但在今后漫长的人生旅途上，赵凯不再孤立无援了，他一定会努力而有尊严地开拓他的人生之路。赵凯后来在回顾的文章中写道："在那么多年的黑暗摸索中，我躺在乡村的小屋里，从1994年到2005年十余年间，何老师与我不间断地通信，给我寄赠书刊，那是我唯一来自外界的支持与关怀，像暗夜长路中远方希望的灯火召唤我默默前行，呵护我坚守文学的理想没有放弃。"

此后不久，兆林和辽宁省作协又联络沈阳市委市政府，于2006年5月在沈阳市骨科医院给赵凯做人工双髋关节置换救助治疗，让他在瘫痪近二十年后又重新获得了行走的能力。在这治疗的四个多月里，赵凯后来回顾说，我就像是一步步从备受煎熬的地狱往外面爬。当医生搀扶他站起来时，他感觉世界晃动了一下，然后蓝天绿树都向他微笑了。他开始像婴儿似地学走路，慢慢终于恢复了行走的能力。"能够自由自在地走是多么幸福，只有重新站起来的我最清楚。"赵凯后来常常这样说。

好事接二连三。兆林到北京开会，向艾克拜尔·米吉提热情地推荐了赵凯和他的小说集《想骑大鱼的孩子》。当时，中国作协全委会委员、中国作家出版集团管委会副主任艾克拜尔正负责主持由中国作协等六部委举办的"情系农家，共创文明：百位农民作家百部农民作品"文学工程，请各省市作协推荐农民作者。赵凯和他的《想骑大鱼的孩子》荣幸入选，并被邀赴北京参加农民作家会议，和来自全国的八位农民作家代表坐上了主席台。艾克拜尔自豪地向媒体介绍说："这在新中国文学出版史上是第一次。"

2009年1月，老母亲陪伴着赵凯到北京。母子俩都是第一次来北京，这是从前做梦都不敢想的事情。那时，朋友带领这母子俩瞻仰天安门城楼，又登上了雄伟的万里长城，那激动的心情真是难以言表。仰望母亲那飘动的白发和幸福的微笑，赵凯欣慰文学帮助他实现了对如海母爱的点滴回报；回望过去岁月，赵凯仿佛觉得自己是沿着书籍铺就的阶梯攀爬上了长城之巅。

在荣获冰心儿童文学新作奖（2008年12月）之后，赵凯又相继在《中国作家》、《人民文学》（增刊）、《文艺报》等文学报刊发表小说、散文、诗歌和电影剧本。有的作品入选各种文集，并获得《北京日报》散文奖等奖项，还有文章被翻译成日文，先后出版的作品集有《想骑大鱼的孩子》、《我的乡园》和长篇小说《马说》。《我的乡园》选入全国百部农民作家大地丛书，送达全国城镇社区图书室及各地农家书屋，并在（2009）年度图书评选中被评为辽宁作家十大好书之一。2009年、2011年和2012年，赵凯先后三次参加辽宁省作协辽宁文学院中青年作家高级研讨班、首届影视编剧班和首届长篇小说创作研讨班学习。赵凯还被聘为辽宁省作协第七届见习签约作家，是该省签约作家中唯一生活在农村的重度残疾人。2010年，赵凯以农民残疾人作家的身份参加了辽宁省作家协会第九届代表大会。其后又光荣当选为沈阳市作家协会理事，并得以参加各种文学会议，乘船出海，朝拜大自然，游历祖国壮丽山河。

艾克拜尔·米吉提对赵凯的关怀帮助是多方面的：在赵凯的作品出版后，他推介上海《文学报》对赵凯作电话采访；赵凯到北京治病时，他帮助赵凯联系及早入院……

赵凯在心里叮嘱自己：一定要认真学习，精心创作，才是他对各方面关心支持所能够做的微薄回报。

赵凯创作的长篇小说《马说》全文刊发于《中国作家》2012年5月号，《中华文学选刊》同年7月号在“本刊特稿”栏予以选载，全书单行本由沈阳出版社出版。《马说》以农业生产机械化后，村庄里最后一匹老马的视角来回顾马类与人类共同走过的文明史，为当代中国文学画廊描绘了一匹独特的、有思想深度的马的形象。同时以生动流畅的笔触表现了一个普通农民家庭在改革开放年代的生活变迁，围绕一位高位截瘫的残疾女主人公的温暖的爱情故事，讴歌了新农村新时代的精神风貌，表达了对更美好未来的希冀。此作列入中国作协2011年度重点作品扶持项目，并获得沈阳市“五个一工程”奖。

2011年4月，世界读书日期间，东北大学和辽宁大学邀请赵凯去和大学生们讲述他的理想和追求。去年他又接到沈阳外事服务学校和本溪市小学的邀请，用自己的人生奇迹和奋斗精神来激励年轻的学子们积极进取乐观向上。

2011年8月，在党和政府的关怀下，赵凯担任了沈阳残联通讯杂志社的特约记者、编辑，每月有了固定的工作和工资收入。这个曾经因瘫痪而生活都不能自理的人，在照料他四十年的老母亲仙逝后，竟然能够独自生活在沈阳的出租屋里，成为自食其力、从事文化打工的农民工。赵凯在电话里告诉我这个好消息时，兴奋地说他为自己终于成为标准的农民工而感到骄傲。而我在惊喜之余，不禁慨叹：这真是凤凰涅槃啊，赵凯在浴火中重生。是文学给予了赵凯再生的生命，是文学帮助赵凯实现了人生的奇迹！

如今，十八岁时被类风湿病击倒瘫痪在床的赵凯已经是四十四岁的中年人。回顾二十多年来从阴霾满天、病苦难熬的日日夜夜走向阳光灿烂幸福美好新生活的过程，赵凯由衷地说："三位恩师像接力赛一样关怀培植，把坐井观天的我，从暗无天日的地狱拉回到阳光普照的人间。在我苦苦爬行时，何启治老师是远方的灯火在召唤我，刘兆林老师在困境中把我搀扶起来，而艾克拜尔老师则引领我走向广阔的文学天地。"在接受中央电视台《子午书简》记者的采访时，他坦诚地说："读书缓解了我的病痛，而写作改变了我的命运！"我相信，这些都是赵凯的肺腑之言。

从1994年赵凯给我写信投稿以来，不觉已过去二十年了。自从他手术成功可以出行以来，两次来到北京，我却都在外地，终未一晤。直到2012年8月14日，这种"历史性的会面"才终于实现了。

赵凯是由他在网上认识的、热心助人的朋友千岛开车陪同来访的。果然是一位白白净净、浓眉大眼的东北汉子！左手为安全而拄了单拐，入座时要慢慢地、手扶沙发扶手才能坐好。但在平坦的地面上可以弃拐大步行走，稳坐在沙发上时也和常人无异。由于多年的交往和渴望已久的晤面，赵凯谈兴很浓，简直可以说是滔滔不绝。其中的主要内容已体现在上述的文字记录中。我惊叹于赵凯不但残疾治好了，而且精神状态也很健旺，很阳光。他更自信地说："和自己的过去比，我时刻都感觉幸福浓浓，快快乐乐。见到我的人都说我阳光。一位女诗人还笑说我是阳光制造厂厂长。其实，我只是折射了阳光的碎镜片。我能展现出来阳光的精神面貌，是因为人世间有大爱的光辉照耀到我的心灵里。现在，我每天走在人群中，时时刻刻能感受到一双双无形的慈爱的大手在搀扶着我，让我不再摔倒，让我好好向前走！"

谈话间，还播放了北京电视台为我录制的专访节目：《名著背后的无名英雄何启治》。我在这次专访中主要介绍了陈忠实和他的《白鹿原》，兼及张炜的《古船》和柳建伟的《英雄时代》，这是我几十年文学编辑生涯中最重要的机遇和业绩。于是谈话中，又涉及到陈忠实。我对赵凯说，我祝你成为“准陈忠实”吧——那意思就是你不可能成为陈忠实，但你可以学习陈忠实的奋斗精神，成就自己的事业！

到中午，我请赵凯和千岛去吃自助餐，然后又接着聊。整个过程中，千岛都很少说话，除了偶然插说一两句，就是处处留意、照顾赵凯的安全。尤其是出去吃饭和在自助餐馆自取饭菜的时候，他更是步步紧跟着，处处细心地照料着赵凯，就怕他万一有什么闪失。赵凯到北京，就住在他已是一家三口的家里。所以我相信，千岛这个自由撰稿人不但才能出众，而且一定有一颗金子一般的心。

回顾赵凯极不平凡的、奇迹一般的成长道路，我深深地感受到：在社会上的弱势群体中，残疾人是特别渴望、特别需要别人的关爱和温暖的。我们健康的人，特别是掌握着一定实权的人在关键的时候伸出援手，他也许就能挺过来，有尊严地、有信心地生活下去。否则，在冰冷孤寂的漫漫长夜中备受煎熬，那痛苦和绝望真是不堪设想呢！

转眼已是下午三点多钟了，大概是看我有点疲劳了，赵凯和千岛起身告辞。赵凯拿起了他的拐，千岛捧起了一尺多高的书刊，其中有我送给赵凯的《当代》和《中华文学选刊》的合订本，还有我的《文学编辑四十年》和《美丽的选择》（可视为我的“文学编辑五十年）等等。我要送他们下楼。赵凯和千岛都一再劝我不要送，说您都这把年纪了，没有必要。我便看着他们慢慢地下楼。突然，赵凯就在门边上转过身来，左手扶着他的拐，右手一把把我搂过去，头靠在我的肩上便眼泪哗哗地痛哭失声。我想，我是理解赵凯此时此刻悲欣交集的复杂心情，便一边拍着他的背一边说，赵凯你是好样的，不哭，不哭，……你要坚强啊！

人生没有坦途。只有踏踏实实奋力前行的人，才会迎来阳光灿烂的美好明天！

何启治：广东龙川人，1936年生于香港，1959年毕业于武汉大学汉语言文学专业。历任人民文学出版社编辑、编审、副总编辑，《当代》和《中华文学选刊》主编。主持或参与新时期大量优秀文学作品的出版，是长篇小说《白鹿原》终审人。同时著有小说、散文、报告文学、传记文学、文艺评论若干，多部作品集在全国获奖。

引　文

折射阳光的人

小时候，喜欢拿碎镜片折射阳光到屋子里，高兴地看到黑暗的角落照亮了，仿佛我心里也亮了。暴风雨后，透过水灵灵的翠绿树叶仰望阳光折射在蓝天中的彩虹，幼小的我总想沿着那道桥走到天上去——

人不是玻璃，不是水，不是晶体，不是镜面的金属，不具有折射阳光的特性。但，我要说，我是特殊的人，具有折射阳光的品质。这样说时，我就感觉自己身心像是透明的，阳光穿透我的肌体，我的骨骼血肉都通亮了。有一些光，我留在体内，营养身心；还有一些光，我折射了回去，让一些处在阴影角落里的人也感受到光亮，是我这病残生命最大的愿望。

沐浴阳光中的人们，常常忽略阳光的存在，我想提醒大家深刻地意识到阳光，正视阳光，感受阳光。试想：一个在阳光下行路的人，若是止步静下来，眯闭着眼，像体会微风流过自己肌肤，感受阳光照耀自己，体会阳光通过毛孔沁入我们的血肉里，沿着血管流布周身，血肉中浸泡了阳光，那是多么美好的瞬间。我四十年的人生，被病魔亲亲热热地爱恋了三十年，而且必然要终生厮守，不离不弃。我在瘫痪十八年后，被大爱拯救重新站起来；与世隔绝二十多年后重新回归社会，走入人群，见到我的人都惊喜地说我很阳光，一位女诗人说我是“阳光制造厂厂长”。其实，我只是一个折射了阳光的碎镜片，之所以能展现出阳光般的笑容，是因为人间大爱照耀到我心灵里。

我庆幸自己淡忘了很多痛苦，只牢牢记得关爱的温暖：涌泉之恩，滴水难报！当时经历的巨大痛苦与孤独，我现在很难描摹出来，好了伤疤忘了疼，我觉得这样是对的，还是忘了好，我和其他残疾人兄弟姐妹说起这个话题，他们也是一样的心思，不愿意回顾痛楚。我更深刻地明白，一直以来不愿意详细地写“自己”，就是我不太情愿写自己过去的疼痛和苦难，不愿意重温那伤痛的情境和刺心的细节，不想再把伤疤揭开端详、细看，有时甚至故意忽略、空白化，仿佛一切没有发生。然而，痛苦却是我绕不开、回避不了的话题。

当然，酷夏正午毒辣辣的阳光也会灼伤皮肤，甚至令人中暑身亡。阳光是天地间最博爱的，哺育万物，可它也有两面性，何况人呢？和所有人一样，我自身也有另一面，是不想说、不可以示人的，只能和少数人共有，或者只有自己才知，亦或普天下只许两人可知。《忏悔录》也要在作者卢梭故去后才出版，我遵循规则，说我暂且能说的，阳光向上的。阳光过度热情了也会带来伤害，绿叶在似火骄阳下也会枯蔫，但毕竟在大多时候，春秋冬，阳光都是讨人爱，是爱人的，那么，我就写这温暖的大多数时候，让他人和我一起感受人间爱的温暖。

伫立在家乡的大河边，眺望阳光下闪烁闪烁的耀眼金波，满河跳跃流动的星星，让河水发烫，镀了颜色。这是大辽河的支流，浑河和沈水。我的心顺流漂到了黄河、长江，也洄溯到了远方森林冰川的源头。回望小时候，恰似探寻山林中的小溪，从滴水萌芽到奔流喧哗。我自小在河边长大，后来病囚家屋里，与河分别二十多年，但我在文字中常常想念河，与河流很亲近，也愿意将来就葬于河边，回归水中。我从母亲的泉源来，我向大海去：一滴水，走过了多少岁月，经过了多少岸，拒绝停留，才会拥抱海洋。

想掬一捧流水，却弯不下腰去，用拐杖轻轻撩拨波浪，我的身影散碎了，和星星摇晃搅拌在一起，我就是这河中的一滴水。我的生命就是汇入这条大河的一条小溪，曲曲折折地在岁月的两岸间从阴霾流淌到晴朗；我曾经是一洼死水，如同暗哑在深井中，只能仰望阳光星河，因为众多爱心润泽，我才没有枯涸，而且一点点向前流动了，在无数的漩涡里沉没浮起，终于从村庄流淌到城市；我比别人流得弯曲坎坷，但也吸纳了很多的阳光，河流淌，就活了，折射阳光的河流，耀眼的美。

一、生命的成功

早上睁了眼，掀开被子。我是穿着正装衣裳睡觉，因为患类风湿强直关节炎，脱穿衣裳不方便，只把上衣外套脱去，裤子和袜子全都“原包儿滚”，白天外出穿着，晚上睡觉也穿着。这样睡觉有好处也有坏处：好处是白天外出时裤角上沾的灰尘，大都蹭到被单上了，裤子就干净了一些，可以多穿一些时日，少洗几回，省得麻烦了，只是在要洗衣服时才把裤子换下来；坏处是被单就过于埋汰，每次洗被单，那盆水都像熬了泥汤一样。总之，无论脏或者净，关键是这样于我便利。我从十八岁后，病得腰杆和脖子都硬了，关节锈死了，双胯关节也长坏了，成了直挺挺的板状人，身子不能弯曲，不能迈步走路，整个人像一根木头。2006年，辽宁省作家协会联络沈阳市委和政府，帮助我免费做了人工双髋关节置换治疗。在瘫痪十八年后，我又能分开两腿迈步了，像婴儿一样重新学习走路，其实比婴儿学走路难多了，小孩子摔几个跟头就会走了，我呢，若是摔倒，假关节可能就会摔坏，手术就失败了。

我不能摔倒！

先抬膝蜷起腿，两肘撑着床，双手抬起双胯，肩背和双足用力，把悬空的腰臀向床边挪移一点，再以落实到床上的腰臀为中心支撑点，抬起双脚，整个身子像桨一样摆荡过去，小腿顺床沿滑下去，手臂借势撑起上半身，斜了身子倚在床沿，双脚准确地伸到拖鞋里，再一次以双脚和手臂支撑全身，腰臀大腿都悬空向前挺起，脚在地下，一双手臂机械地倒换着撑推上半身向前，全身僵僵地直起来，站稳当。

这就是我起床的分解动作，我已经做得非常连贯熟练了，像机器人的舞蹈艺术。

我梗直着脖子，不能低头看，却依然能准确地把双脚伸到鞋窠里，“无他，但手熟尔”。这是城市出租屋，住得时间长了，我像盲人一样闭着眼也能摸清小屋中的一切东西。与一双小情侣合租的房子，我独自一人住在小屋，约八、九平米吧，他们住大屋，宽敞许多。他们同我一样是从农村来的打工者，常常听到他俩欢爱的声音，羡慕他们，为他们高兴，觉得人生就应该这样才幸福快乐。初合租时，小伙子带来一个小女孩子，那女孩儿开朗爱说笑，管我叫叔，有时关心问我有什么事需要帮助。不久，他们分手了。很快，又一个女孩子进门了，并且是我相邻镇上的老乡，可是不爱吱声，跟我碰面时也不招呼，和小情哥哥却有说不完的话，他们的欢声笑语，天天伴奏一样，愉悦中也增添我愈加孤独的伤感。

梗着僵直的脖颈和身板，我轻微摇晃着去卫生间，这是每天起床的第一件事，开门，轻一些，声音小一些，那边大屋里小情侣还在温柔梦乡中。

从十八岁到近四十岁，约二十来年，我没穿过带后帮的鞋，只穿拖鞋。2008年初夏，进城来参加我第一本书的出版座谈会，在记者的镜头中，我上半身是光鲜的，可脚下仍然是拖鞋，母亲亲手缝做的棉拖鞋，厚厚大大，像两个胖头鱼，又像小船非常舒服合脚。后来我又有离开乡村家门外出进城机会，到沈阳，或者去北京，觉得应该穿鞋了，母亲给我买双布板鞋，帮我穿上后，脚非常难受，疼得发烫，如同穿着带刺的铁鞋，母亲说我的脚这么多年松宽惯了，一点委屈儿也不受。我的脚趾病得扭曲变形，右脚二趾三趾弯拱，伸不直了，小拇趾歪斜了。这是关节炎典型症状，而且，我本人不知道这三个脚趾是什么时候变成这样的，也许因为痛苦太多了，这只是我小小的痛苦之一，不值得关注，是不值得重视的细节。

洗漱过后，我用个一米多长的古红色木鞋拔子提鞋，这是朋友热心帮我买的。市面上常见的是尺把长的鞋拔子，因为我弯不了腰，用那种鞋拔子够不到脚后跟，穿不上鞋。2009年冬，我到文学院上学，老母亲刚过世十多天，家里人也不能来学校陪我，不能再帮我穿鞋。我想了个办法，挑一根菜园里搭瓜秧架的细溜直直小竹棍，用刀刮去表层的脏污，再用砂纸打磨光滑了，削约一米长，可以当做鞋拔子使用。同寝室的作家尹守国大哥说，每次看到我用这细竹棍提鞋，就感觉心酸，有点想流泪。帮我洗脚的女诗人心泉后来还专门写了一篇文章《带着小竹棍来上学》。一位朋友，叫杨红，经朋友介绍，我帮她的女儿辅导作文，她了解我这个情况后，专门在市场上为我寻找到了这超长鞋拔子，在严寒的冬夜从沈阳城西南驱车到城东北给我送来。

如果天气暖和，穿着单裤，我可以借助长杆夹子穿脱裤子，虽然费力，自己还能勉强穿上，这也是来沈阳工作后，无奈必须自己动手做一些事情了，才勉强逼迫自己学会了借助工具换裤子。一位叫李娜的姐姐，一起参加新闻出版工作会议时认识了，她了解我的情况后，非常关心我，问我日常生活中还有什么困难？我说，就是穿不上袜子，用长杆夹子不成，又想不出好办法。所以，洗脚是个问题。我是汗脚，脏得快。母亲在世时，天天帮我洗脚。后来，四嫂帮我洗，我就主动要求隔天洗。进城上班了，同样是残疾人的朋友马良海和刘永伟两位哥哥帮我洗脚，间隔三、四天，每周约两次。初来时，是与脑瘫网络女作者继波和她的男朋友小松一起合租房子，小松帮我洗过脚。后来，俩人搬走了，回母亲身边去了。继波的母亲——大姨也帮我洗过一回。我的脚，从同学女诗人心泉，到朋友们，约有二十多人帮我洗过了。刘永伟哥哥笑称“大家捧臭脚”。李娜姐姐说她认识一位老人，股骨头摔坏了，自己摸不到脚，但有穿袜子的工具，我听了非常高兴。李娜姐姐很快帮我购买了穿袜辅助器，是很简单的手掌形状布面塑料板，开始我很怀疑这东西能行吗？一试，结果真的极其好用，这个困扰我独立生活的大难题在友爱帮助下解决了。

穿上在淘宝网购的六十多元的李宁牌棉鞋，不系鞋带，宽松一些正好。戴上同样在淘宝网购的十元一副的人造皮革棉手套，都掉漆皮了，斑斑驳驳的。其它，我穿得里三层外三层的衣服，多是众人关爱送我的。比如这保暖内衣是鞍山的诗人刘照荣老兄送我的，外裤是辽中特殊教育学校苏秋颖校长送我的。

蓝色旧毛裤，母亲在世时亲手给我织的，我要一直穿在身上，有人送我新毛裤了，我也不换，母亲织的旧毛裤更合身，厚重粗糙的混纺毛线，有点扎手的感觉，但是真温暖、特别暖和。羽绒服是鸭鸭品牌在沈阳的总代理黄颖女士送我的。床头的笔记本电脑，是好利来品牌在沈阳的总经理朱林下乡去我家看望我时赠送的。而且，我们有个好利来村，那是友爱的大家庭。

我梳分头，喜欢西装革履，仿学者形象。刘永伟哥哥一直觉得我头发太长，直挺挺的身子洗头不方便，劝我理成小平头，板寸，他的话我基本都听，但就这个不听，我很满意自己的发式样子。受当年潮流影响，诗人艺术家都是长发，我在病囚乡村的日子里也留长发。我有自己的洗头方法，用塑料把毛巾裹了，缠系脖子上，用毛巾沾水撩到脑袋上，或者把淋浴喷头直接按在头顶，调慢水，洗头水流到脖子周围，顺着毛巾淌下来到盆中，不湿我的衣裤。当初，也是为了省事，我半年让母亲帮我理一次发，我自己半个月剪一次胡子，标准是当胡子长到吃饭碍事了。我是满脸浓密络腮胡子，丛生如大自然荒野，很有一副虚假的男子汉气派。现在，进城工作了，我的头发和胡须都短了，因为我已经不必像病囚在乡村小屋中那样以长发和大胡子来刻意向世界“显摆”我的文学理想和艺术风度了。

2012年初冬，在辽宁文学院长篇小说班学习，一天早上，忽然在镜中看到自己鬓角有了数根白发，我心一紧，难道自己已经老了。以往，发现白发都是零星偶尔一根根的，单独的，然后果断拔除。这回，好多根白发，拔不净了，只好叹息着放弃了，任由之，我真的老了！唉：我十八岁被病囚在乡村家中，与世隔绝，二十三年后才回归社会，还不到两年，却鬓生白发了。

拿起拐杖，拄一支，因为我身体有一点向右侧弯，单拐正好。拄双拐，影响走路，迈不开步子。我在室内基本不拄拐，小空间里，小心走动，比较自如。而外出，我必须拄拐，走长路，赶路，拄拐会走得快一些，而且还真借力，省老劲儿了。我拄单拐能行数里，而不拄拐，走二里就累了，双胯酸楚。另外，我拄拐，也是给别人提个醒，等于告诉对方，我是病人，不要碰我。因为僵直，身体平衡感不好，如果有人冒然碰撞我一下，我就会摔倒。拐杖能让众人自觉地离开我一点，在我身体周围形成了一个安全的空间。最主要的是过马路时，如果我不拄拐，司机也许不减速而是鸣喇叭，催促我快点跑两步。但是，我能走，却不会跑。而看到我是拄拐杖的，汽车都会让着我。

出了房门，住二楼，步行下一层楼梯，比较方便。我走平地很好，就怕台阶，来城市租房后，天天要走楼梯，日子久了，也锻炼得适应多了。这原是兵工厂家属宿舍，出小区东南角门，上了大路，全是匆匆忙忙上班的人们，我汇入到人流里。我喜欢一边走路，一边欣赏路上的漂亮女孩子，遇到好看的，就多看几眼。而不好看的，就匆匆一瞥，像我对读书的选择一样。但，现在好看的女孩子真多，一路上，我心情非常愉悦。有时外出到旅游景点，我在朝拜大自然风景的同时，也感受到美丽的女子同样是风景中最美的组成部分。无论多么好看的风光，空无一人，也是死的景观，有了赏心悦目的女子进入画面，天地就活了。那些年，我病囚乡村家中，看不到家庭亲人之外的人。如今，能每日都欣赏天地间这些最精华的美丽，也是我感觉活着的人生幸福之一。少年时，在辽宁省中医院，跟着病友们，每天傍晚坐在路边花园的栅栏旁，看路过的下班年轻女工们，哪个漂亮，大家说笑着欣赏品评。

我和别人一样走在上班路上，我和别人一样进入单位工作生活，这对我来说，就有极大的和别人不一样的意义。

沈阳市残联大楼，在沈阳火车北站西侧，紧挨着。这里，出行真方便。办公室窗下就是站台，能看到火车吞吐着旅客人流。以往都是别人接送我，来城市工作自立后，我也在车站接送过几回友人了。

先到二楼食堂早餐，与同事们见面亲切招呼。

进办公室，用红抹布擦了桌椅，其实，很干净，看不到有灰尘，但习惯了打扫一下。这红抹布，是参加“擦亮沈阳”大型义务劳动时发的，我带回来了，当时，我们单位清洗东北解放纪念碑，我带着采访任务参加的。

打开电脑，开始工作，我是沈阳市残联通讯《共享》内刊的记者编辑。我们编辑部的特色是：只有外聘的主编是健全人，其余工作人员全部是残疾人，这是一份由残疾人创办的残疾人刊物，像画报一样，非常精美。

我能来城市工作，就是在创办这刊物时，祁鸣副市长和陶庆才理事长想到我了，特批我来的。因为，我会写作。我是农村户口，签了劳务合同，是从事文化打工的特殊农民工。我这个农村乡土作者，在写作上有了一点小成绩，但还不是专业作家，距离成熟作家的水平还有很大差距。但，我能够在十八岁上瘫痪了十八年后，重新站起来学会走路，重新走入人群，和健全人一起上班、工作，自食其力，就是巨大的成功。

每个人对成功的解读不一样。我的成功，不是经济英雄，也不是战争英雄：我是生命的“英雄”！

我原本是那样的人——被病魔囚禁在乡下家中小黑屋里，与世隔绝二十三年。如今，我在人间大爱拯救下，挣脱镣铐枷锁，砸碎厄运的牢门，回归社会，走入人群了。

青春期十八岁病瘫，不能走路了，十八年后，走出乡村，走入城市。这一切是如何做到的？结果是微笑，而微笑之前的漫长岁月是流泪的过程。我不和别人比，只和自己比，和我的过去比，现在我拥有的，在他人看来是微不足道的，可对于我来说，已经是天翻地覆了。我是创造了生命奇迹的人！在路上，身边经过的都是似曾相识的陌生人，大家看到的是我一个人在走路，其实不是——是有好多人在陪伴我，在搀扶我，不让我摔倒，他们看不到，但我感受得到。

二、爱情的名字

小时候，记住了父母的名字：赵英超，李玉莲，却不知道父亲的名字是母亲赠予的爱情信物。我惊叹于在辽河平原的家乡小村庄里还曾发生过这样浪漫的爱情故事。

我出生的小村庄，有个怪味的名字：后老薄。

虽然从小就熟悉了这个名字——你是哪个村的？后老薄的——可并不知道这三个字是为什么放在一起组成这样的词语，后来，为了写文章，琢磨家乡地名的由来，问二哥，才知道：原来，两百年前，祖先从山东登洲闯关东来到东北南部浑河边落脚，这里是满清贵族跑马占荒之地，为了活下去，就地取材，把木杆绑成“人”字架子，苫上厚草，就成了窝棚。这地方好多村名就叫“窝棚”，张家窝棚、李家窝棚、刘家窝棚，我家屋后隔着一片田地的小屯子叫苏家窝棚。“棒打獐子瓢舀鱼”，先人没有渔网鱼叉，就用草绳把秫秸和柳条编扎成帘子，这就叫“薄子”；我小时候还听到扎秫秸薄子的说法，各家屋顶铺在梁椽上用来垫胶泥的苇席，就叫房薄。深秋，在河水里钉立粗大的木桩，然后把秫秸薄子绑上，留下几个蔑子编的允许进不许出的口，鱼顺茬儿进入，戗茬儿就出不来了，像捉鱼篓子一样，布好了围城。等到冬天结冰了，在薄子围城里凿冰窟窿逮鱼，瓮中捉鳖一般；如果不这样，钻冰窟窿时，有响动，鱼就惊跑了，有了薄子阵，鱼们无处可逃，这是祖先在原始状态中的生产智慧，家乡的名字是以生产工具命名的。

后老薄中的老字，像对一个人称呼老张或老李一样，是对一块土地的亲热昵称。至于后字，因为我们村庄在浑河北岸，南岸还有个小村庄叫前老薄，就像山东山西河南河北广东广西湖南湖北一样。

我们这里归辽中县管辖。辽中，顾名思义，就是辽宁中部，其实，在建制命名上，是先有辽中县，后有辽宁省，清朝末期1906年设置辽中县，东北易帜后才以"辽河流域永远安宁"之意改奉天省为辽宁省。辽中县横跨辽河两岸，我家村庄在辽河东，地处辽中县的东南部。这里是辽河流域冲积平原，九河下梢，十年九涝；辽河、浑河、太子河、绕阳河、柳河、细河，河流稠密得像江南水乡，不过，我们这里大多是季节河了。

我曾经那么反感自己的家乡，因为家乡不能给予我向往的文化环境。

好男儿志在四方，一些名人大都要走出家乡，才能成就一番事业。我自小就不认为自己是村庄里的人。身在乡村，心在外面大世界。考上大学，走出村庄，才被认为是有出息，学生们和家长们都以此为荣。我非常自信，我能考上，因为我学习成绩好，但因为疾病，上天没有给我进入考场的机会。十八岁，应该自立的时候，命运却把我按倒，囚禁起来。虽然说，天降大任于斯人，必先苦其心志，劳其筋骨，但我仍然希望生平顺畅，甚至我后来说过：宁可平庸，也要健康。因为我热爱读书，村庄里找不到我想读的书，我读的书，在村庄里是异类，无用武之地。我羡慕城市人可以拥有图书馆，有读不完的书，多幸福啊！

在我病囿乡村的困厄日月，读到书中一些名人说如何热爱故土家乡，我虽然理解这种恋乡情结，但仍然觉得有虚伪的成分，怨艾地想：那么热爱家乡，为什么要走出来，让你放弃城市的优越条件，回到家乡村庄来生活，你肯吗？我奋斗到终于离开家乡，来城市打工，住出租屋楼房了，还不到两年，在回望中，我意识到，我真的爱家乡，那块有血缘的土地。离开才更认知这种爱恋，就像儿女可能与父母在看问题上意见有分歧，反感父母的约束，可是，当父母不在世时，才悔及当初，觉得哪怕是父母错了，也不应该顶撞，不应该惹父母生气、不开心，而应该委婉折中。现在，提倡城镇化，我家乡的村庄，先进不是它，落后又不是它，就像我读书的小学校迁出了一样，总有一天，这个小村庄会从地图上抹去，只留存在文字里。

这块土地上，王旗变幻，从远古东胡到清朝，跑马占地，小时候，听说咱这里的田地归一户白姓旗人地主。解放前，一个老太太，带着小姑娘来收租粮。

祖上是闯关东来的，从山海关走旱路，到这地方落脚，生根。三兄弟，逃荒路上走丢一个，后来，两兄弟分成大小两院。家族中，还有个传奇人物，族长赵子华，我听叔伯们说过这个人物，还为他写了篇散文《我的祖先》。赵子华不是我们老赵家的人，是冻倒在家门前的小要饭花子，祖上收留他为义子，因为已经有了亲生的子富、子贵、子荣三个儿子，就叫他子华。长大后，养父母给他娶了媳妇，可惜两口子没生下孩子。后来，老族长过世，立新族长，谁当族长都有私心，就赵子华没有后人，无需为儿孙贪占，于是，众人推举赵子华这个外来人为族长。果然，赵子华秉持公平正义，领导全家族百余口人，和睦守礼，和谐安居，在乡土上建立了极好的声望。“赵花子”老了，族人一致赞同为其大发丧，这是我们村历史上最隆重的葬礼：停灵七七四十九天，鼓乐吹打不歇，天天换新供果，沿路搭长棚，过路的人都可以坐下来吃酒席，要饭的叫花子们也可以如上宾一样坐下来吃好喝好，当他们知道归天的老族长原来也乞讨过，感觉更亲乎，就更天天守在这儿吃喝了。我们一代代后辈并不因为赵子华的血缘而轻看他，从他的为人行事反而更尊敬更仰望他，好多位正宗先人都因为活得平平常常让后人忘却了，但“赵花子”却成了家族传说，一代代后人为有这样的祖先而骄傲，我们都承认他就是我们家的祖先！

我太爷爷当家时，我们这一支脉已经发展为中农人家，装粮食的麻袋上都写着庆有堂。我们家也办棚铺匠，就是婚丧嫁娶红白喜事时，给人家搭长棚。我们家屋后有鱼泡，奶奶说，她年轻时，这边烧灶火了，那边我爷爷拎着网出去，到屋后打一网，就炖鱼了。但也不会经常吃，老话讲：家趁万贯，不可鱼虾下饭。就是说，吃鱼会让人多吃半碗饭，费米。小时候听老师说：咱们这里原来可丰饶了，棒打獐子瓢舀鱼，野鸡飞到饭锅里。因为1949年后大兴开荒种粮，我小时候，不仅看不到荒地，而且，也看不到野鸡了，反而是在近几年，我病得出不了门了，人们又说野鸡可多了，侄女的孩子捡来野公鸡的彩翎让我看。

我父亲在学习上应该不是好学生，就是家里经济条件尚可，供得起，读了伪满小学、民国的高中，后来又读了沈阳师范，没毕业就因国共内战失学，然后就参加工作了。父亲最初是隶属于国民党辽中县教育科，我曾在相关资料中看到有国民党辽中县伪教育科字样。之后我父亲就娶了媳妇刘氏，生下了我大哥。那个母亲在生产我大哥时，得了产后的病，很快就走了。

半年后，父亲娶了我母亲李玉莲。

我母亲也读过书，高等小学毕业，读中学不久，就因家庭变故辍学了。

我外祖父是中医，郎中，地方乡土上的名医，我为之写过《花神——李钧衡传》，那是我自己比较满意的一篇作品。我姥爷有好多故事，人们称颂“神针李”！我姥爷的成名故事很传奇：一男子突患腹痛，妈呀天哪，满地翻滚，冷汗涔淋，脸白失血，半欲昏死，恰好“小李先生”路过，请您给瞧瞧吧。一诊病症，我姥爷决心痛下针砭，让俩大汉按住病人，他左手拈一根极细极小的精巧金针，众人为之疑惑：这小针扎肉皮儿像蚊子叮的能治病吗？我姥爷沉着自如，右手抚压病人痛腹，问：这儿疼，这儿，这儿最疼，是吧？端严做势欲行针状，突然圆睁慧目，右手食指中指并为剑指，呼呵一声疾戳患处阿氏穴位，病人“妈呀”一嚎就不动弹了，身子僵挺了，继而又蜷缩了，就听肚子里咕噜噜噜乱响一气，“突突突”爆出连串响屁，好臭哇，病好了！众人惊叹：神了，治病不用针不用药，神仙一把抓，真是神医啊！

爷爷在世时，给我讲过，我姥爷当年去辽阳城里学医，还是我爷爷赶马车送去的。我奶奶也曾说过，她年轻时常犯心口疼，老郎中朱先生几番诊治，时好时坏，恰我姥爷学医归来，初试针石，以一根半尺多长比筷子稍细的大粗银针从颈下扎入，这般运针吓得大伙都捏了一把冷汗，后又辅之以三剂小汤药，指明镇堡外烽火台上的古城墙土为药引，从而消灾祛根了。

日本鬼子飞机去炸老北河镇的义勇军，错炸了小北河镇，扔下带翅膀的炸弹，那炸弹击穿我姥爷家房顶，掉屋地中央的八仙桌上，把桌子砸碎，然后钻到八仙桌下面的大个儿老倭瓜里。我母亲这时在襁褓中，才半岁，我姥姥吓破胆了，抱着闺女跑到院子里，哭叫着不敢进屋了。别处的炸弹惊天动地，而掉在我姥姥家的这个“小鬼子”是个臭子儿。我姥爷正外出行医，急忙赶回来，出二十块大洋，雇一个老光棍把臭炸弹从屋子里抱出来，扔到大泡子里了。老话儿说：大难不死，必有后福。这句话终是没有应验，我母亲后来一生中遇到的苦难，“对不起”她的美丽。我母亲的福分都在少小做女孩儿的时光里。

我母亲小时候淘气，春天里，见邻家菜园豆苗绿得像婴儿小巴掌摇摆可爱，就一气拔了二三十棵，人家找上门来，这本无可厚非，但我姥爷认为人家心疼秧苗的大声吆嚷是太不给面子，且吓哭了小女儿为父亦痛惜，就傲然倨说：孩子是有不对，可我的孩子金贵，我不能打，不就是拔两棵苗嘛，我赔，我别的没有，就是有这身本事和几个臭钱！抱着钱匣，给人家按堰压现大洋，直腰板往下扔，说：我这辈子，不懂啥叫弯腰！

后来，“八·一五”光复后，我们乡土上流行霍乱，当时叫“火痢拉”，染病的人家被封门闭户，一家子，一窝子地死人。我姥爷面对瘟疫，百治无救，于是，带着烧酒，上乱葬岗解剖病亡孩子的尸体。这是我姥爷最失败的一次治疗，也是他医者人生最后的拼命一搏。后来，我读史书知晓，家乡1945年秋那场霍乱，是日本鬼子投降前丧心病狂施放的细菌武器。

我姥爷病故，家业败落。这时，我母亲十六岁，是花季少女。来驻防的国民党军官看上了她，托人求婚，我母亲冒险在早春月夜跳过浑河开河时那奔腾咆哮的块块冰排，逃到表姨家躲了起来，一直到国军开拔后才回家。我母亲做新娘是十八岁，她不肯攀附国民党军官的高枝，却宁愿给只是小教员的我父亲做填房，带孩子。我想像中，当年少女的母亲是抓住从月亮里垂下来的桂花树枝，荡悠过汹涌怒吼的冰排大河，跑进月亮里，跑到了我父亲身边。

写到这里，想起了艾克拜尔·米吉提老师翻译的诗：我的睿智，像我六十岁的父亲；我的幼稚，像我十五岁的母亲。这诗句让我欲落泪！

因为我家三兄弟病瘫，有人总是疑问，是不是父母近亲结婚？不是！我父母的祖上无血缘关系。可知的父系和母系几代宗祖，也都没有这样的病人。而且，我最欣慰的，是我的下一代侄儿、侄女、外甥，都是健康的。我在给佛祖敬香时许过愿：如果真有天意的罪孽惩罚，那就让我一人来承受吧，祈佑我的家庭亲人平安!

新政权建立了，需要有文化的人，女干部更稀少，吃香。青春的我母亲热血沸腾地参加了革命，组织上想让我母亲做茨榆坨区团委书记。这时，发生了一件轰动乡土的风流事，我的一位家族婶婶叫革命同志给拐跑了。于是，我爷爷奶奶也就不让儿媳妇再掺和革命的事了。我父亲这时正在辽河西的学校里做教师，他也很封建思想地不支持我母亲“革命”，所以，在工作队武书记等人来动员我母亲继续工作时，我母亲只好顺从地躺在炕上，蒙着棉被装病，我奶奶冷着脸告诉人家：“大媳妇得了伤寒。”工作队来找我母亲三次，三次都没见到我母亲本人的面，不知道“李玉莲”同志是什么态度，我母亲晚年似乎也没有为不能参加工作而后悔过。但我想：母亲若是工作了，应该会比我父亲更有发展，但那样就不会有我了，有了工作的母亲不会生这么多孩子。

我母亲安心做农家媳妇了，孝顺长辈，照顾小叔子和小姑子。我母亲这一生的浪漫壮举是给丈夫改名字。我父亲本名赵庆年，是按家族辈份排行起的。母亲在新婚蜜月里，嫌新郎的名字不好，于是在新郎填写工作表格时，为心爱的人改名为：赵英超。

这是爱情的名字!

我父亲以这爱情的名字，在外面工作得风生水起，作为教师，父亲在辽河两岸的乡土上创建了多所中小学校。尤其是后期，回到家乡创办了一所十年制初高中合校——老观坨中学。作为校长，在“文革”中，父亲没得到一张大字报，没挨过一次红卫兵学生的批斗，平平和和走过了那疯狂的十年；我觉得：这就是一种奇迹。父亲不是“造反派”，也不是“走资派”，而是“走知派”，将教学工作抓得很有学校的样子。父亲生于农家，启蒙于私塾，就学于国立师范，效致师表毕生。父亲的生命不仅仅是一粒粒粮食、也是一个个汉字营养的，做人原则守中庸，处世精神遵中国，脾性温和，是老好人，老好得没有恨怨他的人，这是他能够旁观着侧身涉过“文革”洪流的人气氛围，占了人和，才会在“文革”中踏波蹈浪、风平浪静，成了那浩荡历史时空里的一个反常了。然而，把父亲的个体放到中华文化渊源大背景上审度，其又是太正常了。一位至今不知姓名的朋友在网络上读到报纸对我的采访后，给我留言："原来你是赵英超老师的儿子啊！赵英超老师在文化大革命前夕曾经担任过肖寨门中心小学的校长，那可是德高望重的好领导啊！肖寨门镇现在仍健在且和赵英超老师共过事的老教师一提起你父亲，没有不说好的。你父亲虽不认识我，但我却多次听到肖寨门地区的老教师讲起你父亲，他们对老人家评价甚高。老人家光明磊落、公而忘私、任劳任怨，的确是大好人！"

父亲的缺点就是门牙略微前突，上嘴唇有点鼓。母亲满面是细密的皱纹，这遗传自我姥姥，但不影响美丽，反而美得详和。小时候，我看到过镶在大镜框里的家庭老照片，母亲的相片像民国时期的电影明星一样，难怪有先进文化思想的父亲也不支持母亲参加革命工作。一想到母亲的美丽与命运厄难的反比，我就由然心痛。

父亲人生事业的顶峰是创造了那个时代乡镇中学教育所能达到的最高辉煌，即全日制十年制的初中、高中合校——老观坨中学，在文革的异常岁月把学校办得像一个理想国的小社会，学生不仅仅学习文化课，还有劳动生产实践课，毕业走出校门后，会掌握一技之长，为社会培养输送实用人才，父亲的教育理念走在了后来兴起的职业教育前面。学校有校办工厂，有菜园、有养鸡场、养猪场和豆腐坊，有农田和车马，还有电影放映机，有公社革委会都没有的24寸黑白大电视，还有一支在全地区绝无仅有的乡村中学西洋器乐队，将军一样的彩带礼服，乐器闪耀黄金一般的光泽，遇到重大活动，这支声飞云宵的器乐队是极其耀眼的"闪电"。后来，1984年，我进入老观坨中学读书时，这里只剩下初中部，回归到只教导单纯的文化课了。

母亲在乡村家里同样活得出色，母亲是人美心地更美，买了村里第一台缝纫机，义务帮着乡亲们做衣服。那时候，每到年底家家都要给孩子们做新衣裳，别人冬闲，我母亲却连夜不睡帮人做衣服，半夜在油灯下过于困倦，头脑不那么清醒了，一剪子把别人的布料剪坏了，第二天母亲忙于活计，让我姐姐去集市上买了新布料补偿给人家，少女时的姐姐埋怨母亲总是热心帮别人而忽略了自己的孩子，赌气不去，母亲只好自己去买了新布料补偿给人家做好衣服，还不能让人家知道。天寒地冻，母亲的手脚都冻疮了。母亲买了村庄里第一把理发推剪，常年帮亲友乡邻理发。母亲从小受我姥爷行医的耳濡目染，也懂得一些医术方法，就备了注射器帮别人扎药，从年轻时给我太奶奶注射到帮乡邻亲属，直到晚年，我长期注射药物依然是母亲每天给我扎针。父亲工作调动频繁很少回家，很多新来的乡亲们只熟悉我母亲，却不认识我父亲。姑奶来我家串门，到趟房走了两回没打听明白赵庆年家在哪儿，后来想起问李玉莲家，乡亲们笑说：你早说找李玉莲不就妥啦。我父亲有时回家来，母亲把爱人收拾得洁净利整，父亲站在门前，很多人以为我家来客人了。

父亲参加工作长年在外，我母亲就替丈夫把公婆、小姑、小叔子、儿女这一个家捧在手上了。听说，我太奶奶病得自己不能排大便，我母亲就给太奶奶一点点抠出来；后来，我母亲伺候我爷爷奶奶晚年时，嫁到城市的姑姑因为工作不能常来探望老父母，偶尔来了就和我们说：我不来我也放心，你太奶奶那时候拉不下来，你母亲都能给抠。

后来，我去锦州医院蜂疗，父亲陪护着我，年近花甲的母亲在家里照料公婆和两个病瘫儿子，又在半夜去稻田放水，因为劳累昏厥摔倒在水渠里——我无数次在梦中想要伸出流泪的手去把母亲扶起来。

父亲晚年患了老年性脑萎缩，后来，病态神志混乱，发展到不认识人了，慢慢身边的亲人也不认识了，母亲天天陪侍着，可父亲却把相伴一生的老伴错认为是学生了。我故意指着墙上的毛主席画像笑问：爸，这是谁呀？父亲真诚笑说：毛主席呗。又宽和地微笑批评我说：毛主席、你还能忘了啊？父亲在弥留的昏睡中，夜半，还颤微微伸手向旁触摸，双眼仍然闭着，嗓子喃喃嗯嗯，我知道这是父亲下意识地在寻找我母亲。恰我母亲连连熬夜累乏了，就坐在我父亲身侧打着盹，我没舍得喊醒母亲，就轻轻地握了父亲的手，轻轻地——

那时虽然我还不能走路，但我能站着，也尽力帮母亲照料父亲，喂饭。有时，母亲把父亲扶起来坐一会儿，父亲虚弱得坐不稳，老是要摔倒，我就搂着父亲肩膀扶持他。以前，我和母亲亲近，同父亲疏远一些，这时，父亲需要我搂住了，感觉父亲就像一个孩子，我很心疼，也感觉这时候和父亲最亲近。还有一件父亲做的事让我忘记不了：父亲神智混乱时，一直用大大的旧方格手帕去包自己的那只泛黄的旧手表，父亲枯手颤抖着，总也包不上，可是父亲一次次这样去做，阳光穿窗斜射进来，照耀着父亲苍老的手和旧手帕、旧手表，他究竟为什么老想把过去的时间包藏起来呢？

三、被病魔关照的家庭

我出生前，一奶同胞的三哥已经瘫痪在炕上五年了，我六岁的时候，二哥也瘫痪了。父亲唯一的弟弟——我的老叔抽羊角疯，精神癫狂，在我九岁时，老叔病故了。

我出生时是健康的孩子。

但，一定有一种叫疾病的东西，于父母因爱而产生我那一瞬间，就同时诞生于我体内了。这种疾病的物质在我血肉里生根了。这是我天生偏得的，比普通人多了的东西，当然这是看不见的。我在幼小时的健康是一种假象，那疾病基因潜伏在我生命里，时时刻刻蠢蠢欲动。这种疾病叫类风湿，大约是类似风湿的意思。有的人肌体里暗藏着类风湿，但潜伏了几十年，晚年才发作，有的人中年发作，有的人少小发作，我不幸属于后者。我想：也许会有一些人，疾病基因潜伏在体内，但一生没有发作。这时他是健康的人，或者是亚健康。

我是多余的人。

父母本不想再要孩子了。在我之前，已经有了五个哥哥、一个姐姐，我在兄弟中是“老疙瘩”。母亲发现怀了我时，我的五哥已经六岁了。那是1969年，在一个星期日，父亲用自行车载着我母亲，走了三家医院，想把我做掉。那时，对计划生育还不强制提倡，因为母亲已经是三十九岁高龄孕妇，而且，那时候医生多不愿意杀生害命，或者，我猜想，他们都一致认为赵凯将来有发展，不约而同地劝父母留下我。大难不死，必有后福，果然，我之后的人生岁月大多时候过着衣来伸手、饭来张口的生活。我的每个手指肚上都有一个圆斗，俗语说十个斗的人，稳吃稳坐。

我的生日公历是1970年1月30日，农历是1969年腊月二十三小年儿，我们农村孩子都是过“阴历”生日。所以，我常常开玩笑说这个生日不好，不能因为我过生日而特意做一些好吃的，因为那天是不是我生日，家里都要包饺子。但同时也阿Q地说，任何事物都要两面看，这个生日也有好的一面，就是神州大地家家户户都在包饺子庆贺我过生日。后来，读书时，知道大作家老舍也是腊月小年儿生日，就想，我和老舍一个生日，沾光借文气了。

每每认真回想幼儿时最早的记忆，模模糊糊是在趟房路边玩，玩伴中有个小丫头是家族中我叫姑的。趟房，是我出生前十年，1960年大洪水冲倒房屋后，村里集中盖的安置房，前后两趟，当时，能住进这种简易救灾房，是很“光荣”的。两家之间，只隔着秫秸抹泥的薄墙，这屋打嗝那屋都能听见。

有的人家独立盖了房子，就陆续搬走了，父亲当时不急，“等社会发展，过共产主义生活，会分房子的。”后来，哥哥姐姐大了，母亲埋怨我父亲，不得不盖房子了。说起这个，二哥就会很自豪，因为当时，大哥已经结婚分家了，所以，盖房子这事，二哥付出最多，他常常说当时建房场面是多少乡亲帮忙，多么壮观。又说当时是怎么样请生产队的马车去供销社拉一箱箱面包，买成板的海鱼，给来帮忙的人们吃。这就提起祖业门风了，解放前，我家是富裕中农，有车马有土地，秋收时会请一些雇工，村里还有另外三家大户也要雇工，就传扬开一句话：老赵家饭好，老罗家活儿狠！说我们家给雇工做的吃喝比较好，而老罗家却抠门儿，听说老罗家有时候故意拖延吃饭时间，在饭前的一丁点儿工夫，主家也要想方设法找点活计，让雇工们做，不能歇着。

我们村里，都在平地堆土筑高岗，然后在岗上盖房子，这是为了抵抗洪水。垫房岗时，或者临近挖深坑，或者平地剥一层土。1960年发大洪水，家里人和乡亲们一起逃上大坝，而我太爷爷却留守家中，死也要与房子在一起。他在院中挖土，沿房岗四周叠了小坝，洪水真的没进入我家屋子。后来，村里人再盖房子，就向我家房岗看齐，以为这是安全高度。1995年，浑河又一次大洪水，淹到了我家屋檐，把房子冲倒了。

我记忆最深刻的事是搬家。

父亲和二哥用土车推着三哥，母亲和姐姐在两边扶着，怕车跌倒，因为这是独轮车。我抱着虎骨药酒的圆筒包装盒子跟在后面，已经没有药酒了，但这盒子却是舍不得扔掉的，既可以装东西，也是美化家居的装饰品，我对老虎形象的最早认知就来自于虎骨药酒圆盒上的图画，一只仰头张大口向天吼的斑斓东北虎王，至今还仿佛听得到那虎啸声。那应该是1972年汛期，我三岁，道路泥泞，一家人艰苦跋涉，没有丢下病人。

我出生时，三哥就躺在火炕上了，可是，他在趟房的样子，我一点不记得了，只记得在新房子，三哥天天躺在南炕梢，晚上我挨着他睡。炕头是父亲母亲。北炕，是四哥、五哥。我记事时，姐姐已经出嫁了。然而，我记忆中，也没有二哥健康时的印象。我记得的，就是二哥在1976年病瘫后，成天坐在一只沙发椅中的驼背佝偻形象。

盖新房时，二哥身体已经开始发病了，还坚持着在生产队上工。后来，越来越病痛，父亲是公社中学校长，就把二哥安置到学校喂马，活计轻巧一些。然后不到半年，二哥就在一天早上起不来炕了。送去辽阳医院，手术治疗。当时误诊为骨结核，在胯部开了长长的刀口，扒开一看，不是骨结核。在春节前，冰雪严寒，生产队的马车去辽阳把二哥拉回家了。二哥在生产队的日子，人缘儿非常好。下乡的知青们都管他叫二哥，全来我家做客，母亲尽家里所有，热情招待。许多年后，还有知青经常回乡下看望二哥。二哥在家里是严厉冷面的人，经常大声喝斥，小孩子都怕他。我小时候怕他，比我小六岁的外甥也怕他，觉得他的稀疏的八字胡有点像日本鬼子。三哥性子好，笑容随和，从不生气，他的眼睛出奇的大，像后来的卡通漫画人物的大眼睛。我小时候，就经常缠着三哥帮我叠纸手枪和纸船，我趴在三哥旁边，会从他的大眼睛里看到小小的我。

再说搬新房子，燎锅底，吃第一顿饭，记得母亲炒了鸡蛋，葱花香味呛鼻子，我最小，那炒鸡蛋基本都夹到我碗里了。回想清苦中的生活，真是又酸楚又有丝丝亲情的甜。

还有个事，读小学二年级时，冬天放学后，几个小伙伴去同学家里，坐小板凳，在饭桌上写作业。谢家母亲看到我穿着冰雪浸透的夹鞋，直心疼我。那时候，母亲因为忙，也因为手慢，还没有把棉鞋给我做好。那时候，没有钱买现成的鞋，村里家家都是母亲们用补丁浆糊打袼袢，纳鞋底，绱鞋帮。谢家同学比我大一岁，长得高大，去年的棉鞋穿小了。谢家母亲拿出旧棉鞋，给我穿上。我的小脚儿冻得通红，反而不知道冷，冒着热气。

母亲的性格，是做什么都好，做什么都像样子，就是手慢，虽然说慢工出细活，但也太慢了。母亲给我织毛裤，春天开织，没完成，天气热了，就放到一边，天冷后，又拿出来织。因为放在炕柜上，织好的部分已经晒掉色了，而新线团是原色，所以，穿上身，就是裤腰大腿一个色，而下面小腿又是一个色。家里来客人，尤其是姨夫，总说到我家吃饭太费劲，不是不做好吃的，就是母亲手慢，而母亲有时说姨家的饭菜虽然做得快但没熟透。我天天处在母亲手慢的生活中，有时还羡慕姨家的饭菜，宁可没熟透，不耽误工夫啊。我有时早晨上学吃不上饭，就是因为母亲手慢。母亲从被窝里起身不晚，可是，东摸一把，西摸一把，时间没了。有时候，母亲做晚饭，本来就不早了，太阳西落树梢了，母亲拿着菜篮去园子里摘豆角茄子黄瓜什么的，这时候应该做的，就是赶紧做饭，但母亲看到黄瓜藤应该牵到高处了，茄子应该掐尖了，倭瓜应该做套儿了，免得长大坠下来，于是母亲就干那个活计了。如果不喊，母亲能做到天黑透了，星光满天了，也不回屋来做饭。农村一天两顿饭，放学回家，放下书包，我饿急了，有时候，母亲把米下锅了，我就抢着烧火，饭锅开了，但菜还没做好呢？有时候，我主动削土豆皮，本来不适合我做，但为了让忙碌的母亲进屋就能切菜，节省时间，我就学会削了。土豆皮削好了，母亲还在菜园不进屋，我就试着切土豆片，慢慢切，一点点地，从来没熟练过。土豆片切好了，母亲还在外面忙，我就把饭淘到盆里，涮锅，然后放了油、葱花儿、盐，锅冒烟了，母亲还不进来，我只好炒。不知道炒到什么火候才是熟了，慢慢摸索。后来，简单的农家饭菜，我很小就能做了。

因为屋子里有爷爷、奶奶和二哥、三哥，四哥在学校补习到晚上，五哥辍学去生产队，下班也在外面玩。五哥是我们家的另类，特别不爱学习，当初逃学，父亲恨得用皮带抽打他，并吼叫“给毛主席跪下”，五哥真就跪在毛主席画像前，但仍然铁了心不读书。后来，父母无奈由了他的意，在生产队，他从“半拉子”工分干起，成熟到吃喝嫖赌全好，好打架总是挨打的时候多，好仗义总吃亏的时候多，赶马车翻车的时候多，做生意赔本的时候多，父母为他操的心比我们三个病人还多。读书看到过去大家族中总会出现一个败家子，我就会想到五哥，父母在乡村社会属于上流人物，怎么会生了这样的孩子，不是教育的问题，天生就是逆种。我常常觉得五哥不应该是我们家的人，都说他的体貌像早年病故的二舅，而他的脾性随谁呢？听老辈人说，母亲生五哥时，第一个走进产房的人是家族里的一位大奶奶，民间有种说法，谁踩生，孩子长大就像谁，都说五哥的猴脾气像那大奶奶。少小时，我特别羡慕别的小伙伴家里有大得不多的姐姐帮助做一些事。比如，在星期天，我和小伙伴上午写作业，中午到外面玩一会儿，抬头看到太阳西斜了，我恋恋难舍地告别游戏，必须回家自己去洗衣服，因为就身上这一套像样的衣裳，第二天周一上学还要穿。而锁柱和冬伟呢，脱下衣裳就不用管了，又跑到外面去玩，小姐姐就帮着洗了。我唯一的姐姐比我大二十岁，在我记事时就已经出阁了。这种对姐姐的渴望，后来也养成了我对姐姐型的情感的特殊认同。

一个农家孩子应该做的活计，我都做过，搂柴草，剜猪菜，扫树叶，去大河边野浴，我不会游泳，我们这里叫“会水”，或者“不会水”。踩蛤蜊，有时，脚底板会让立着行走的硬硬蛤蜊给割开大口子淌血。我到现在也不理解，圆润的河蚌壳为什么有时候会变得那样锋利，一定是河蚌在发怒的情况下，暴躁抵抗伤害它的力量，我们偶尔把自行车轮条磨尖了扎蛤蟆。我和锁柱，用夏天遮挡蚊蝇的旧窗纱，一人牵拉一角，在小河沟里走一段，就捞起一小把活蹦乱跳的虾米，黑黑白白的，一煮熟就是通红的。有时，挑捡白净的小虾，在水中涮洗一下，捏着就放嘴里嚼，鲜。我不敢把虾米拿回家，怕母亲批评，不让我下水，因为我屁股上常常有针眼，还有就是不让玩水。越不让做的事，才越好玩，新鲜刺激。锁柱的母亲对孩子比较任由自然野生，拿回虾米给炸虾酱，或者炖茄子，非常好吃。

还有前后街上，成群的丫头小子，在冬天的月光下，在生产队养鱼池的冰上玩打滑趟儿，或者藏猫猫儿。还有，做了小弓箭，追着满街上乱跑的肥猪苦练习射击技术，把柳条烤弯，系好皮筋，挑直溜儿的高粱杆，偷拿母亲的缝衣针，倒戳在尖头上，再用细铁丝缠紧，射得又远又准。针扎在正拱粪堆的猪屁股上，猪嗷一声叫唤，然后就跑，箭挂在猪身上，一颤一颤，好一会儿才掉下来。孩子们不觉得残忍，只觉得真好玩！用自行车链条做火药枪，砰砰打“纸炮”，枪把上拴着长长的红缨，潇洒地掖在裤腰带上，或者威风凛凛地拿在手里，在头顶挥舞，高呼“同志们，跟我上，冲啊！”，很英雄的！踢铜大钱和鸡毛麻秧做的键子，做弹弓打家雀儿。用手电照着在屋檐下掏家雀儿，冬天天冷，家雀儿钻到房檐里，手电一照耀，鸟眼睁不开，就手到擒来。烧家雀儿吃，糊香，是那个贫困年代难得的美味。现在讲究保护野生动物，那时候，没人提这个，还说家雀儿是四害之一呢，和人争粮食。其实，麻雀控制了虫灾，我甚至想到，在过去，是麻雀养活了人类。男孩子在路上挖小坑砸杏核儿，扇“啪叽”，滚铁圈儿，女孩子坐炕上弹杏核，抓“嘎啦哈”（猪膝盖骨），跳猴皮筋，扔口袋。春天里，爬上树，折榆钱摘槐花吃，又香又甜。现在，还想回到童年，但村庄里已经很难找到榆树和槐树了，真的，好像在不知不觉间，这些树都逃离人们了。

1979年夏天，我读小学三年级，一个平常的早晨，我醒后，就感觉脚疼，一看，踝关节红肿了。脚一落地就钻心地疼，不能走路了，无法上学了。我人生中的大厄运就从这个没有记住准确日期的一天开始了。

父母带我去看医生，医生问崴伤过没有，我说没有，又让好好想想，想也没有，再想，终于想起，前几天和小伙伴们玩，跳过土沟，医生断言：那就是了，不知不觉崴的，然后发炎了。

就像把三哥的发病，赖到在红光桥上和孩子们一起往河里跳。

就像把二哥的发病，赖到和别人摔跤，被摔伤了，压倒了几棵红高粱。

又一个孩子被病魔捉住了，像野兽捕获猎物在吃掉前要戏耍一番，我们仨兄弟和我们的家庭亲人被病魔这个巨大的妖怪长久地戏弄来、戏弄去。

还记得小时候和某年，大约是过年时节，生活清苦，但那天上午阳光很好，父亲与四哥和五哥都不在家。那时候，爷爷和奶奶还没老到需要照顾，住在相邻的院子，没和我们住在一个屋子里。母亲坐在炕上补衣裳。我坐着小板凳，趴在炕沿上写作业。二哥蜷缩在木匠舅舅给特意打做的弹簧椅里，十几年也没能上得了火炕。三哥常年躺在炕梢，枯瘦得皮包骨，永远是仰面躺着这一个姿势，不能翻身，弯曲变形的腿膝总是把被子拱起小山丘样的尖。阳光穿透窗玻璃上的冰凌花，照射进来，照亮了母亲和三哥，二哥在阴影中。二哥和母亲讲着他没病瘫前，跟着舅舅去吉林省长白山区抚松县姑姥姥家那地方做半年木工的事情，回忆健康日月的光阴，讲着讲着，窗玻璃上的冰凌花融化淌水了，母亲和二哥流泪了，三哥躺在那边无声地落泪，少小的我也跟着大人一起哭。记忆中，二哥这从不落泪的刚强男人，在病瘫后唯有这么一回搂着我哭泣！母亲把脸埋在正缝补的衣裳里呜呜晦晦。为了给我们三兄弟治病，那些年，父母总是把生产队分给家里的口粮卖一些，换得一点钱，送我们去医院，给我们买药。每到春夏，家里的粮食就会青黄不接；为了节省粮食，猫冬的时候，母亲老是煮粥。我们不怕日子饥寒，我们实在是被病痛折磨得生也难、死亦难，这个被病魔过度关照的家庭，流下多少泪水才能洗净从前世带来的罪孽和刑罚？

后来，有一天夜半，我被母亲的哭喊声和父亲的喝骂声惊醒，迷迷糊糊地明白了：二哥不堪忍受对疾病的绝望，喝了老鼠药，吓得家人乱做一团，父亲骑自行车去生产队找队长、找车把式套马车，把二哥送到公社医院去抢救。邻里乡亲也被惊动了，一位长辈拿水瓢从粪厕舀来屎尿斥骂着逼二哥喝下去，好让他作呕把胃里的毒药吐出来——

四、瘫痪在十八岁的炎炎夏日

每个人的生命中都有难忘的日子，出于各种原由，或喜庆，或悲酸。

1988年7月5日，这是个我起初想起来就咬牙切齿，到后来心态平和回味的日子。

那天早上，睡醒，我的右胯就痛，很疼，不动好一点，一动就更特别疼痛。我知道：病，又犯了！心就一沉！但我已经怨不得什么了，早就怕犯，但也早就知道一定会犯。自从九岁时类风湿病发作后，每年夏天我都会犯病，什么医、药都拿这个顽症没有办法，一直熬到雪花飘飘才会不疼。我是在病痛中长大的，全身关节都疼遍了，面对这个破症候，我毫无办法，唯有承受。

我勉强穿上衣服。

前一天，我还和其他健全人一样，行走自如，就是坐一会儿再站起时，腰会躬一些，慢慢才能直起来。一种疾病，在我身体里潜伏着，因为怕犯病，为预防，春天，我已经熬了几十副苦汤药喝，可病还是犯了。我是“格路”人，别人得了类风湿，都怕冷，遇到湿冷会加重病情，不喜欢冬天，我呢，怕热，一到热天就不行了，天冷我就活啦。治了几十年病的老中医都没见到过我这样的，说我得的是热风湿。我从不想与病魔打交道，但病魔相中了我。我一直在对抗他，但我失败了。我甚至觉得无论将来医学如何发达，生命体的一些疾病会永远存在的，是治愈不了的。母亲对我说过姥爷留下的一句话：治病，治不了命！

这时，我依然在休学。学校照顾我家，让父亲在校内开个小卖部，专门向学生出售面包麻花，还有作业本之类的。因为类风湿这种顽疾，反反复复，治不出头，是无底洞，一个病人就会拖垮整个家庭的经济，何况我家是三兄弟患病。二三十年里，年年治病，吃药打针，多亏父亲是教师，是干部，月月有工资，如果父亲是普通农民，即便母亲再会过日子，无论怎样节俭持家也坚持不了。乡村里，父亲是工人、母亲是农民这种半工半农户，大都是比较富裕的家庭。我常常感激自己降生在这样的人家，虽然家里多了病魔这么一个魔头，但还能维持生活。我病倒前，基本上是在帮父亲打理店。而且，有时候，我也外出去做一点小生意，卖电视报，旧书刊，还有冰果、翻花小玩具。记不清什么原因了，那天我早起，要去河南岸的小北河镇。我忍痛勉强骑上了自行车，右胯疼得越来越甚，肿胀，一摸，局部发热。我的体温似乎总是比别人热一点，跟人握手时，也会有人吃惊地问我：手咋这么热？家里人看到我犯病了，母亲无奈地皱眉，全都没有办法，在我家，这已经习以为常了。

出村口，十几分钟，就来到了浑河边。我只用一条不疼的腿蹬车。那时，这里还没有修混凝土桥，是浮桥，一到汛期，浮桥就会冲开，只能乘渡船。船到岸边，要涉过浅滩水，把自行车举到舱里，人再跨船帮进去。我的胯疼得难以做到，疼痛越来越厉害，如果挣扎过河去，很可能就回不来了。我隐隐预感到这一次的发作，很可能极大不好。我犹豫了，盯着脚尖的流水，一会儿就发晕了，人像要随着流水歪倒。于是，我转身蹒跚返回。

二姑家在村庄南街，为了什么事，好像是奶奶叫我告诉二姑什么话，我到了二姑家，二姑看到我瘸了，关心问：疼啊！二姑让我吃一种止痛药，我早已经吃过了，说，是药都治不了我这破病。

然后，回家，到了院门口，我已经不能抬腿下车了。于是，放慢车速，伸手扶住墙边的杨树，停住了，人还在车上，喊家里人，帮我扶稳车，忍受剧痛，不得不下车来。这个关节炎，就是剧烈疼痛，因为骨膜发炎，增厚，挤压关节腔内的神经，需要紧绷全身肌肉，不能动，有一点动作，就如锯痛剜心。

我爬上墙角的铁床，就再也没能下得来。

好了伤疤，忘了疼。我的确无法描述当初发病有多痛，这个病，号称“不死的癌症”！

右胯，发展到整条腿都肿胀发热。

我曾经想像候鸟一样渴望迁徙，专门逃避酷热，到寒冷的地方去。可是，中国地理，冬季南北温差大，夏天里，南北都一样热。还有，我十六岁以后，冬天也发作了。这之前两年，左胯就是在正月里发作的。然后，在五月，去辽宁省中医院住院治了半年。

大侄儿洪禹来了，我让他压了一桶水，井拔凉，我挣扎坐到床边，把发烧的右肿腿伸桶里浸着，冰镇。

父母说不行，我含泪吼着，发泄。

起初，我还能靠墙坐着，后来就不能了。后来，在锦州蜂疗时，听一位病友说过一句话：天不怕，地不怕，就怕风湿上大胯！这话极有道理，我身上各关节都痛遍了，可是，哪儿发病，都没能让我瘫痪，但，胯发病，我就彻底废了，因为胯是人体动作的中轴，中医又叫“大转子”。那年，家里拼全力送我去辽宁省中医院治半年，这一次，再也无力了，我也不能要求去看病了，唯有挺着。现在回想，当年，家里经济条件就算允许我再去医治，那么，下一年，还是要发作，最终还是瘫痪的结果。挺着，我就盼冬天早点到来，希望等天气冷下来，我就自动好了。可是，这一次，疾病再也没有给我机会，雪花飘时，我正严重，原本右胯不能压迫，只好向左侧翻身，这回，左胯也发炎了，脊柱都疼痛了。

我努力站起来过，城里的荣家姑父母来看我，我下地了，可是他们一走，我险些摔倒！多亏扶住了小桌子。我拄着二哥的木拐，屋里地面平常，下面却是耗子洞，我整个身子倚压在拐杖上，拐杖拄塌了地面，突然陷下去，结果，我僵硬的身躯，一旦颤动，就痛得摔倒了，多亏侧歪着倒在炕上。我吃激素，原本不敢多吃，为治病，脸和上半身浮肿，腿却肌肉萎缩松懈。谁走近床边，我都害怕，全身时刻下意识地僵硬紧张，担忧别人碰到床沿，一点点颤动，都会招来我的剧痛。

虽然多年来断断续续一直有病，但也断断续续地拥有自由。

之前，每天在外面跑来跑去，突然失去自由，整天躺在床上，这种被绑束的痛苦，比疼痛更熬心，真是生不如死。

这时的家境，七口人，八十多岁的爷爷奶奶坐在炕头，二哥白天黑夜偎坐墙边，三哥常年累月躺在炕梢，花甲之年的父母竟然是我家的壮劳力，这回我又瘫痪了，炕上都没有我躺的地方了，这样的家境几乎令人绝望。。

这时，我有理想追求，正在学习《鸭绿江》文学创作函授，我躺在床上，仍向纸上写稿。

我想到过死，用拳头猛砸自己的头。夜里黯然落泪。我不甘心自己活人一回就这样死去，我想让生命留下一些痕迹再走。自杀这个问题，在我心里徘徊了好长一段日子，而且，我记得二哥曾经做过这种事对家里的影响，我不能再添乱。还有，这种时候，我真的是自杀都没有办法做到，瘫痪在床上，我连行尸走肉都不如，根本不能行、不能走，就是一堆骨头皮肉的废料，要想解决自己，除非绝食，而这是母亲不能接受的。

应该说，我还是怕死！

但，我总感觉，我骨子里还是有一些男儿的气血，读书塑造了我对节操的崇敬，当需要我做出奉献牺牲的时候，我相信自己真的能够做到！我能面对大义的牺牲，但害怕的是庸碌无为的死亡。而且，从小我就觉得自己不应该是凡夫俗子，总感觉自己这一生应该做点什么有意义的大事，所以，天生我就心怀一股傲气，很少真正服人。后来，因为身体疾病、生活残缺，事事求人、处处低头，我无法不谦卑，但正如一片树叶有不可分离的正反两面，我表现得有多谦卑，心底里就潜伏着多少支撑自我精神尊贵的高傲。

咬牙活下去！我心里暗自给自己鼓劲儿：别看我没能进入考场，等将来，我要让那些考上了大学的同学看到，我不比他们差。确定要活着，我就拼力学习，迫切想取得成绩，证明我活着躺在床上等人照料，不是完全无用的。

但是这个时间太漫长了。

作品第一次变成铅字，还真不算晚，是十九岁时在病床上写下的散文诗

《笑破天的理想》，发表在《文学之友》上，又过了几年，在北京一份报纸上发表了一首小诗《我会飞》，之后，一直到2005年，我三十六岁了，经恩师刘兆林老师提携推荐，我才得以在报刊上正式发表作品。

我夜以继日地学习，这样能分心缓解我的病痛。老是停电，电价比城市的贵，还不保证供应。这是城乡差别令我最早痛恨的现象之一。准备个小手电，浪费电池，自己也舍不得，又不好向家里人交代，看到我夜里打手电看书，会听到“唉”一声叹息，自己也愧疚。还有方法是点蜡烛，这也需要钱，我曾经把过年时供奉祖先和菩萨的蜡油收集起来，在没电时读书用。在铁烛台上，捻旧线蕊，一次添加一小块蜡油，经常添加，保证灯火照耀书本。后来，三哥和奶奶病故后，炕上有了我躺的地方，夜里就斜对角借着小黑白电视的微弱光亮，勉强看书。当发现眼睛近视后，如果我多休息，少看一些书，就会恢复，我知道这一点。但是，想到自己都得一直这样躺着，已经这样了，还在乎什么眼睛不眼睛。

后来，捡了因眼病脑病故去表哥的一副眼镜戴，带上后，一只眼睛看得清了，于是就戴，用我的眼睛，去适应一副病眼镜。这都是我身上发生的故事。后来，镜腿断掉了，就用铁丝绑。

相比看电视，我更喜欢看书。我对文字的兴趣，大于图像。

三哥从一大块破镜片中，反射着看我，大大的眼睛盯人看，他的眼睛出奇地大，更有神。都说他比我聪明！在我们家，病魔恰恰是从囚禁他开始。

这年冬天熬过去，并没有盼来我预期的好转，反而还加剧了。

这类风湿到底是一种什么病？在我体内游走为害的到底是一种什么东西？我不知道，目前的人类医学也告诉不了我们。我是病人，母亲让我学医，自己治自己，我不肯，不愿意学。我只愿意学文学，而学这个，家里人却不喜欢。姥爷是中医，家里有姥爷留下的金针，我也试着在自己腿上扎过，我读过针灸手册，知道一些穴位治什么病。我觉得我比较勇敢，最初在自己腿上扎是有一些忐忑的。别人针灸，说有针感，酸麻，我呢，什么感觉也没有。专业的针灸大夫给我扎过，我也没有，我咋什么都和别人不一样呢？

这时，我只认为自己是病人，不是残疾人，家里两位哥哥就是铁证，可我依然盲目自信：我会好起来的！我一定能重新站起来走路，哪怕是几年之后。没有想到，我后来虽然真的站起来能走路了，但这却等待了十八年！

人生有几个十八年呢？

九岁患病，十八岁瘫痪，三十六岁置换人工双髋关节手术重新学会走路。这种翻倍的年月数字，到底寓示着我生命里承载着什么因果的宿命，等到我七十二岁，能学会飞翔吗？

1989年初春，广播和报纸上都在宣传一种新的治疗类风湿病方法：蜂疗！传说一个农场女工，患类风湿病，不慎叫蜂群攻击了，昏迷三天三夜，醒来后，类风湿竟然好了。这种因祸得福的虚假传说，蒙骗了许许多多在病痛中迷惘绝望的病友们，仿佛溺水挣扎呛咳的人在浮沉中听到一句大喊：船来了！其实，这声音就是海市蜃楼，如同幻听，连救命稻草都不是。因为医院治不了类风湿，于是病友们就求助于这种天然的方法了。锦州一家职工医院，开设了蜂疗病房，这欺骗性的虚假广告就是他们利用媒体炒作的。我当时也大旱盼甘霖一样寄希望于蜜蜂救我，但治疗需要钱，家境艰难，我已经不好意思再向父母张口了，我自私地暗暗盼着亲人能主动送我去治病。是三哥第一个开口向父母说：送他去看看吧。“他”就是指我。家里人都以为二哥和三哥的病，没有治好的指望了，觉得我年龄小，还有希望一些。父母肯定是想为我治疗的，但不能两手空空去医院。于是，母亲去亲友家借钱。借钱这种事，父亲从来不出头，如果是给别人赠送东西，父亲会风光出场的。多年来，因为我们三兄弟的治疗，母亲无数次地踌躇着走入亲戚朋友家，红着脸羞赧地求助。好在，父母极讲信誉，过后必定省吃俭用地及早归还，所以，母亲考量再三选择的人家，都没有拒绝过，回想起来，真的感激那些年扶助我们家一路艰难走过来的亲戚挚友们。

于是，父亲、姐夫和四哥就背着我迢迢地去求医了。这是第一次去锦州，第一次走这么远的路，和如今去旅游的心情绝对不同。而且，腰胯关节发炎，身体有一点风吹草动就剧烈痛楚，一路颠簸，如同上刑。可是，为了求得治好病，我什么痛苦都能忍受，像用战斗来消弥战争，我企盼以疼痛来化解病痛。要转乘五次车，才能到达医院。起初上路时，都是四哥背着我，出家门到村里大路边上车，到县城又下车、等车再上车，在盘锦转客车时，姐夫心疼四哥一个人背我太累，就执意背起我。我吃激素类药物造成全身水肿虚胖，因为胯疼，背着我时，不能托着双腿，只有抓牢我的双臂，背着病人和背健全人不同，一点不能借力，我那时是死沉死沉的。感觉到姐夫瘦削的肩胛骨硌着我胸口，可是我不觉得疼，与病痛比起来，这不是事儿。车上已经坐满了人，一位好心的军人大哥站起来给我让座，我却因为关节僵硬一时坐不下了，全身肌肉神经骨骼都僵硬着扒紧姐夫肩膀，努力想坐下却疼痛得不敢。因为患病的关节腔里，骨膜发炎增厚，压迫运动神经，关节有一点轻微的角度位置改变就把剧痛刺扎给心脏和大脑，这也是我们类风湿病人最后形成关节僵化坏死的原因。病久了，有炎症的骨膜钙化，变成软骨，成堆成团地填满关节腔，丧失行动功能。车发动，车体哞哞吼叫摇晃，晃得我“妈呀”一声，栽倒后摔在座位里，多亏父亲和四哥在旁边保护，不然可能会摔倒在座位外边。我强烈感觉到自己的双胯关节就像上了锈的金属折尺一样，嘎吱嘎吱地慢慢勉强实现了弯曲仰靠到坐位里。

很简陋的医院，楼群间两趟低矮的灰瓦房，院子里好像是有个椭圆形小花坛，我记不准确了，因为我进了病房后，再也没有出来。屋子里很潮湿，看得出这是为了开设蜂疗实验而临时改建的病房。旧铁床涮了新的白油漆，涮得很粗糙，有的地方还露着锈斑。红砖铺地，不平整，高低参差，有点绊脚。门窗也不严实，初春的夜晚很凉。我发烧，潮乎乎的被子生出了寒气。夜半，我忍受不了啦，怕惊醒其他病友，就小声喊和衣倒在床边长条凳上的父亲：爸，我冷。朦胧中，花甲之年的老父亲爬起来，把裹身的毯子盖在我身上，轻轻地，怕手重了会弄得我更疼。

第一天入院时已经是傍晚，第二天上午，医生来到病床前，简单地问诊几句，然后直奔主题，给我做试敏。根本没有其他医院那种繁琐的检查，就是唯一的方法：拿蜜蜂蜇患者，看看对蜂毒反应大否。

美丽的女医生，抱着蜂箱，戴着白面纱，如果在野外会让人误以为是养蜂人、采蜜女。女医生拿一只尺把长的钢镊子，小心地揭开一点蜂箱盖，蜂箱里密密麻麻蠕动着成堆成团的小蜜蜂，观之令人心生恐慌，生怕蜜蜂飞出来乱蜇人。我小时候捉蜻蜓时误碰蜂窝，被蜜蜂蜇过，脖子上起个紫红的毒包。现在，我是心里忐忑地求蜜蜂来蜇我。女医生钳出一只不大又不小的中号蜜蜂，蜜蜂的大眼睛滴溜溜慌乱地看着我。女医生微笑着，边劝慰我不要害怕，边慢慢把蜜蜂放在我挽起袖子的胳膊上。蜜蜂仿佛尖叫一声，就把像仙人掌刺一样尖锐的尾针刺穿入我的皮肤。

蜜蜂的尾针是带倒刺儿钩的！

女医生捏紧镊子拿开蜜蜂，蜜蜂就身尾分离，尾针留在人的胳膊肉皮上，一撅一撅地往皮肉里深剜钻扎。蜜蜂尾针蜇刺半小时后，蜂针的毒素就基本都输送给患者了，患者自己或者护理的家属用指甲掐住蜂针，硬生生拔下来，肉皮上留下一个粗陋的针眼。

拿蜜蜂检验过敏与否，就是看这一只蜂针蜇刺后，病人如果只出现蜂针周围红肿，没有造成全身大面积的肌肤红紫、呼吸衰竭、心跳过速，观察一天一夜二十四小时内平安无事，那么就是不过敏，完成测试。

我期盼自己能试敏合格，果然实现了心愿。

第二天，医生在我手臂上按中医穴位蜇刺了三个蜂针，又是三个蜜蜂的尸体扔在地下，任人踩踏。我要向小蜜蜂致歉！我伤害了你们。蜜蜂应该飞舞在百花丛中，采酿大自然的精华。然而，为了人类的谎言，却牺牲了你们。医者在进行这种方法治疗之初，应该是善意的，想治病救人，但是这只是试验，不是成熟的医疗方法，这似乎也是中医的一种组成部分。我对中医不完全否定，但分什么病，相比于西医，中医的局限太大了。成排的蜜蜂尾针，在患者肌肤上，一撅一撅地往肉里深剜，这是蜜蜂的心！从最初的一针、两针试敏，到最后一天扎几十个、百个，病友们都要求多扎，每天一样的治疗费用，扎少了就亏了。蜜蜂群体中也有勇敢的战士，趁揭开蜂箱盖子的瞬间挣扎着逃出来，在病房里嗡嗡冲撞乱飞。戴着面纱的男女医生，依然会被逃飞的蜜蜂蜇肿脸。医生们也奉献了。听说，蜜蜂的一生只具有一次的攻击力，当它蜇刺了敌人后，就必然身尾异处，折断了翅膀，它的战斗完全是以命相搏！蜜蜂尸横遍地，那蜂针努力地向人类肌肤里深深钻剜，表明了战士牺牲的斗志和决心！

正当病友们对蜂疗抱有极大乞盼而经过两三个月的治疗却不见病情好转

时，平日里极其官腔严肃的女院长走到各个病房笑说：告诉大家一个好消息，去年在我们这儿治疗的患者李明权又来了。李明权是我们所有病友心里的榜样，因为蜂疗广告中就提到了一位叫李明权的患者经过治疗，康复出院了。女院长转身离开，我们病友就笑说：这是好消息呀？去年治好了，今年还用再来吗？

很快，我们就见到了同样被蜇得鼻青脸肿的李明权，大家关心询问他去年蜂疗后到现在，病情感觉究竟怎么样，私下里，他说了实话，没感觉到怎么样。李明权的二进宫，彻底击垮了我们对蜂疗的希望。几十位对医院常规疗法绝望的来自全国各地的病友，经过几个月的治疗，集体证明了：蜂疗是治不了类风湿的。

回想当年，我又感受到了蜂针蜇遍全身皮肉的痛楚，蜂针一撅一撅地动着往皮肉里深深剜扎；又看到了小蜜蜂们为我无辜牺牲时那大眼睛滴溜溜慌张惊恐的眼神。

五、珍宝般的初恋记忆

胖乎乎非常漂亮的团书记海燕告诉我：哎，有你一封信。

我急忙去收发室取，一看，是梅花姐寄来的。

好危险，四哥这时候也在学校，他也经常帮我收信件，幸亏这信没有落在他手里。

我怕什么呢？因为，这是我羞涩的初恋。梅花姐和我的事，是偷偷摸摸的，那时候，恋爱就像做贼一样。

梅花姐，我已经半年没见到她了——

这是1988年春天，我病瘫前一个多月的时候。

1987年，从初春到深秋，我在辽宁省中医院住院治疗半年。梅花姐是医院的护理员。

父亲和四哥把我安置到医院里，然后就都回去了。我自己胯痛，走路十分吃力，跛得狠。午间吃饭时，一位穿白大褂的姑娘笑着上前，主动从我手里接过饭盒，说帮我打饭。我以为穿白大褂的都是护士，后来才明白，她是护理员。我很感激她帮我。别人告诉我，她叫陆梅华，我笑说，华与花是通假字，就叫她梅花姐。这时，我十七周岁，虚岁十八，能参加工作的，都应该比我大，但看她比我大不多。后来，熟悉了，论起来，果然，她大我三岁。

我一个人从农村来，行动上又不方便，梅花姐对我特别关照，很快我就知道她也是农村的，来城市打工。通过亲戚，安排到这里当护理员。我用的是旧茶缸，旧饭盒，比别人的新东西都寒酸，我自卑，平时就把这些东西放在抽屉里，不用不拿出来，因此床头柜上非常光溜。有一次，她来帮着收拾，说一会儿护理部要来检查，让把水杯放在柜上热水壶旁边。我躺在病床上，她拉开我的抽屉，看到我的掉了漆的旧茶缸，就心领神会地看我一眼，然后，又关上了。这一刻，我竟然非常感动，因为她保护了我的自尊心。

慢慢地越来越熟了，她经常来帮我做事，打热水。有时候，还坐在我床边和我聊几句，听我说话，她会很开心地呵呵笑，然后又害羞不好意思的样子。我也喜欢她到我身边来，感觉她就像一只美丽的梅花鹿，又像敦煌题材动画片中美丽的九色鹿。她站在窗台上擦玻璃，我躺在床上，欣赏着她高高在上的柔美身姿，记得她穿着淡绿色的直筒裤，非常可爱。她边做活，边和我说话，总是轻轻地呵呵笑。我也不记得自己说什么了，会引得她那样开心。我应该不是太油嘴滑舌的吧。

不知她从哪儿抱来一个花盆，是几只小竹子，叶片枯黄半截儿了，放在我床头的窗台上。然后，她伸纤手掐去了黄叶儿，只留下干巴巴的青色叶子，再浇了水，不过两天，这一丛小竹子水葱葱的鲜绿了，非常可人，招人喜爱了。我平时不喜欢花，这时，也是为了和梅花姐找话说，问这是什么花？她说是水竹。后来，我也经常给这水竹浇水，我俩一起精心养护着这可爱的无花的单纯的绿色。此后，这水竹竟然成了我病痛生命中最怀想的花，最喜欢的花，最有情感的色彩。

因为梅花姐很少和别的病友们交流，多和我说话，病友们就玩笑着逗我说一些笑话。其实，梅花姐不和别的患者多聊，因为他们都是成年男人，梅花姐对他们多了一份设防心，而我在患者中年纪最小，又可以姐弟情分出现，她最适合选择我交流。这些笑话，反而引起了我少年的情心萌动。而梅花姐，也听到了这些话。

这时，我的病痛也减轻好多，能基本自如行动了。那天晚上，我从水房出来，正好，梅花姐的护理室开着门，她笑着喊我进去。平时，因为护理室是女人们的屋子，我是少年不好意思进去，感觉那里很神秘。原来，她的桌面上有一包爆米花，叫我一起吃。我就笑说：真是好姐姐！

她看着我眨眼笑问：我真好吗？

我真诚地点头笑说：真好！我又说，你只对我最好，别人吃醋了，说咱俩的笑话呢？

她也不惊讶，只是问：我当然不能对谁都好。那，别人说笑话，你心里是咋想的？

她问完就低下了头，在等待我回答。

我看着她，明白这回答的郑重性，就说：我喜欢他们这样说。

她抬头笑看我一眼，撅了嘴唇，拿爆米花打了我脑门上，笑说：人不大，心眼儿可多，还挺鬼呢。

自此，我们悄悄地多了一份别样的情愫，在众人面前还装作原样。

一天上午，在病房楼下的路上，我去取药，她下夜班，我们相遇而过，我一笑就过去了，她"哎"喊住了我，然后，伸出秀气的小手，托举着到我面前，我才看到她掌心里有一个小纸团。我急忙拿过来，还怕别人看到，路上人来人往，我们红着脸，羞赧地相互一笑，就分开了。我边走边回头看她穿日常衣裳的背影，非常朴素的女孩子的美。应该说，她的五官很平常，不特别好看，但很耐看，而且，她的体态真的非常好。

我来到医院花园中的小凉亭，这时候是上午，人们还大都不来此乘凉，我却正好在这一份清静里读梅花姐给我的纸条。激动地展开，原来，是约我星期天去北陵公园玩，和我有话说。一个女孩子，约一个男孩子一起去公园玩，在当时，就是恋爱的表示。我是喜欢读书的人，我懂。第一次赴这种约会，我激动得晚上失眠，病友们都睡熟了，我却揣着心里的秘密很甜美。

第二天早饭，我也没心思吃，匆匆忙忙吞咽几口，就告诉邻床说我去亲戚家，换上衣服出门了（梅花姐看到我在水房洗衣裳，曾经要帮我洗，我怕别人说闲话，就笑着婉拒了）。去公园路上，运河桥头有个旧书摊，我常常在这儿买便宜书刊。虽然是去赴约，但习惯性地低头扫了两眼，看到有两册上一年的《人民文学》，于是就半价买下了。拿着刊物去约会女孩子，真是在爱情路途上，我也有文学相伴呢。而且，这恰好是1986年第三期，头条就是莫言的《红高粱》，我记得太清楚了，这小说震撼了我。后来，这刊物也被洪水“借”走了。

在公园门口，我停下来，四处张望，寻找她。到处都是人，突然，我肩膀被轻轻拍了一下，扭头就看到了梅花姐的笑脸。她已经买好了票，我们一起进了公园。走入林荫小径，花花草草，向深处，沿湖畔散步，很激动，又不知道说什么，彼此心照不宣。慢慢走到树林浓密地方，看到有一对情侣在树下搂抱着相互凝望，我就不由得去牵她的手，她先是躲了一下，我停下脚步看着她，她又红着脸，羞赧地向我伸过手来。抓住了她的手，我才感觉这事落实了。

牵手又漫无目的走了一阵儿，忽然看到前面来了我们村上的三位成年人，我认识他们，怕他们也认出我，就急忙拉着梅花姐向树林深处避去。

我说：坐一会儿吧。

于是，我把两本杂志先放在高高的松树下的沙土上，然后，我俩一起坐下了。这是对文学的不敬吗？当时没想那么多。后来，杂志封面在细碎沙石上硌出的印痕，一直有的。每每翻阅，就提醒我，它们见证了我的初恋。

她告诉我：姨姥家给她介绍了对象，让去相看，是个弱智的小伙子。那年月，因为城乡差别，农村女孩子想进城，做城里人，为了城市户口，唯有嫁给城市残疾男人这一条路。她是初中毕业，学历比我还高。她宁可跟我回农村，也不想嫁给弱智。平生第一遭听到女孩子表达爱情，我幸福发晕，不禁问她：你爱我什么？

她说：你好学，长得也好看。

好学倒是真的，我的病床头总是放着书刊，天天读。我不是别人那样为了消遣阅读，我还买了几本旧刊物《写作》，在学文学创作知识。梅花姐有时候拿起我的刊物翻翻，她知道我的理想，这让她欣赏。虽然她自己不读书，但她喜欢爱学习的人。我回去后，专门照了镜子，我真的好看吗？以前，有年长的女人们说我好看，我还以为是逗笑，觉得好看只能用在女人容貌上。帮四哥在供销社卖货，有个嫂子问我多大了，想给我介绍对象，我笑说：十五。我是有点早熟型的。街坊三奶笑说：人家还小呢，过两年再给介绍吧。四嫂的娘家亲戚也想把她的一个妹妹介绍给我。梅花姐的话，让我认真对待了，觉得自己应该是很英俊帅气的少年。爱情鼓励我承认了现实。我因自信而更加有青春期小伙子的魅力吧。

忽然下雨了，一大块黑云冲过来，急雨大，一个炸雷，白天一道大闪电，吓得我俩起身就跑，不知道这小路通向哪儿，看到前面一处蓝白色的小房子，就钻到人家屋檐下避雨。雨水迸溅，湿了鞋和裤角，屋里人看到了，就好心说：进屋来吧。梅花姐不敢，我是男子汉，拉着她进了门槛里，但还是小心地站在门口边，看到屋子里是几排红灯绿灯闪烁的大银灰色金属机器，小桌前坐着两个男人，一个男人在窗口看雨抽烟，我就好奇问：大哥，这是什么做什么的？抽烟的男人笑说：不知道呀，这是变电所。

二十多分钟吧，电闪雷霆暴风骤雨都过去了，绿树梢挂上了彩虹。

我和梅花姐趟过洼洼积水，走出公园，就听路边摊贩们讲着：刚才就在公园里，一个小伙子在大树下避雨，叫雷电击了，肚子上一个大窟窿，送医院去了。

梅花姐和我互相看一眼，吓得一吐舌头。

回到医院途中，在运河桥头，我俩分手了，怕被出来散步的病友们看到。我站在旧书摊前，看着梅花姐沿着运河堤路走远了。偶尔，还回头向我招手，直到转弯看不见了。

第一次和女孩子约会，我一分钱没花，好像当时我要给她买汽水，她都不让，说我还没挣钱，住院正花钱。后来，我看到一个女病友穿一套雪白镂花衬衣非常好看，我也想节省自己的伙食费给梅花姐买一身，好像四五十元。她也不允。

梅花姐原本和我经常说笑，约会确定了恋爱关系后，就很少玩笑了，在众人面前反而显得很平淡了。有一次，我借机还东西去了护理室看她，因为知道就她一个人在值班，别人都正在吃午饭，这工夫是空闲，她也在吃午饭，饭盒里是白米饭，切西红柿拌白糖。她还喂了我一口。

和梅花姐在一起的机会不是很多。第二次约会，是定在晚饭后，但因为我们平时晚上总是几个病友一起散步，集体行动，所以，那天晚上，我们远远地隔着马路互相看到了，却点头暗示着，没有在一起。那一次，晚饭后，我谎说去堂姑家，没有和病友们一起散步。终于与梅花姐又在一起了，牵手在夜色里，但没有幽静的地方可去，真的是轧马路，在路灯下走过来又走过去。后来，在小巷里找了一处商店门口的台阶坐下了。那时候，一到傍晚，商店都下班，没有夜市。我们相拥着，她偎在我怀里，我们亲吻了，她笑说：像电影里一样。梅花姐给予我的珍贵初吻，在我的回忆里甜美一生。

她告诉我要去相亲的事，因为她不能不去走过场，可以相看不同意，但不能不去相亲，那样姨姥全家人会反对她的，她不能得罪亲戚。而目前我俩的关系又是不能公开的。

我告诉她了，我的真实病情，也许将来可能会瘫痪，因为我家里二哥、三哥已经瘫痪了。她是护理员，见过类风湿病人，知道这病的严重后果，但她宁愿跟着我。现在想来，当初，一个女孩子，知道面对的是一个可能瘫痪的病人，依然愿意把终生相托，真是令我感慨万端，此情难报了！

我和她说了我家里的情形，说母亲很不容易，说四嫂非常好，说女人是维护我们家庭的中坚，梅花姐说：你放心吧，我会对母亲好，像四嫂一样，帮母亲照顾家里人。我自然感动，这时，我既沉浸在初恋的甜蜜里，又“心怀叵测”：一是对这么好的女孩子舍不得；二是心态矛盾，如果我将来真像二哥、三哥一样病瘫，那么我就配不上她，或者，我真病瘫了，那么她就是我能拥有的最好的爱情。但我心里还有另外所谓远大的爱情婚姻事业理想，读一些名人传记，青年学子，遇到名师，恩师在学业上提携，然后还“以女妻之”，事业爱情双丰收。我无数次渴望自己重演这种典型故事，那么，梅花姐又不是我心目中最想要的。可是，和梅花姐在一起时，我隐瞒了这种心思，因为我对自己的将来没有把握。虽然我比她小，但对于她来说，我也是她的初恋。那时候，农村女孩子，很保守，在乡下自己不敢自由恋爱，被父母送到城市亲戚家，就是为了找个好婆家。

我出院前，她专门去照相馆照了相片，送给我。那时，她原本的长发剪短了，由于平时总也不照相，紧张得神态不自然，像个假小子。但这就是真实的她，朴素得真实，不虚假。出院前一晚上，我去堂姑家送还东西回来，经过楼下，她在二楼窗口喊住我，原来，她一直在盯着等我回来。她匆忙下楼，我俩躲到医学院操场墙角的路灯光暗影里，她抱住我哭了。她脸伏在我胸口，她的脑门抵着我下颌。我茫然不知应该怎么办。

她说会等我，等我毕业，我说好，可是心里却没底，我能健康到毕业吗？真有那一天，我毕业后，能真的履行承诺吗？

她塞给我十元钱，说我也没给你买啥，让我自己买点喜欢吃的补养身体。

我不要，我是男子汉，还没给你买什么。不要不行，她非常坚持，我如果不收，就更伤她的心，那时候，她月工资才二十元。

怕校园角门关上，我们很快就分手了，知道再难相见，那时候还没有手机电话，约好通信的。但回家后，我把她的相片藏在喜欢的书里，放在高高的柜阁里，可是，几个月后，有一次母亲找东西，还是看到了，问我这是谁，我慌忙掩饰说：是朋友。母亲找东西的本领厉害，有一回，我病坐在炕角下不了地，母亲从集市回来，把十斤豆油票就交给我暂且收着，她匆忙出屋办事了，不然，母亲是不会把这种贵重东西交给我的。我正在看书，根本没在意，随手接过来了。后来，母亲问我豆油票，我说不知道，母亲说那天是怎么交给我的，我一点印象没有，根本不知道把豆油票放在哪儿了，而且还不记得接过手这回事。母亲让我找找书里，我拉开柜抽屉，把书页翻遍了，也没找到豆油票。我根本不知道豆油票是什么样子。第二年春天，家里掏炕洞中的积灰，掀起炕席，母亲看到炕角有几张我随手写下的碎纸片，母亲认识字，而且对字纸总是认真看看是什么。父亲和哥哥忙着要起炕砖，就催母亲赶紧把碎纸片扫进撮子里。母亲却一张张捡看，惊喜地说：这不是豆油票嘛！我不得不承认自己是替母亲保存了这东西，可是，我真的一点记忆也没有，当时，我一定是全身心都在看书，随手接过母亲递来的豆油票，又随手就和碎纸片混在了一起。好在，油坊只认得油票不认人，拿票就给豆油，虽然隔了这么久，也没有损失。

但，如此认真的母亲，这一次没有再追问这是什么朋友，我记得母亲是认真端详了梅花姐的相片好一会儿，后来，我想：母亲当时是意识到老儿子有喜欢的女孩子了，而且，那时候，我还没瘫痪，正处在风湿病稳定时期，像健康少年一样到处跑呢。我不知道母亲会不会认可有这样一个老儿媳妇，如果时光

能够倒流，我会认真地向母亲讲一讲梅花姐，向母亲征求一下意见，询问老母亲喜欢不喜欢这个姑娘，愿意不愿意她做儿媳妇——、

再后来，梅花姐的这张珍贵相片，和好多宝贵的书稿一起溶入滔滔洪流浪花中，化做一条小鱼儿游走了。

梅花姐写来这信，问我：还咋办，已经半年没联系了，说如果我还要她，她就来找我，等着我毕业，我不要她，她就相亲和别人了。

梅花姐的字迹很不工整，还有错字白字，全篇信就是几句话，先说了非常想我，然后就是要我的主意。我真是矛盾啊，我连一个喜欢我，也令我喜欢的女孩子的爱情问号都回答不了，难于做决定，首先是我还没有自立，其次是家境不允许，再则，我依然还是有另一层为难的心思：我与她合适吗?

我的病到底会怎么样，能瘫痪不?瘫痪了，那她就是我能拥有的最好的，那样就会拖累人家，这时，我还自觉应该高尚一些，不要拖累人家。不瘫痪的话，那么，我还可以找个比她更好的、更志同道合的姑娘，梅花姐虽然仰慕文化，但她自己并不想成为文化人。

我是自己想成为文化人！这时候，我在读书中也知道一些知名作家的妻子就是不识字的，那么我也可以吧。犹豫难断，不知怎么回复好。

拖延了约一个星期，我真是天天在琢磨这事，终于还是给梅花姐写了一封回信。凌晨，家里人都睡着，我却起来读书写字了，我平时真的是经常那样用功。因为，那时候，电力紧张，经常给农村停电，以保证城市供电，有个规律，上半夜家家需要用电时，就不给电，乡村里漆黑一片，后半夜，村民都睡了，电来了。

在这封回信中，我大意也是实话实说了对自己的未来没有把握，不敢承诺，重点说了怕自己像二哥和三哥一样，那就不忍心拖累她。当然，我隐瞒了自己倘若健康想找比她更好的心思。而且，这封信，在我的包里放着，拖延了半个多月，没有立刻寄出，我不知道自己在拖延什么，其实，还是不想决断，舍不得对这么好的女孩子果断说分手。

等到7月5号那天早上，我从睡梦中醒来，右胯发病肿痛了，从此瘫痪

了——

我至今仍然相信：如果我当时肯把自己病瘫的情形写信告诉梅花姐，她一定会来到我身边的！

但是，梅花姐从来没有接到过我的回信。

这场矛盾的初恋终结了。

梅花姐写给我的信，和我写给梅花姐却没有寄出的回信，一直放在我身边的炕柜抽屉里保存着，和我喜欢的书们在一起。有时，瘫坐着的我还会拿出梅花姐的信看一看，慰藉我病痛的心。七年之后，这封信和梅花姐的相片一起汇入洪水中了。现在回想，我年轻时还算比较高尚的，在治疗绝望全身瘫痪后，我也没有写信请求梅花姐来陪我一起坐病牢。但，对梅花姐的思念却成了我病瘫岁月苦甜的安慰，我有时觉得自己还算幸福，曾经有一位好姑娘说爱我，想嫁给我，而且不怕我病瘫，病瘫了也愿意跟我一辈子；三哥十五岁病瘫，应该是没有得到这世间任何一个姑娘的爱情承诺；二哥二十四岁病瘫，他有好多友情，但也没听说过他有初恋。我有时又觉得自己很男子汉，没有拖累人家；有时又觉得自己很猥琐，不敢对梅花姐说出实情。我甚至想过：梅花姐想嫁我这样一个瘫痪病人，她娘家会同意吗？她能让娘家人接受这样的痛苦婚姻吗？我还想过：她会不会在陪伴我一段岁月后，又离我而去呢？总之，在漫长岁月里，我每每夜里独自黯然泪下，就是在想梅花姐了，想她后来怎么样了，嫁给了什么样的人，日子过得好吗？肯定会比跟着我好！

梅花姐成了我病痛苦熬时光中的精神核动力之一！

我写下了一首首稚拙的思念她的情诗。

我幻想许多年后，与梅花姐重逢的各种情形——

二十多年后，我真的能走出家门了，来到沈阳，我最想去的地方就是北陵公园，故地重游，我想寻找与梅花姐在一起时的踪迹，旧日不再，一切全茫然了。我找与她一同坐在树下的那个地方，都拿不准是哪儿了，还有，我们一起避雷雨的那个变电所也不见了。

再后来，我来到城市打工，独居在出租屋里，因为不能完全自理，洗脚换裤子什么的需要别人帮，多有为难，这时候，我就想：如果梅花姐陪在我身边多好啊！越孤苦伶仃，越回味到与梅花姐初恋的珍贵，我错失了！我上哪儿去找她呢？我的单位离当年我和梅花姐相遇的医院不远，站在窗口就会遥望到那大楼，然而，她一定不在那里了，她曾经在那里苦苦等过我的。我在网上搜索她的名字，也徒劳无功。梅花姐，我的好人，你现在怎么样了？你在哪里啊？如果现在的我，站在你面前，你还会接受我吗？我特别自信：如果现在我和她相逢，如果她是独身，她不会嫌弃我，会陪伴我，照料我；如果她现在家庭安好，那么她也会愿意把我视为亲如同胞的弟弟，以姐姐的情怀关心我，呵护我。

我的生命中还有好多心愿，其中之一就是盼望与梅花姐重逢。我想告诉她：是对你的爱，对你的思念，在那些年月里，陪伴我、激励我战胜了厄运——姐！我的梅花鹿，多么期望你像动画片中美丽的九色鹿，来到我身边就驱赶走了病魔，你吻我一下，我就神奇地恢复了健康。

六、为了亲情与梦想，活下去

我对文学的喜爱是与生俱来的，没有人告诉我要喜欢、要写，反而是有人告诉我不要写。

从识字起，应该看小人儿书的时候，就和哥哥们抢大书看，常常被二哥喝斥：能看懂咋地？

我听到了自己内心中来自遥远天地的声音：长大了，我也要写大书。

喜欢书，和同学们交换看小人儿书，上午借了书，中午拿回家，为了让三哥看，然后我守在三哥枕头边，一起看，等着下午上学时，即便三哥没看完，也必须拿走。在供销社，我匍匐在小人儿书柜台前，流连忘返，母亲给的买零食钱，都积攒买书了。有一回，我用玩具换别人的小人儿书，那玩具是姨家表哥给我的一个小飞机，在我眼里，小人儿书比这玩具好，可是，母亲觉得那小飞机好，母亲气得要打我，我就逃跑，母亲从后街追到前街，到底把我追上了。那是我记忆中挨打最狠的一回。而且，我还利用书上学到的句子反驳了：打人就犯法！母亲说“犯法就犯法”。还有，趴在炕沿上写作业，却偷偷看小人儿书，母亲正烧火做饭，却时刻关心我学习，发现我看闲书而影响课本作业，就过来抢走小人儿书就扔到灶火中了。我追着去掏抢出来，小人儿书四角已经烧焦了。

我还爱翻腾家中的箱柜，寻到几本旧书，有文革色彩的小说，还有缺页的西游记。我主要读的是哥哥们的初高中历史课本，非常爱读，感觉历史非常有意思。后来，四哥参加历史大专函授，那一大套二十余本厚厚的教材，我都啃了。

我写的作文，老师作为范文读，当同学们面夸说我读书多。小学五年级，十二岁吧，夏天犯病了，膝盖肿疼得下不了地，坐在炕上，用大笔记本，模仿写抗日打鬼子的秋收故事。那是我最早的有意识的文学创作，约有三五万字，写得密密麻麻，一直舍不得扔，后来放在旧书箱中，撂在高高的仓房架子上，再后来，毁于洪水了。

第一次投稿，是给《芒种》。那大约是十四五岁吧。

当年，我在千山住院，通过亲戚介绍，认识了李大夫一家。四哥去他们家串门，拿回了二三十本1980年前后的旧文学刊物，有《小说选刊》、《上海文学》等等。这些旧刊物启蒙了我，知道文学作品应该是这样发表在刊物上的。印象深刻的有赵本夫的《卖驴》，而且知道是处女作就得了全国奖，于是幻想自己也能这样。记得有一本《芒种》，是我们沈阳出版的杂志，头条儿是孟伟哉写的《一座雕像的诞生》，后来这小说改编成了刘晓庆主演的电影《心灵深处》。还在《延河》上，看到一位叫王篷的作家写乡村的短篇小说，我读来感觉挺对味儿，于是模仿，写了乡村的故事，选择最近的沈阳杂志投稿。记得有的文章中说，把投稿信封左上角剪个口，不用贴邮票。其实，这时候，邮局已经取消了这种做法，但我不知道。用作文本的皮，自己动手糊了蓝色的信封，投到供销社门前的邮筒里。看到骑自行车的绿衣邮差，我觉得自己的回信就会在某一天送来。当时是在爷爷奶奶屋子里做的这些事。写了大约十五页稿纸，爷爷奶奶坐在炕头上抽烟袋，唠嗑儿，根本不知道我在做什么。记得，当时为了能发表，还在附信中说要把稿费捐给老山前线的英雄们呢。投稿之后，就在门前街道上兴奋得来回走。除了我，家里谁也不知道这事儿，不好意思说，怕人笑话，又为自己感觉自豪：我也能写文章投稿了。

我写的第一封信，是写给姨家，当时不知道是为了告诉什么事，父母让我写。对表哥的问候，在写名字时落下了一个字，长伟哥很好吧，我写成了“长伟哥很吧”。

因为年年夏秋犯病，所以，我屡屡休学，小学五年级读了三回。那一年，上天开恩，暑假后，我病痛轻一些，终于能够去十二里地外的乡镇读初中了。在中学，读到一本刊物《辽宁青年》，我在上面看见一则《鸭绿江》函授创作中心招生启事。我特别想学习，但，学费要十元，当时对我来说，那是很大的一笔数字。左思右量，终于决定，红着脸向母亲开口要钱。没想到，母亲听说是学习，真给了。进乡镇高房岗上的邮局门里，平生第一次汇款，很快就收到了函授教材和录取通知书，很兴奋，觉得自己了不起，和身边其他人不一样。我在读大家没有读到的书，我有其他人没有的理想。

在四哥工作的商店，送信的邮递员一次次投递学习资料，当知道我才是收件人时，惊讶地指着我问四哥：就是他呀？我很得意哪！记得四哥有一次边烧火做饭，边拿着我的作文本看，饭锅烧开了。四哥笑着夸我说：写得真挺好呢。这是四哥难得的夸奖我一回，我记得非常牢，但后来我学写作，四哥是最皱眉头的。可是，因为他每天到中学上班，去乡镇邮局方便，所以，我想邮寄邮购书籍稿子什么的，还是得依靠他，四哥不情愿，但也都帮我了。

函授创作学习有作业要求，每两个月交一次稿，这时候，不知道写什么。所以，第一年，就交了一次稿，写的是同学因为父母批评生气，离家出走，到北京火车站，被警察送回来的事，但这个原型，我修改了，写他站在十字路口，经过思想斗争，决定自己回家。这是一个小小说，还是意识流呢。这次，虽然仍不够发表水平，但有老师批阅回复了。之后，我把学习作文“发表”到作文本上了，等作文本发回来，看到被语文老师把作文给撕下来了，而且用红笔批阅道：不许抄袭！老师当时一定很生气，觉得学生作文不会写得这样，笔尖狠戳把纸都扎破了。我当然不服啊，在下一堂课上，我站起来，指着她的批阅说：我看不懂！老师非常美丽，瞪起了大眼睛，问：你看不懂啊，这是不许抄袭！我反问：你在哪里看到发表有和这个同样的作品了吗？

没有。

那你怎么认定是抄袭？

我请别的老师看，都说一定是抄的。

同学们都在看着我们。老师让我第二天拿来我学习创作的证明。第二天早上，我豪情满怀地去办公室，把自己参加函授学习的材料奉上。老师让我先回来，材料留下看看。再上课时，老师把材料给我带回来了，陪笑说：把作文重新写一下吧。我也做了一点手脚，把撕掉的前两页又粘上了，把字数少的最后一面，有红笔批注的，重新抄一下。老师又重新批阅，表扬好了。而且，后来，这老师对我特别好，拿着我的作文到别的班做范文读。

可是，考试时，我吃亏了，因为我的作文不是常规的学生作文那样的三大段，全是碎段落，模仿成年人的小说格式。我语文基础知识分最高，98分，而作文50分，只给35分，人家作文打了49分。语文老师还问我：怎么搞的呀？我苦笑。然而，我在全部学科综合分数上出彩了，我比第二名多16分，这是期中考试，等期末考试我比第二名多9分。许多年后，大姑家的二儿媳妇——表嫂是我当时的班主任，来我家串门时，还经常乐于提起这事，我给她的班级总分争光了。在此之前，我第一次去千山疗养院治疗，当时是四年级上半学期，我出院回来，直接跟着原来的班级走，比同学们少上半年学，然而，期末考试，我却是全班第一名。一个小兄弟，人很好，不太爱学习，家里一群姐姐，他是老疙瘩，独苗儿，非常吃香，因我有病，经常帮我做一些事，向我抄答案，也弄了个全班第八名，是他有史以来最好成绩，把他的父亲母亲乐坏了，我去他们家玩，还感谢我，高兴地说跟我在一起学好了呢。我和小兄弟相视偷笑。

那时，我一贪玩，成绩就下降点，一认真学，成绩立马就上去：班级历史课复习，老师在台上问，我在座位中张口就答，成了我们两个人的课堂。同学们目瞪口呆，全给震了，大家都不喜欢这历史课，却没有想到这是我最拿手的。其实，大家不知道，我的历史知识不是全在这一学期里了解的，是几年来，我从识字起就喜欢读哥哥的历史课本的原因。我还喜欢地理，小学时，把哥哥地理书上的世界地图剪下来，作为作业本的垫板，然后，有空就看地图，把全球各个国家的位置大小和首都名字，大多记在心里了。对于不喜欢的理科，我也能强制自己完成任务，物理课背诵课文，老师说，谁会就让放学，不会不许走，是临时突击背诵。好长一大段，我几分钟就背好了，第一个走出教室门。然后就爱读闲书，因为治病，进过几回城市，在辽阳车站的书亭，我买《小说选刊》和《小说月报》。第一次在这里看到一部小说选，有《阿Q正传》，我想买，但母亲不同意，如果我想吃雪糕，或者吃药，母亲会给钱的，但我就想“吃”书。我衣袋里只有五毛钱，记得那书是一元，我急啊，央求母亲也不成，在等车的时间里，正好看到了一位同乡大哥，于是，我悄悄向他借了五毛钱，然后拿着书高兴地回到母亲面前，母亲生气怒问怎么回事？我只好坦白，母亲生气了，但也无奈地拿出五毛钱，让我还给人家。

听说城市有图书馆，我非常羡慕城里人，其实村委会也有图书室，但不对外，不允许随便借看，轻易也不能读到。有一回，四哥从村上借回几本书，是为了给二哥和三哥消磨时间的，村领导一听是给病人看，也愿意通融。但借回的，多是外国小说，应该说，四哥并不知道这是名著，但，恰恰是对了我的口味，有《红与黑》、《呼啸山庄》，还有一部中国小说，那的确不是一部好小说，但我没白读，记住了其中提到的一个地理气候现象，在沙漠里，旅人抬头看到天上黑云翻滚，电闪雷鸣，雨水在半空中就蒸发了，落不到地面上来。于连与德瑞娜夫人的恋情感动我，甚至希望自己就是于连；希刺克厉夫与凯瑟琳的爱情，因为太鬼魅，不那么令我喜欢，我更惊叹于作者艾米莉的生平，后来，我还琢磨写了一篇写给艾米莉的情书那样的散文，可惜，也只是练笔，后来，稿子同样淹没于洪水了。

因为学习函授，我也订了一年《鸭绿江》，然后，又好高骛远，订阅代表最高水平的《人民文学》和《小说选刊》，那时我正帮父亲打理小货店，手里有自主支配的货款。但，因为村里邮递不方便，所以，投递地址，我选择学校，以为单位里安全，结果恰恰相反，学校里愿意订阅的不多，但喜欢读书的人还真不少，当刊物送到收发室后，总是能被一些老师们给拿去赏读。而且，我不知道刊物哪天会送来，当刊物丢了，更是问谁都不知道？去邮局问，说已经送到学校了，到收发室问，也不知道谁收藏了。所以，两份月刊，一年应该是二十四本，到年底我一共就得到六本。这正是我瘫痪的1988年，然后，因为生气，因为没钱，我就不敢订阅，不再订阅了。但是依然想看文学书刊，怎么办？只有邮购，加上咨询信和邮费，一本书捧到手上，费用比定价高出好多，而且，更甚者，当年我邮购的一些书刊，至今依然风尘仆仆地奔波在邮路上而没有到达。前些天，我刚刚在网上邮购了《梵高传》，其实，二十多年前，我就向城市里邮购过这本书，记得很清楚，当时汇出重金百元，可是杳无踪影了。

我邮购成功的书有《中国当代流派小说丛书》，还有刚刚翻译过来的印刷简陋的《挪威的森林》，还有压缩本的《罗丽塔》，这两本书，在九十年代初，应该都是最早的中文版本。可惜，1995年洪水，洪水！如今，我还保留着水泡后晒干的《罗丽塔》，不读了，也为做一份纪念。还有本对我来说重要的刊物，就是武汉大学的《写作》，我最早是在辽宁省中医院住院时，于路边旧书地摊上，买了几册，然后就喜欢放不下，以后，年年邮购。大约在洪水后，我就不再邮购这刊物了。我从刊物中读到了很多好文章，也学到了很多创作知识。当年，在旧书摊上，还买到了一本新书，折价的《文学的艺术技巧》，作者王向峰。但没有想到，王老师是我的家乡前辈，我们两家只隔着一条蒲河，而且还有转折的亲戚关系。《小说创作十诫》，这本书，我喜欢极了，翻烂了，从洪水冲倒房屋的废墟污泥里扒出来，还舍不得丢弃，作者王立耘，后来知道这是恩师何启治的同事。

病瘫后，第一次在铁床上写心境，成了首散文诗《笑破天的理想》，后来竟然发表在《文学之友》上。用一个破字，能体现出我的心境是多么为难。不久前，知道台湾郑丰喜的自传《汪洋中的一条破船》，也用了个破字。我们都是残疾人，都用了“破”字，我能理解他的自嘲，这是我们对自身残破的无奈正视！知道《文学之友》是有稿费的，可是我没等来稿费汇款单，寄来一本地方名家的小册子，第一笔稿费就这样被顶替了。但是，对于我来说，没有见到钱，没有见到实在的人民币，只有“破”书，不能让家里人认识到我学习写作是有意义的。真正收到稿费，是一首五行的小诗，好像是给了我三元，是北京的一家读书报，而且应该是民刊，好像是中华读者俱乐部。

病瘫后，文学追求成了我活下去的另一个理由！这是文学理想对我残缺生命的第一次拯救，我不甘心白白来人世走一遭，我想留下一些痕迹再走，用笔在大地上把我脚印画出来。后来，辽宁省作家协会联络政府部门给予我人工关节置换治疗，搀扶我重新站起来学会走路，那是文学对我的第二次拯救！可是，学习文学需要付出，我买书，买稿纸，邮寄费用，家里肯给我买药，却不愿意花这种钱。一天晚上，停电了，在蜡烛的昏暗火光中，不知怎么就全家人异口同声地形成了家庭会议，批评我，喝斥我，阻拦我不要再学写作了，亲人们七嘴八舌，我说不过大家，我没有充分的理由和证据来支持自己，我已经写了几年，都不见成效。这时，我已经写出了三个长篇小说稿，一百多万字，放在衣箱中，尺半高，全是我站着或者躺着写的。我觉得自己能写出这么多字就是胜利，就可以骄傲，但家里人不这么看。我委曲地呜咽说：我一定要写！我用泪水哭喊换来了坚持。

为了省钱，我把四哥从学校里拿回来的大白纸裁十六开，锥子扎眼儿，用尼龙绳捆结好，百页一本，衬上带格的稿纸，我最初练笔的三个长篇小说稿，都是写在这上面的。我还如此抄书，学校有了上级援建的图书室，四哥帮我借回了书，因为不能据为已有，我就抄《老人与海》等，后来，洪水退去，也抄《阿Q正传》，这事，后来写成文章还得到了读鲁迅征文优秀奖。

读书不方便，我就听书，中央人民广播电台的小说联播，我最喜欢，而且有三本书印象深刻：《穆斯林的葬礼》、《平凡的世界》、《白鹿原》。1988年春夏之交，正在我瘫痪之前的日子，一天中午，在广播中听到了李野墨播讲的《平凡的世界》，讲到孙少平的姐夫外出卖耗子药，带回家一个放荡女人，少平的姐姐服毒，吃了假鼠药；这时，吸引我的是播讲人那磁石般穿透人心的声音。后来就是小说故事情节打动我了，听到田润叶和李向前的特别夫妻情，我已经瘫痪躺倒了；再之后，孙少平在田晓霞牺牲后，仍然一个人去古塔山上赴两个人的约会，感动得我落泪，及至结尾孙少平回矿山照顾惠英嫂和孩子，这温情深深触疼我那青春期的心灵。等《白鹿原》开讲，不仅仅是喜欢李野墨的声音了，而是从第一讲就迷上了这部小说，听上瘾了，听完还想再看书，就给人民文学出版社写信，请求邮购，想邮购先行发表《白鹿原》的《当代》刊物，觉得这样既能看到小说，又能多读几篇别的作品，但是，回信说：刊物没了，可以邮购《白鹿原》单行本，只好如此了。还有，当时，中央人民广播电台有个“今晚八点半”栏目，那里介绍说新创办了一份《中华文学选刊》，以前读《小说选刊》和《小说月报》，品种单一，我还想用最少的钱，了解其它文学样式的最新最好的文学成果，于是，我也邮购了这本综合选刊。在《中华文学选刊》上看到了主编何启治这个名字，在《白鹿原》单行本上看到责任编辑还有何启治，于是我认识到这是个文学界大人物。而且，从评论《白鹿原》的声音中，我才知道文学最高度的大美是史诗！所以，多年来，我一直感恩于《白鹿原》这部大书好书，不仅仅是它带给了我高度的艺术享受，还因为它教我认识到了什么是文学的最高峰美学，更因为它引荐我结识了改变我命运的恩师何启治老师。

于是，我抱着希望，给何启治老师写去了第一封信，何老师真的给我回了信，对我给予了鼓励，并寄赠了书刊。这是我改变命运的起点，我站到了命运的交叉路口，我当时并没有真正意识到这封信会开启我的新纪元。其实，这只是仿佛来到了正确的起跑线前，但，距离发令枪响，还有好久的时光呢！

1989年夏天，我在锦州蜇蜂疗，父亲陪护我，一天半夜，姐夫突然来了，说奶奶得急病昏迷了。父亲连夜赶回家，姐夫留下来照料我。我也惦记奶奶的病情，那时候还没有电话，不知道家中是怎样情形，又对近百日的蜂疗失望，于是，我自己做主，让姐夫办了出院手续，回家。其实，父亲回到家，奶奶就仙逝了，奶奶一直昏迷流连，就是在等儿子归来送终。奶奶猝然昏迷之前两天，忽然笑着问我母亲：大媳妇，等我走，把三孙儿带着，你舍得不，放心不？母亲当时一下子没反应过来，等意识到这话的意思，又不好反驳，只能勉强苦笑：奶奶带孙子，我有啥不放心的。果然，安葬奶奶的那个早上，三哥也放下了痛苦，跟着奶奶走了。到底有什么样的天意在主宰着人呢？姐姐转达了三哥专门留给我的话：

别写了。

三哥是好心，是为我好，但，我没听三哥的话。

那天，我出医院乘长途车回家，道路上的颠簸会引发我全身关节剧痛，所以我一直死盯盯直勾勾地看着路面，遇到坑坑洼洼就更加缩紧僵硬的身子保护自己。在临近家乡村庄时，与三哥的灵车相遇，交错而过，我并不知道那车上是三哥躺在灵柩里。我去蜇蜂疗前，三哥躺在南炕，我躺在北床，因为都是脖子僵硬，三哥不能扭头看我，就常常用镜片反射着看我，我也在镜中看到了三哥那超常的大眼睛。三哥那双大眼睛永远定格在我记忆里！那双眼睛出奇地大，炯炯地盯着人看，后来姨家二姐回忆时说过，三哥那大眼睛看人时，认真得有点吓人。我理解：三哥的双眼里全是祈盼，想用眼神把世界和亲人抓得牢一些，紧一些。三哥自己不能恢复健康了，绝望了，却盼望我好起来。听说蜂疗治类风湿病的神话后，三哥没有想自己去治，反而请求父亲母亲再送我去治一治。那是1989年春天的事，而1987年家里拼全力让我在辽宁省中医院住院治了半年，经济上还没恢复过来呢。当时，我自己是抱着捞救命稻草的心态想去治，又无法说得出口，没脸再请求家里为我花大钱去治这治不好的病了。父母认同了三哥的意见，又头拱地送我去锦州求蜜蜂医生做我的救命神灵。三哥，咱俩最后一次路遇时，我不知道你在那辆车上，你一定知道我在这辆车上吧，那你怎么不喊我一声，让我再看看你，送送你。三哥，我没听你的话，我一心想写，现在我写出头了，我靠写站起来了，又能走了，你都看到了吧，我手中的笔比被冤枉牺牲的蜜蜂管用。三哥，放心吧，我现在也是替你和二哥活着，行走在人前，等以后，我会去找你们的，咱们哥仨儿还要在一起，但我们要健健康康的，咱们不做病人了，咱们也要找自己喜欢的姑娘，娶媳妇、生孩子，享受人之天伦，咱们一起孝敬爹娘，这辈子，爹娘为咱们病儿子受了太多的苦，父亲老年糊涂生气时对我说过：给你花的钱哪，摞起来比你都高。三哥，二哥，来生，我们一起好好报答父亲母亲。

父亲母亲站在家门口刚刚送走一个病瘫十八年的儿子，又迎接一个被迫承认病瘫的儿子治疗失败回家了，这就是我们家，当年真是太难堪了。亲友劝慰悲痛中的我母亲，说：“三儿这病孩子走了也好，他不遭罪了，你也少伺候一个。”可母亲哭说：“我宁可伺候着！”邻居有一位母亲，独生儿子猝然离世，同是失去儿子的母亲，她抱住我母亲说：“你还伺候着了，咱家小子，我连伺候都没伺候着”。这话，让我心动，心痛，瘫痪的儿子躺在炕上，母亲伺候十八年，这竟然让另一位母亲羡慕。只有母亲才会这样想，只有母爱才能这样体会。有时候，年老的父母患病，儿女伺候不起了，甚至盼老父母早点走，而母亲照料儿女，却说：我宁可伺候着，十八年，还没伺候够！给三哥穿寿衣时，因为他皮包骨的躯体扭曲畸形，别人不知道怎么穿，只有母亲知道怎么做，才会给儿子把衣服穿上；只有母亲知道怎么做，才会让儿子不疼。三哥的人生，第一次穿衣是母亲，最后一次穿衣，还是母亲。这时候，我躺在那里，心里明白了，让母亲伺候，对母爱也是一种安慰，我躺着活，不仅仅是个人承受痛苦，母亲心里一样苦。照料公婆和三个病儿子，母亲心里怎么能不苦，可母亲从来没有想过放弃，从来没对我们说过苦。

我活着，既是为了尊敬自己的生命，也是为了回报母爱。

那时候，我能做到的报答母爱的方式，不是照料母亲，而是躺在炕上接受母亲的照料，母亲为我擦洗身子，像婴儿一样。

七、大洪水教我正视残疾

我一次次提到1995年的家乡浑河爆发的大洪水，这是引发我家庭巨变，促使我心灵河流变道的灾难。这场洪水，虽然是因为强降雨，但更多是人为因素造成的。

我此前只听大人们说过1960年大洪水的事，三年大饥荒，饿死好多人。

我小时候，经历过1975年海城大地震。那一晚，村边的油田钻井队放电影，我央求父亲母亲带我去看电影。记得那是一部朝鲜电影《原形毕露》，好像那个晚上很冷，风很大，正看着电影，我困得在母亲怀里直迷糊，忽然就听人们说地震了，然后全都乱哄哄跑。母亲后来说，当时像坐在船上一样，大地直晃悠，但我没记忆了。父亲忙中无措，也跟着人群向大坝上跑，我们这里是平原，人们躲避洪水向大坝上跑惯腿了，地震了也向大坝上跑。是母亲拽住父亲说：咱往坝上跑啥呀？三儿还在家里哪！我三哥瘫痪在炕上。于是，母亲这时把我推给父亲，就自己先向家里跑回去。父亲是抱着我，还是拉着我，我都不知道，总之是跟在母亲后面赶回了家。

三哥只能躺在炕上。外屋灶房里水缸的水晃洒了半地。第二天早上，看到高耸在屋顶上的两只烟囱全倒塌半截了。三哥在炕梢，贴着炕柜，柜上叠着一家人的棉被，在柜边上还放着一个小亮阁，亮阁顶供奉着毛主席石膏像。如果那石膏像掉下来，正好会砸在三哥的头上。可是，没有，石膏像依然高高在上。看到三儿子无恙，母亲的惊忧变为恐笑：三儿，害怕没？三哥作笑说：没害怕。三哥没有办法说害怕，害怕不害怕，都只能这么说。但为了保险起见，母亲还是蹬凳子把毛主席像请下来了。怕再震嘛！

然后，村里家家都搭起了地震棚。

还有，有的人家，去供销社买成箱的面包饼干罐头，说不定哪天死呢，先吃点好的，填饱肚子，死了也不屈。

我家的地震棚，是二哥从学校回来带着四哥和父亲一起搭的。父亲干这些庄稼院的活计不行，二哥是总指挥，就是用木杆和秫秸绑扎的简易棚子，再抹上薄泥巴，里面填了谷草。这地震棚太冷，人们还是在屋子里睡。地震棚成了我们小孩子玩耍的好地方。二哥给我买的一顶八路帽，我可喜欢了，戴上就能当官儿指挥小伙伴们了，可是，不几天，这八路帽玩丢了，怎么也找不到。天气暖和以后，拆了地震棚，母亲在谷草里发现了我的八路帽。

1985年夏天，我正风湿病发作，在八月里，台风从辽南登陆，夜里狂风暴雨，把屋后的大碗口粗的杨树都刮折了。父亲还从菜地垄洼里捡回一条巴掌长的红鲤鱼，是下大雨飞来的。坝外浑河里涨水了，溢出河道，水串坝沟。我挣扎着，在午后阳光中，一手扶着肿痛的膝盖，瘸腿慢慢来到坝上，看到大水离坝顶只有半人高了，淹没了低洼处的庄稼，地势高的庄稼也只剩下头颈的玉米苕了。有几只鸭子悠闲地在水面上滑翔。有人划着一只小船去岸边电井房里接那位孤寡的鳏夫老倴头。更多的人是在坝顶用撑网捞鱼，其中就有我五哥。这天晚饭，村里家家都吃鱼，满村庄弥漫着腥香。这是我看到的最大的一次涨水，总也忘记不了那景象。至于十年后更大的洪水，虽然冲倒了我家房屋，但我却事先逃走，没有看到洪水的样子。

1995年，7月底的半夜里，村上派人来到我家，通知让把病人转移走，说这次洪水很大，危险。在我们村这边，也没怎么下大雨，这次的雨还没有1985年雨水急呢，其实形成洪峰的大雨下在上游山区。问往哪去呀？答：有亲投亲，有友靠友！这就让人为难了。我家的老亲基本都在河东河南岸。现在河涨水，封桥了，上级来电话通知了，让做好防洪撤离准备。可是，家里人和乡亲们都说：没事儿，再大还有1960年水大吗？人们都把1960年做心理上的水文警戒线了。都说：现在大坝多高啊，当年的小坝才一人高，现在有三人高。可是，后来又听说：坝多高，水多大。这上级通知虽然造成人心惶惶，但又惑然，不知所措，大水大难地投靠谁去呀？一夜过去，天亮了，水也没来，安然无事。到中午，母亲还在菜园里伺弄茄子黄瓜。四哥从学校回来了，听说这次真的水大，问我和二哥走不走？往哪儿去呀？二哥说“没事儿，水来了，把我的椅子搬炕上去”。

我起初也没在意，但午后两点多听广播中沈阳那边铁路路基冲毁了，几座桥梁冲垮了，我就意识到这次的洪水不是闹着玩的，一定非常大。我对二哥说：你不走，我走！一是本能想逃难，二是先走一个是一个，不然，洪水来了，四哥顾哪个呀？于是，四哥去道路上拦了车，这时，好多人家也都在找车，把粮食和东西转移到县城亲友家。我这时是直挺挺一根棍子的身板，下了房岗，路上全是泥水，四哥艰难地背着我，趟到了三百米外的大路上，雇好的残疾人助力车在那儿等着呢，此时的价钱是七十元到县城里，是平时的双倍还多。这时候，兴起了一种残疾人助力车拉脚的风气，开车的大都是健全人。可是这种车很小，我身体不能弯曲，难于坐进去，车棚还矮。十分费力，但必须把我塞进这小车里，没有别的办法。好在我膝盖能弯曲，总算像变魔术一样，四哥与帮忙的司机大哥合力把我弄进车厢里了。母亲跟着我走，照料我。家里二哥就留给四哥和父亲了。四哥嘱咐司机把我送到我四嫂的姐姐家。四嫂带着孩子先行坐客车刚走。县城里，只有四嫂的姐姐这一家亲戚。第二天早上，我家村头就开坝了。四哥和父亲护着二哥，在第三天，被解放军的冲锋舟给救出来的。这时，经过最初的混乱，政府在小学校设置了难民安置点。四嫂的姐姐家有好多亲友们来此避难，人满当当的，四哥把我和母亲接走，我们一家人在安置点团聚了。

起初，我和二哥与乡亲们在一起，一间教室里挤一百多人，因为去不了厕所，不敢吃，不敢喝。这天傍晚，来了一位穿着旧白衬衫的人，坐下来和大家唠嗑儿，说这洪水的事，然后，就说：大家有什么需求，就和这学校领导老师们说，他们会帮助解决的。一听这话，大家觉得此人有身份，他说：我是信访办的。这时，乡亲们就有人说，咱们好胳膊好腿儿没事，就是那边有两个病人，不方便。这信访办的领导就来到我们身边。这人是信访办主任王长德，是全县口碑非常好的好官，在除夕时，有群众反映下水道堵了，工人们都回家过年了，于是王主任自己去做，在冰天雪地中给疏通。一位多年患病的女老师，全身浮肿，需要住院，丈夫出差了，电话打到信访办求助，王主任背着女病人去医院。王主任看到我和二哥的实际情况，就去找了学校，于是，学校给我和二哥腾出一间屋子，拿来被褥，找来一个垃圾桶做马桶，还在学校食堂那边让我们打饭，吃热乎的。然后，来看望灾民的市领导也来看了我和二哥。领导们身边还跟着几个记者，这是我一次看到真正的记者，感觉特别亲切，就仿佛和他们是亲戚，都是写文字的，只不过人家写字是工作，我是爱好。母亲知道我爱写，看出我对记者的关注比对领导多，就说：哎，你请他们——。我摆手不让母亲说，文学和新闻是两回事。但记者大哥感觉到了，就问我：你也爱写呀？我连忙摇头摆手，说“不”。领导们和记者们眨眼工夫就走了。

很快，又把我们灾民安置到辽河西村庄里的集中点，我们也得到了特殊关照，一家小商店停业，就把屋子让给我们住了，我和二哥能躺在火炕上，乡亲们都在教室里打地铺。在安置点二十几天，我一直惦记着我的书刊和稿子。向当地的人要了信纸，我身上带着笔，就给《中华文学选刊》写信，因为这时已经跟何老师通信三次了，我就感觉像那里有亲人一样，说我家房子冲倒了，我的书刊都没了。四哥回去了一次，从大坝上看到我家房子倒塌了。我特别喜欢读书刊，想向他们请求帮助。以前我是邮购刊物，这回第一次索要。而且这封信我没写给何老师本人，是写给编辑部的。当洪水退去，我收到一包《中华文学选刊》寄来的刊物和鼓励我的信，并说会赠阅新一年的刊物给我。

这天午后，我拄双拐倚在门口，好在，这一年夏天我没有犯病，不然，关节疼痛逃难就更要命了！一个穿粉红衣裳的青年女子骑着摩托车路过，我没想到会是亲人，戴着头盔的骑手歪头看我一眼，惊讶喊：呀，老凯子！我这才看清，是姨家的二姐，家在鞍山，这么老远，竟然找来了，又要雇车拉我和二哥去他们那儿。我们说在这里比较稳妥了，去他们那儿，隔着水路，折腾不起。二姐要留下钱，母亲说不用，等回家以后需要再帮。二姐当天要回去，看我们果然还好，二姐也放心了。依依难舍地送二姐走，看到二姐越走越远的身影，母亲的眼泪就流下来了。我也为亲情如是而眼中噙泪。后面还要说到二姐，她是我学习写作道路上一位重要的支持者！

家里老房子倒塌了，四哥盖的新式砖瓦房子虽然没倒塌，但屋里院中全是水泡的淤泥，而为了让我们住进去，还要重新盘火炕等等，安置点中的人都撤光了，人们都回家去清理家园了。母亲陪着我和二哥，父亲也回去了。这天，四哥来接我们，送我们到河东岸的姐姐家去，呆了四十多天，国庆后不久，回到四哥家，挤住在一起。老父母在倒塌的老房子废墟前双双落泪。大哥、四哥、五哥商量重新盖房子的事。我，一个二十五岁的青年，因病瘫，在家庭事务中无话语权，自己的生活都需要亲人照料，哪有我说话的份？不能做，就什么也别说！这时候，我强烈地认识到自己真的残疾了，以前，我心理上一直不承认的。

在逃难中，我是直挺挺上下拉灾民的大卡车，四哥在下面抱举我，四嫂的娘家哥哥在车上拉拽我。二哥呢，因为佝偻，身体是弯曲的，萎缩成一团，四哥就捧着他，搁在驾驶室的座位上。王长德主任苦中作乐地善意开玩笑说："这哥俩儿，一个是雷打不动，一个是宁折不弯。"逃难的一路上都需要众人照顾，这对我心理是强烈的打击，我终于承认自己是"废人"啦！

就为了这一个正视现实的心态认可：我用了整整八年光阴啊！

其实，我不仅仅是身体病了，心理上也畸形了，只是我以前一直没意识到。

我不肯直面自己瘫痪了，不承认自己残疾了，这就是偏执；而且，我在不可能的乡村环境中，硬是要追求远远的高高在上的文学，这就是"疯子"！

家庭复兴的计划，我可以不过问，但我也有自己关心的：我惦记我那些书稿，在难民营时，与一位家族叔叔聊天儿，说到家里这些书稿事，我指着自己的头苦笑说：都记在脑子里了。但是，我仍然惦记它们，希望它们完好无损，这才是真正属于我的个人财产。侄儿洪洋小，这一年他十二岁，一直在我身边长大，我是叔叔，可以有权调动他，在家里我也只能指挥他，让他帮我从水泡的淤泥旧书堆里寻找一些我认为最珍贵的书。听说，洪水退后，上级来视察灾情的领导看到我家院子里的烂泥书堆，曾感叹问：这家，开书店的咋地？

侄儿为我翻扒出《诺贝尔奖作品选集》，还有《文学的艺术技巧》等等，我就撕去泥污的封面，用水洗去泥巴，轻轻地用小刀挑开一张张书页，有好多已经分不开就掀坏了，然后，在姐姐家的窗台上，院子里墙头上，还把木板放在地下，上面也晾晒书。这样抢救的一小部分书，散发着腐朽的霉味儿，而且，晒干之后的书，本本像发面包一样厚，又像一团团脏旧的棉絮。如此，我还是珍惜着，因为这些书是我的宝贝。我的书大约有百多本，别人觉得多，我自己还认为少。这些水泡书虽然脏破，但书页中凝聚着我的生命时光，文字间流通着我的血脉。有一些自己认为好的书，再也找不回了。这些书里，我喜欢的，曾经一遍遍读，我读的虽不多，但我读的详熟，把一本对口味的书能吃透，所以受益更多。水泡书稿上，铅笔写的字还在，而钢笔字没了，那时，我最重要的三部长篇小说初稿，彻底毁了。但构思在我心里，我早晚还是会重新写出来的，等待合适的时机。

我那时真是废寝忘食地读书，虽然每天都瘫痪在家里，衣来伸手，饭来张口，大小便都是家里人帮着倒。但，我仍然感觉每天时间不够用，每天都感觉时间过得太快了，边读边琢磨学习，边琢磨自己应该怎么写。我肚皮的腹肌也被风湿病侵蚀，疼得非常厉害，我就借助工具来缓解疼痛。我手边最多的就是书，于是，把书一本本地摞在肚子上，我仰面躺着，只有这一个姿势，不能翻身，一摞高高的书塔耸立在我肚子上，不是大力士练杂技，是这样用书的重量来把肚皮压得麻木，争取压迫到麻木不仁，痛感就减轻了。有时，迷糊着睡着了，醒来时，双手臂还在搂扶着肚子上高高的书摞子。

还心疼一些收藏品，我曾在书箱中翻找出几十张建国后五十年代的老邮票，是父亲年轻时收藏的，还有一些文革时期特点鲜明的红色邮票，加在一起大约有六、七十张，可惜，洪水后再也寻找不到了。侄儿翻遍了烂书堆也没找到，我告诉他都贴在一个精装彩印的老日记本里，水灾前，我也给侄儿看过的。后来才知道，在侄儿帮我寻找这批书前，五哥已经把一些旧书卖给来灾区收破烂的人了。母亲当年读的伪满洲国高小地理课本，是我的精心收藏，也没了。我曾经翻阅过，开篇就说“大满洲帝国”，里面还夹杂着日本文字，我当时想，如果把这捐给博物馆多好。可惜，在乡村，除了我，没有人会有这种心思，而被病囚在乡村小黑屋里的我，与世隔绝，根本无法联系上博物馆。还有父亲收藏的最早期的《毛泽东选集》，是竖排版的。还有一个钱范儿，我当时不懂它的学名，就叫“钱母子”，觉得这是能生钱的钱嘛。就像小时候，管印“啪叽”的章儿叫模子。这个“钱母子”，我是一直精心收藏在炕柜抽屉的角落里的。这个东西肯定是在清理倒塌的房子废墟时，混在烂泥里了。还有一本是建国后出版的精装彩印全国分省地图册，这也是父亲当年的书。在我少年时，病痛坐在炕上，下不了地的日子，就把这地图册翻遍了，关于每个省在中国的位置，还有各省的气候特点，物产是什么，大约都了解。这书，也让大水“取”走了。记得，在黑龙江阿城附近，还看到一个小地名叫“赵凯”，和我同名，我甚至想：靖宇，左权，都是名人命名地名。那么我的名字，已经先行命名到地名上了。我还想，以后有机会要去看看“赵凯”呢。可是，电脑上网后，在阿城附近，再也没有找到“赵凯”，只有扎龙自然保护区里有个叫赵凯屯的地方，居民已经撤离了，不知道为什么叫赵凯屯。

还有更珍贵的，就是何启治老师寄来的三封信，也随洪水化作鱼龙了。我知道自己与何老师还会再有通信的，但那第一封信是最宝贵的，再也不可复制了。

我的《红楼梦》恰好逃过了这一劫。这套好书，是1972年人民文学出版社的版本。是四哥在供销社时，从同事张兆生大哥那儿借来的，后来，张大哥来我家做客时，看我喜欢读书，就说把这套书送给我了。在洪水前不久，姨来我家时，也想读，把这套书带走了。洪水后，姨把《红楼梦》给我拿回来，还用硬塑纸包好书皮了。还有一本“大”书，虽然是小三十二开，只有拇指厚，但我们都承认它是大书，这就是《百年孤独》；这本名著，是我在涨水前汇款邮购的，恰好，它在洪水后才寄来，真是万幸啊！洪水后，我书少了，后来去二姐家治疗待半年，我就带了这一本书过去，所以，我是长时间地琢磨了这本影响了中国当代好多作家的世界经典，而且，我在崇敬的同时，还给这小说挑了一些毛病，最直接的，就是这部书缺少一个贯穿首尾的主人公：由于这是写家族七代人的大跨度历史叙事，让老祖母乌苏拉活到第二十六章，已经不容易了，不能再往后拖延了，其实，乌苏拉在书里不是第一主角，真正应该从头到尾的是第一主人公，那么，这个人必须是奥雷良诺，而他在第十三章就死了，怎么贯穿首尾？这好办，既然是魔幻现实主义，那么，就让奥雷良诺的鬼魂继续游荡在家园老宅里不肯离去，成为另类参与家庭生活的一个重要角色，完全可以嘛。我有这样的想法，是因为读《浮士德》，这个贯穿首尾的精神人物，令我深深震慑了，尤其是其中评介这部书的一句话：从海伦到拜伦的两千年历史，就容纳在浮士德追求终极理想的奋斗过程中了。诗剧结尾的那句：永恒的女性，领我们飞升！让我崇拜不已，我甚至觉得自己就是女性崇拜者了！这句和《神曲》的结句："爱也推动那太阳和星辰"，同样令我终生致敬，每每回味咂品，都口舌生香！后来，我构思写作了一部"反"诗人海子自杀的小说，就叫《永恒的女性》。

大洪水冲垮房屋，家具都砸坏了，舅舅是木匠，舅母亲把他们家的一个炕柜给了我们。柜门是透明玻璃，里面衬上那时候流行的挂历美人头像，一直到十年后，2005年，刘兆林老师来我家，看到这炕柜上的六位美人头像，就认为这是我在病囚岁月中的精神恋爱对象。我的确在很多时候长久地凝望着她们，但是，神话传说中的田螺姑娘、画中仙女的故事并没有出现。

现在，距1995年夏天那场大洪水已经快二十年了，可是每当回首过去，我都不会忘记是滔滔洪水教导我承认自己是残疾人了，一个二十五岁的久病沉疴青年，逃命需要众人帮助，家屋被洪水冲垮，自己却丝毫不能为家庭复兴尽力，痛苦自责中，我终于向冷冰冰的现实垂下了一直病态地倔犟高傲的精神头颅。

八、肢残者，心有疾

18岁瘫痪，在铁床上躺了将近两年，我的大腿肌肉萎缩，已经和胳膊一样细了。我看到过三哥皮包骨的骷髅般双腿，有三哥的前车之鉴，我知道自己再躺下去就是那样。三哥曾经想站起来，但他是当家里人不在身边时偷偷尝试，摔倒了，彻底失败了，我不能再失败！

我要站起来！

请父亲母亲在两边保护我。想从躺在床上实现站在地上，是非常艰难的过程，脚尖抵脚尖，脚跟一丁点儿、一丁点儿地挪，好大一会儿，我才把整个身躯斜到了床边。父亲搂抱我的腰，我扳着母亲的肩膀，三个人一起慢慢站起来了。

我不记得当初站起来时是如何剧痛了，我一直极力想忘掉曾经的痛楚。但我无法不记得当时站起来后，天地旋转倾斜，我晕眩得老是感觉头向下扎，身子要歪斜摔倒。

等天地端正了，我也累了，这才过去几分钟时间。

而躺下，同样是极端艰难的反过程，是需要一点一点去完成的事情。

总之，我站起来了。高兴！

有一就有二，有三，我还要一次次挣扎着站起来。从站立几分钟，到十几分钟、半小时、一小时，后来能站半天。在铁床与老式大木柜之间，有个尺把宽的空档，这正好让我抓牢床头栏杆，胳膊肘儿拐着柜顶板，保证安全了，不会摔倒。虽然我的肩膀关节也肿痛过，但好在没有僵硬，之后这么多年我的行动主要依靠一双手臂。

站起来了，人不是树，无法直挺挺杵着。踩在高跷上的人，死呆呆原地矗立是不行的，必须动起来，双腿双脚要不停地错搭，挪动，才会平衡站得稳。我呢，腰胯骨关节长死了，弯不了腰，抬不起腿，但我能跷脚尖，双脚一替一换，上半身左右轻轻摇摆着。

后来事实证明，我这一次站起来，是拯救自我最关键的一步，就是这跷脚尖的简单动作，令我腿部的肌肉没有完全萎缩，保留了运动功能，才得以在十八年后重新学会走路。

从瘫躺床上两年站起来，这是我为康复做出的第一次重大努力，在病瘫第八年，为了重新实现走路的康复梦想，我又做了一次重大的努力、重要的尝试：1996年春，姨家二姐的一个朋友，原本是木匠，但后来跟人学习了摸骨缝，当上正骨游医。出于好心，二姐接我去治疗，那医生也愿意对我这重病号“试试吧”。我也愿意以身试验，为了重新能够走路，我豁出去了，死马当活马医。

这民间正骨医生的治疗想法很纯粹，以为既然是关节长死了，骨头长在一起了，那么掰开就“活”了嘛。在那一天，我躺在炕上，他带着徒弟，两个小伙子年轻力壮，坐在我身体两侧，他俩脚心对脚心，互相蹬着，然后一人扳住我一条大腿，两人一齐用力，我就听到身体里沉闷的咕咚一声，然后，我痛得嗷一声喊！

医生师徒高兴地叫着：开了，开啦！

我老母亲和二姐也高兴，我自己更高兴：虽然很疼、很剧痛，但长死了八年的胯关节，可算开啦！

医生伸手到我膝盖下面一托，我的左腿真就弯曲着抬起来一些了。

医生说：左侧胯骨开了，以后再把右侧胯骨打开。

我左大腿迅速地肿胀了，医生叫我下地，练习迈步。

大家保护我，搀扶着把我拉拽起来，我的左腿依然不会抬起，但依靠脚尖儿的挪移，我的左胯关节真的能分开一些了，活动了，左腿可以向前或向外分开一些。

好！慢慢来——

然而，几个月过去，这左腿不但没有实现活动能力，反而慢慢又长死了。中间去医院拍了X光片，根本不是胯关节拉开了，而是胯部骨折了，并且骨折部位像锯齿一样开裂，医院的医生嘲笑说：这咋会有活动能力吗？

遭了多少罪，可是，我依然没有实现自由活动的愿望。

我原来也是想得天真了，因为，少年时，在一篇小说中看到“柳枝接骨”的民间传奇，说一位姑娘，腿骨折跛脚了，后来，一位青年医生把姑娘骨折部位重新打断，然后正骨接好，姑娘恢复健康，步履正常，嫁给了这医生。我以为这奇迹也会发生在我身上，也是先把长死的关节掰开“骨折”一回，然后就能长好了。

又过了整整十年，我在沈阳市骨科医院做人工双髋关节置换，医生说我左胯的骨质相当不好，只好安放了金属骨钉以加固骨骼。我明白，这就是十年前把胯部掰骨折造成的后果。

现在回想这些苦痛，真的感觉不那么痛楚了，描述起来轻描淡写，就像在说别人的事，本以为这应该是浓墨重彩来渲染我经受的苦难，但，真的写来，我却不想那么样了。

我这种感觉，这种心态，自己也奇怪。

我好像是没心没肺了。

在鞍山市郊二姐家治疗，待了半年，母亲陪我约一半时间，因为母亲要经常回家里，还有二哥需要照顾，很多时候都是二姐和她养母（她的亲姑姑）在照料我。我躺在炕上，她们为我倒大小便，我真的非常感激！

而且，这治疗不是完全“失败”的，首先，我像蜇蜂疗一样，经过亲身试验知道了这样的治疗方法是不正确的，应该寻找另外解决问题的途径，其次，我还有了更重要的收获：二姐了解我的文学理想后，非常支持我，她是亲人里最支持我的。家里人面对我的文学追求劝阻无效而无奈不管了，母亲因为爱而包容我，在我索要买书稿纸和邮寄等费用时，能够皱眉给我，二姐却真的认为我这理想是正事。二姐是有一些先进开化思想的人，她不仅仅是这时候认可我的理想，当初，我从锦州蜂疗失败回家，二姐去看我，给我留下三十元，当时，三十元就是很重的“礼金”了，别的亲戚来看望，留下钱时，都说：爱吃啥就买点啥吧。而二姐对我说：买两本书看吧。这是关怀到我心里了，我就是爱“吃”书！于是，我想读的书，写出书名，告诉二姐，她就在鞍山书店帮我买。她家离鞍山市内就八里路，她骑着摩托经常去。于是，一批好书被二姐的纤手送到我眼前。二姐不读书，但她尊敬书！我开出的书单，不是一锤子买卖，而是无数次，每回两三种或几种，我挑选的全是中外名著，后来，我自己仿“唐宋八大家”归纳了“外国八大家”，《荷马史诗》、《神曲》、《莎士比亚》、《唐吉诃德》、《浮士德》、《悲惨世界》、《战争与和平》、《百年孤独》，如果再添加两部，就续上《约翰·克利斯朵夫》和《静静的顿河》；中国的归纳为“华夏五文豪”，有屈原、李白、苏轼、曹雪芹、鲁迅，二姐还帮我买到了名著《子夜》以及重要的刊物《世界文学》、《读书》等等。这是我文学素养提升最快的阶段，也是学识储备最打基础的时期，有了这样一批中外最高度的经典装在我心里，很多书再难入我的眼了，我心里有一把尺子，拿起一本书，简单翻阅一下，就估摸出这书是什么水准，具备了哪些新的开拓性没有？如果不能提供给读者新东西，在我这儿就淘汰了。所以，后来，我自己在创作选材上，总是有自己的与别人不同的些微东西。我清楚自己应该向哪个方向努力才是“拓荒者”！我可能没写好，但我会看，就像作家范彧兄长说的，比如一盘菜端上来，我不会做，难道还不会尝吗？吃到嘴里，好吃不好吃，这是我说了算的。

当然，这样一批世界文学史上的高峰经典，要想读进去，领悟一些精髓，真是很难的，但好在，我每天除了吃喝拉撒，不管别的事，就是沉溺在书里。后来，我辗转和王向峰老师第一次通上了电话，他先问我在哪儿工作呢？我说是病人，在农村家里。他又问我在读什么书？我告诉了他几部上面的书，王老师接着问了一句：能读懂吗？我心一紧，然后很坚定地说：能！

还有一批书，是洪洋侄儿高中毕业后，去辽阳打工，在旧书摊上帮我买回来的，他半个月回家一次，卖书人告诉他几本好书的名字，然后，他转达给我，我选择买或者不买。这也是重要的一批书，但不系统，比较散乱。而且，这些我认为的好书，旧书，半个月也没人买，一直在等待我“转折”去买。可见，读这一些书的人不多了，或者人家去买新书，不买旧书，嫌脏。我知道，沈阳城里，每年寒暑假都有特价书市，最低打到二、三折。而我却无法享受到这种好处，我通过邮购读到的一些书，加上邮费与丢失，真是太昂贵了！

我心里有一个文学世界、艺术地理，我日益丰盈它的版图，现实的我处在小黑屋里，可有另一个我，总是浪漫地神游在远方天地间，甚至是神话星河中。在追求过程中，虽然现实的文学界离我遥不可及，但我依然坚持，支撑我的就是盲目的自信，就是乐观地相信自己能成，在“绝望”的日子里，我依然相信自己行，等待时机，悲观与乐观总是同在我一身，就像我平时怕见外人，但真见到了又不怕，我本就是开朗人，与外人相见时，更要故作轻松。人家看到的我已经很痛苦了，我不能再把痛苦一面展示给人家看，那样会苦中加苦。我要用笑容来让面对我的人获得一些平衡，冲淡一些苦楚。

一位朋友帮我审阅本书草搞后，说，你写了太多读书的事。我解释说：那些年，我就做了两件事，一是应付病痛，二是死乞白赖地读书，而且是读书塑造了今天的我。

读过这一批好书，我又应该写了，于是，把我洪水前那三个长篇小说稿中的一篇，压缩精简重新写成一个中篇，就像老舍把毁于战火的长篇小说《大明湖》中最有意思的一段重新写成名篇《月牙儿》。然后，这个我于秋收时节完成的中篇，在满怀希望地寄出后，再也不见了，连退稿都没有。记得我看一些名作家回顾自己当年被一次次退稿，然后，把退稿重新寄到别的刊物编辑部，终于被人慧眼识中，得以成功，好多这样的例子，我记得有邵振国的《麦客》等，还有贾平凹说他的稿子在各地刊物几进几出。然而，我连退稿都接不到，时代变了！

能接到退稿的前辈作家们是多么幸福，我羡慕啊！

第一次给我退过稿的就是何启治老师。

我写一部十万字的大中篇小说稿《青春世纪梦》，以一双恋人从清朝末年，相遇初恋，然后，历经“五·四”、抗战、建国、文革、改革，一系列历史大事纪，但他们一直是青年人，他们不老，始终以青年人的身份参与了百年的中国历史生活。现在回想，这是一部在电脑还没有兴起前的“穿越”小说。然而，我笔稚拙，没写好。何老师写出了审稿意见，并给我寄来了一些现实主义小说，还有农村题材的，让我学着写那样的。然而，我在小说创作中不弄点新鲜的，真的自己就不喜欢，兴奋不了自己，就不能写下去。

对了，还有一次，沈阳日报一个年轻女编辑给我寄回了退稿，还写了封简短的信，我真是太高兴了，珍藏着！

我让母亲去县城，因为我知道县里有文化馆，好多作家开始就是文化馆的创作员，我想与文化馆建立上联系，请组织上帮助我。我的一位家族叔叔在县里当个小官，找他。那一天，母亲背着我的一包沉甸甸稿子出门了，我好期待啊，甚至盼望母亲傍晚就带回好消息。夕阳西下，母亲回来了，高兴地告诉我：叔叔很感叹，把稿子留下了，说认识文化馆的人。我高兴。等啊，等啊，没有消息。半年过去了，叔叔把稿子给我捎回了，反馈来的消息是：文化馆帮不了我，没有办法帮我。

我给市里写信，给省里写信，没有回音。

我绝望了！

人民文学出版社给我寄回来过一纸收稿通知单，我还曾拿着这信封向别人炫耀，说那边审稿呢，我知道稿子不会被发表，水平还不够，但这等于让人明白我是在做事呢。

我的又一部十五万字的长篇小说稿《永恒的女性》写完了，这是以诗人海子为原型，我不认可他的自杀，于是，我写了反对自杀的内容，一个诗人想自杀，在离世前去看望自己心中的几位女性，有母亲，有初恋，还有遭遇的陌生人，总之，最后，在女性们无意识的爱心拯救中，他放弃了自杀，选择了比死亡更为艰难的生存！

因为我战胜了自杀这种念头，所以我反思海子的事，写了一篇评论《海子是个失败的人》，反思海子所代表的诗人自杀现象，这稿子后来投到几处地方，都没有准予发表，或许在全社会对海子给予赞颂的氛围中，不适合表达另一种角度的观点。我想表述的不是对海子个人的批评，尊重逝者；我更多地是怕社会这种赞美海子的主流情绪很可能鼓励后来人效仿，别再出现诗人戈麦、余地、吾同树这般的追随者。从海子去后，舆论一直对他有一种激扬的赞赏情绪；每年临到海子的祭日，就会看到好多关于他的纪念文章，甚至会看到有疯狂的悼念举止，这种对海子不持批评性的美化意识仍在继续漫延。海子的死亡，不是一首绚丽多彩的诗歌，也不是特立惊世的行为艺术，更不是艺术作品中崇高的悲剧美，这是血淋淋的惨痛现实！是身首异处，是血肉横飞中袒露出来的白骨！在需要猛喝一声的时候，社会舆论导向缺席了。海子卧轨，绝不能与屈原怀沙同日而语！海子当时一定是有巨大的心理痛苦，然而在世间有痛苦的人不是他一个：在现实生活中，既能面对欢乐又能直面痛苦的人，才是成功的人。真正的人能享受欢乐，也能承受痛苦，不逃避。海子在代表作《面朝大海 春暖花开》中，说“从明天起，做个幸福的人”，他却放弃了“今天”，人：最大的成功是活着的生命！

写完长篇小说稿《永恒的女性》，我却不敢投稿了，怕寄出后，还是泥牛入海，这是我辛辛苦苦写在稿纸上的呀。有了稿子，却无法送到编辑手中，不敢予人，这事，恰恰成了压死骆驼的最后一根稻草。原来一直依靠盲目信心而苦中求索的我，彻底绝望了！

我终于认识到文学与我绝缘了。

就像我当初终于承认自己是残疾人了一样。

这是对我心理上更大的一次打击。

我咬牙切齿地恨怨地想：不写啦！这辈子就这样了。

我在洪水前写的几十本日记，已经都泡在烂泥中，后来全卖废纸了，这回，我把自己在洪水后写的十几本日记，全都浸在洗脸盆中，泡掉钢笔字迹，然后，再晾干，虽然还能隐约看出字痕，但也不管了。让侄儿喊住街上收破烂的，把日记本都论斤卖，一共售得几元钱，给小侄买雪糕了。

从此，自三十二岁起，我不写啦，开始了对命运抱怨的罢工——

这时，我的心态是扭曲的，是畸形的，我不光是身体残疾，因为肢体病残而带来的严酷苛刻生存状态，让我的心也在承受重压中被迫有病了！当我的双手把记录心声的一本本日记按到水里，我的脸面上故作平静，而我心里是泪与火的狰狞。

九、父亲没有等到我重获“健康”的日子

当年我学写作真是废寝忘食，很辛苦，母亲从辽化表姨家给我带回一个塑板本夹，这东西非常适用于我，把稿纸放在上头固定住，仰面躺着举起写，就很顺手，方便多了。好沉的大部头书，比如《辽中县志》，几斤重，我躺着捧在胸口上，一看就小半天，大侄儿洪禹对他的小女儿说：你小爷爷这都是功夫！我一天最多写过一万多字，当时为自己能写这么多字，写这么顺畅而自豪，高兴。

但，学习写作，高兴的时候太稀少了，星星点点，绝大多数时候都是愁苦的。常常是因为写不出来或者写不好而懊恼叹气，学习创作给我带来的痛苦，比疾病给予我的痛苦还多。我偶尔会默默自言自语，幻想拿起一本书刊，这是我写的小说，以此精神鸦片来麻醉自己，激励自己！

我心里充满了怨憎，看到报刊上的个别文章，感觉写得并不好，我写得不比他们差，可是，人家能发表，我的稿子就是不被接受。

我渴望认识真正的作家，我盼望以文字的力量使自己康复！

我写道：以笔做杖，在稿纸上站立起一个健康人的形象！我把笔伸向太阳，在蓝天上抒写属于自己的诗行。无梦有脚步，走不进蓝天深处，心中的理想蜕化为翅膀，我会飞！

这时，我还总是想像：在远方，天尽头，大地的边缘，有一位披着花冠的仙女，在等着我，等我去找她——

梅花姐寄来的信，以及她的相片，还有我写给她却没有寄出的回信，都化鱼龙了，但我对梅花姐的思念，都写成诗句倾述在日记本中。

在好多的暗夜里，我背着家里人，在亲人的酣声中，默默流泪。

有一次，在中央电视台《读书时间》节目中，看到邀请几位文学界名家座谈，我一眼就认出了何启治老师。因为之前我在一本旧刊物上看到了名人生活剪影，其中就有何启治老师描述在美国打工的事，扉页上还有他在美国时的相片。这时正是在二姐家，于是，我向为我治疗的民间正骨医生夸耀：这个何老师，我跟他通过信的。人家惊讶，我觉得自己脸上很荣光。

虽然说不写了，其实，我一直无法放下，不能真正放弃文学，我在心里打腹稿，琢磨构思。日记是不写了，但我在阅读的书边上空白处记录一些感想。

从新世纪之初开始，我经历了漫长的最黑暗人生时期，而病体也不断出现新变化来折磨我！比如，折磨我十四年的膀胱结石，经常以深刻的痛苦提醒我，认识到它的存在。后来取出来时，这结石像鸡蛋一样。然而，其后肾结石堵输尿管，排不出，积水变质感染淤脓更甚。

季节的变化，对我无意识了，那病瘫的二十余年里，对我来说，只相当于一天，就是白天与黑夜的交替，今天是昨天的重复，今年是去年的复制。但，年年春秋，我倚着窗台，看燕子们来去，身体却僵在原地，心随它们飞远了。

我想：李白不漫游天下，就不会豪放浪漫大成！

行万里路，比读万卷书更重要。

我半个月剪一回胡子，半年理一次发，是模仿艺术家，其实更像野人。

众人看到了我的身病，没看到我的心病。曾经，我能无视亲友的冷嘲热讽，但，我无法承受自己心灰意冷后的绝望。我像一只涸辙之鲋，等待着春潮雨水——

病瘫岁月，我等于坐了二十年牢狱，也如同上了二十年的大学。

其实，我也是自己封闭了自己，本可以用脚尖慢慢挪动，去晒晒阳光，但我也自卑怕见到光明而没去做，侄女的孩子说我脸上没有血色儿。在乡村家屋病囚中，与世隔绝，那莫大的孤独感，真是最伤人！身边只有家里人，没有可以对话谈谈文学理想的人，只有自己对自己在心里默默想，这是一种自己对自己的，无人倾吐的述说：孤独能够杀人！

忽然有一天，邻居领着一位客人走进我家，我一眼就认出是初中同学张春斌，我惊喜地欢呼起来。张春斌的表弟与我家邻居的女儿订亲了，来喝喜酒，知道我在附近，就来看望我。在学校时，我俩同桌，因为我腿疼，有事都是他帮我跑腿儿。一起说笑当年的事，回顾我那难得的自由时光，开心极了。张春斌告辞后，我依然持续地快乐得心跳加速，全身发抖，从镜中看到自己眼睛笑得瞪大雪亮，我已经激动失常了。

山中方一日，世上已千年。

我与社会生活严重脱节了，我在乡村家中小屋里一心读纸质书，拿笔写字，可是外面世界发生了翻天覆地的变化，人们经历了传呼机、手机、电脑的发展历程，我依旧要靠寄信来和外界沟通。

我像坐井观天的井底之蛙，眼巴巴仰望着祈盼太阳月亮和星光。

我真的像青蛙——为什么这样说呢？我因为缺少运动，两条腿细，而肚子却脂肪积累很鼓很大，加之我本就是一双大眼睛，又戴着近视眼镜。

但是，在我倒下的病躯里，有另一个站立的自我时刻行走漫游在远方天地间——

身处乡村小屋，我却力所能及地积极参与社会活动，比如征集北京奥运口号时，我也应征了，我的应征稿是：我们都是奥林匹克人！

我最早知道奥运会是在少年时，那是1983年，中国体育代表团重返奥运大家庭后在洛杉矶取得开门红，那时全国人心沸腾，我在懵懵懂懂中也跟着高兴欢乐。之后是1988年汉城奥运会，这时我已经病倒了，然后是1992年巴塞罗那奥运会，1996年亚特兰大奥运会，2000年悉尼奥运会，我一直都在电视机前关注着。如今，奥运来我们家里了，每一个华夏儿女都被注了一支奥运“兴奋剂”，我不是运动员，我的残疾身体状况也不可能做志愿者服务生。那么，我问自己：我能为奥运做点什么？当北京奥组委发出向全社会公开征集奥运口号时，我听到了内心中的回答：你可以做点事了！为了向奥运会尽一份心，那些天，我一直在思考：怎样的一句话才最能体现人类的奥运精神而又人人可懂呢？从古希腊到法国现代奥运之父顾拜旦，再到当今奥林匹克大家庭中的所有成员，这“人人”就要包涵世界上的每一个人，不分肤色民族国籍，当我们走到一起时，就成为了朋友，我们齐聚在“五环旗”下，手挽手，心相连，团结成兄弟姐妹，这时，我们也许还是习惯于互相问候：您来自哪里？是哪个国家的人？

未来，这地球上的世界，国家民族都会消失，人类社会将融合为一体，想一想我们中华历史上有那么多崛起一时的少数民族，比如鲜卑、契丹、党项等等，现在都哪里去了？他们和我们已经融合为一体，也许你我今天的血液中就流着那曾经“消失”了的血缘。现在的奥林匹克精神与行为，就是人类未来大同的缩影与预演。我想象——当世界各地的人欢聚北京，在盛事中握手微笑，用各种语言问候：您是哪里人？您呢？您是哪里人？这时真正的答案只有一个：我们都是奥林匹克人！于是，我把这一句话作为应征口号，端正写下来，郑重寄给北京奥组委，也是把我的一份心意寄予了奥运。

此后的日子，我一直在等待、在盼望，期待着奥运口号征集揭晓的那一天，我自然许愿自己的应征能够成功，但也非常明白在浩瀚的应征稿中，我只是一朵小浪花，被选中的机会只有那么那么那么分之一。终于，征集结果公布了：同一个世界，同一个梦想！我落选了吗？是的。我真的落选了吗？没有。奥组委解释：这个口号不是应征稿中的任何一个具体作品，而是在斟酌了所有作品后，集中提炼出来的精神主题。我感慨到：这口号“同一个世界，同一个梦想”，是符合奥运精神的。我的应征作品“我们都是奥林匹克人”，也是表达了这“同一个”的思想内容。我就这样参与了奥运——我没有失败，和每一位参与者共同汇成奥运精神的胜利。在中华联结世界的历史性奥运盛典中，也有我、来自最底层角落里这一份沸腾如圣火的热爱心思。

与二哥在看电视上也有冲突，他只爱看电视剧，哪怕是再滥的电视剧，他也边骂边看。而我最喜欢看专题片，尤其是一些历史性的纪录片。我看纪录片时，二哥就不看了，故意睡觉，那就是生气了。

有一次，我看到《法制时空》里，播出了一个司法案例，十五分钟的节目，报道农村中首起因被告家庭无力偿还，而判决以劳务赔偿，我就想，在劳动中，亲密接触，仇人也会蜕变成互相关心的人，于是，我构思写作了中篇小说《法律红娘》，但在稿纸上写出来后，感觉并不好，没有达到预想，于是就丢弃了。后来，上网了，把旧稿向博客中输入，又想起这一篇来，博友比较喜欢，有人还专门写了读后感。

再后来，出文集时，这一篇竟然成了主打头条！

我就这样在自我放弃文学对厄运表达报怨的“罢工”中，过了浑浑噩噩的四年。

其间，老父亲病了，是大脑萎缩性的老年痴呆。晚年的父亲，像精神病一样，有时还打母亲，不认得家门，老想出走。

母亲哭泣：你咋得了这个病？

这时候，四嫂给我们做饭，母亲主要就是全心全意照顾父亲，照顾我和二哥成了辅次。而我，在病痛的间歇，能帮助母亲照顾父亲。父亲因为老吃镇静药，腿软乏力，越来越像老小孩了。

父母住东屋，我和二哥住西屋。四哥嫂带侄儿住新房子里。为了怕父亲在母亲睡熟时走丢，我们在门外上了闩。父亲常常在门里站着呼唤我，让我给开门。我不能给开，有时还要装作听不见。现在想来，父亲老年那衰弱的样子，真是让人心疼想落泪。回想起父亲，不仅仅是感叹他在文革中安然度过，作为校长，竟然没有收到一张大字报，还有，学校在值班老师接错电源造成严重火灾后，追究事故责任，公安局要逮捕两个值班老师，而父亲这时候站出来说：我是校长，要逮就逮我！就这样保护了下属教师。还有，父亲青年时，参加工作组调研，在长白山路上独行，遇到野狼，父亲没有转身逃走，能够直面狼，与狼对峙，一直等到来了一辆牛车，把狼吓走了。我就以这事写了篇散文，后来，我正式发表在公开刊物上的第一篇作品，就是这篇在父亲过世后怀念父亲的《狼缘》，发表在2005年底的《海燕：都市美文》上。这是父爱对我的护佑吧！

还记得，小时候，父亲蹲在院墙角落里，在砖坯搭的简易土灶前，烟熏火燎地为我熬中草药，那一碗碗的苦汤汁，现今在回忆中也变得苦甜苦甜了。还记得，小时候，过“六·一”儿童节，因为母亲去姥姥家了，年过半百的父亲，从来不洗衣服，那一次，为了我能穿着白上衣去参加学校合唱，父亲竟然笨拙地为我洗衣服！那情景，我永远也忘不了。那天我唱了什么歌，记不得了，但记得了不会做家务的父亲把我洗净成一个清清白白的孩子。如果时间能够倒流，我宁愿再喝苦药，也想看到父亲蹲在灶火前为我熬药。父亲，我想再过一次儿童节！

也记得，少年时，因为父亲在离休前没有把我们变成非农户口，没有带我们去县城定居，我一直对父亲有怨憎，觉得自家的父亲不如别家的父亲好，不为自己儿女的发展考虑。我现在也还是想：如果父亲在职时，带我们到县城定居，那么，我的文学发展追求之路，也许能更快一些，不会熬得那么久，那么漫长。县城的文化环境，起码比小村庄好多啦！

老父亲不吃药，要像小孩子一样哄。

老父亲不吃饭，我给喂饭，父亲有时会吐到我脸上身上。

我早上醒来，第一件事，是先挣扎着起来，直挺挺地，用脚尖挪动，来到东屋门前，看一看父亲好不好，怎么样了？有几回，看到父亲躺在炕沿下冰冷冷的地上，打磨儿爬不起来，从玻璃窗中看到我，就求助地向我招手：来，来！

我就急忙开门闩，喊醒操劳过度睡着了的母亲。

然后，我和母亲一起，有时还要喊来四哥嫂，把父亲一起搀扶起到炕上去。

后来，我们买厚厚的，软乎又坚韧的大海绵，每晚上，我和母亲一起把海绵立起挡在炕沿前，再用桌椅顶好了，免得父亲再转圈儿掉地下了。父亲半身不遂，所以，越动，越是半圆式转圈儿。

我还记得，父亲身体好一些时，佝偻着颤微微地，把两三个苹果香蕉之类的水果装在旧包中，用拐杖扛着，跟母亲说：走，回家，咱不在这儿了。

母亲说：这不就是家吗？还有哪儿是家？

父亲说不是。

母亲问：你拿这个干啥？

父亲说：带回家去，给老孩子吃。

母亲指着我说：他是谁呀？这不就是老孩子嘛。

父亲认真地端详我，也不说是，也不说不是。

有时，父亲就眼中流下委屈的泪水来，说都出来半个月了，惦记家里。想起父亲那无助般的孩子似的哭泣样子，真是心酸。

还有，父亲老躺着不好，有时，母亲把父亲扶起来，但父亲自己在炕沿上坐不住，总是歪倒，怕摔在地下，我就僵立在旁边，搂着父亲。这时，我怀里的父亲，就像一个听话的小孩子。

父亲有时不认识人了，母亲拉着他的手，但父亲不认得这是陪伴终生的老伴儿，以为是学生。墙上贴着年画，是毛主席像。我有时会问：爸，这是谁呀？

父亲就笑说：毛主席呗，连毛主席你也不认识啦？

父亲是党员，改革年代，因为一些社会现状，有人会发牢骚，但谁说党不好，父亲就不高兴，就生气，就批评人家。一位原来的学校同事，后来回到城里了，一次来看望父亲，说了两句关于对党看法的话，之后，父亲就专门给人家写信，批评人家。

父亲是校长，千万不要以为我父亲是真正的知识分子，不是的。教师的身份，对父亲来说，只是工作。父亲不读书，不看报，我甚至想：父亲做了一辈子教育工作，真是错误。但似乎也不完全是，五十年代末，父亲被借调到公安局，后来，他还是选择回到教育局了。父亲是真心热爱教育，我们辽中县乡土上，好多所乡村中小学，都是父亲在上世纪五、六十年代亲手创建的。当然了，这不是他个人的功劳，都是组织上派他去做的。但，肖寨门镇，四个大队，建学校，在出人工出物资上，互相推诿，去了几个人，也没有把学校建起来。后来，教育局领导专门调派我父亲去啃这个硬骨头。父亲以自己的人格魅力，把四个村的领导分散的心思凝聚起来了，团结起来了，整合成巨大的力量，果然很快把学校建立起来了。而且，因为用个人的工资请客答谢四个村领导，还被原本没有建成学校的人控告到教育局：革命不是请客吃饭。于是，来了调查组，专门审查账目，证实了父亲的确是用个人工资，没动用公家钱，但，也算违纪，在全县教育系统内通报批评。当然，发这通报前，领导找我父亲先安抚了一下。

后来，父亲送我去锦州蜂疗，遇到一位同是教育系统的老师，一提名字，那人说：我好像听说过你。想了好一会儿，才想起：呀，那年通报批评的嘛。父亲于是又向人讲自己被批评的冤枉。在退休前，父亲是从不讲这事真相的。这是父亲的原则，好像退休了，一些事情就如国家档案一样，过了时效，可以解密了。父亲虽然不爱读书看报，但父亲的为人，是老好人，是最中华文化的中庸代表。他读的是一代代人潜移默化的思想大书！父亲作为教育工作者，是合格的。二哥讲：当年，学校放学时，天上黑云翻滚，要来暴雨了。学生们一窝蜂跑了，大雨点噼呖啪啦砸下来，而且，紧跟着就是冰雹，大的有蛋黄大。父亲不放心学生们，于是，抓过一顶草帽就追赶学生们，怕学生有什么闪失。然而，孩子们的腿脚比人到中年的父亲更快，泥路上，父亲一路也没追上学生们，父亲到家时，草帽已经被冰雹打得不成样子了。

虽然明知道父亲已经病入膏肓，可是，我们都希望父亲多活一段时日，因为父亲有工资，这是我们家的主要经济来源。看到堂婶家养了一群鸭子，卖蛋，有点收入。母亲很羡慕，也想养鸭子，买了二十只鸭雏，结果，不久就大都病死了，只剩下三只。我说：老天爷饿不死瞎家雀儿，什么人都得让活着，三婶不卖几个鸭蛋，连油盐酱醋钱都没有。我父亲有工资，把我父亲护理好，多活一些日子，什么都有了。母亲惦记菜园，有时，就把父亲一个人放在屋子里，去栽秧。我说：看着父亲。母亲说：我跟他说好了，我一会儿就进屋来。我说：他能明白你的话呀？那还用人看着干什么？

母亲栽黄花菜，我气得用小火铲把菜根给撅了。

母亲也生气，争夺中，失手把我推倒在院子里。这是我病后，唯一一次摔倒，我躺着看到了世界的另一种样子。我自己起不来，是四嫂和侄女把我拉扶起来的。我为什么激烈地反对母亲离开父亲“一会儿”，因为此前，父亲自己倒热水，已经把大腿烫伤了，掉了巴掌大的一块皮。我帮助母亲照料父亲，只是辅助，还是以母亲为主的。我的理由是：母亲为了种一点青菜，这时候，父亲如果因为身边没人照看出了什么闪失，哪儿多，哪儿少？父亲一个月的工资，几百元，能买多少青菜呀？

送父亲到县医院，候诊时，一位老同志到父亲面前看了一会儿，问我母亲，你们是哪儿的？我母亲说：老观坨的。那人问：有个赵英超，你们认识不？母亲苦笑：就是他嘛。那人说：我看着有点像，但不敢认，咋老这样了？

那人到外面给父亲买了一些水果，交给我母亲。

可是，父亲眯缝着眼，却不知道那人是谁。

那天，2004年初冬，父亲折腾了一宿，在天亮时终于睡着了。我和母亲还很高兴，大哥来了，我说父亲刚睡着。到了吃晚饭时，父亲也没醒。我吃得快，替换母亲看着父亲。父亲身边就我一个人了，我把父亲扶坐起来，想让父亲醒来，我觉得父亲这一次睡得有点长了。可是，父亲没醒，放下父亲，他还睡着。

我担心了。

母亲吃过饭，我说：父亲不醒。

母亲于是就唤，果然不醒，发觉不是好事。但老病号了，没有办法，只有等待。到半夜还不醒。我给村里的医生打电话，都是熟人，不怕夜里打扰他。医生说：明天早上来看看。清早，父亲还在昏睡着，医生来了，给输上液，说：没有好办法。并劝说：已经这样了，别去医院啦，白折腾。

于是，哥哥们开始张罗父亲葬礼的事，我还是不甘心，不相信父亲就这样了，总觉得父亲会醒过来的，这么早准备葬礼干什么？

可是，我没有说话的权力。

这时候，亲友们都来了，已经不需要我在父亲身边了，这时候，我得避开，回到自己的被褥旁边位置上，不给亲友们添乱。

三天，父亲昏迷三天，睡着走了。

父亲临终时，我一直坚持靠柜角倚炕沿站着。好多人因为要躲避死人最后那口“恶气”而闪开，或者到院子里，到屋外去。我却固执地站在那儿，来到父亲最近的身旁。这一次，哥哥姐姐们没坚持赶我走，老姐姐说：你比咱们好胳膊好腿儿的都多尽孝了。

我眼中含泪滚烫。

父亲的葬礼上，我好多时候是尽量眼含泪水微笑着。

我没有表现特别悲痛。因为，亲友们都知道，父亲的离世，受最大打击的是二哥和我，失去经济靠山了。但大家都说：好在，有老母亲，能伺候。宁跟着要饭的母亲，不跟着当官的爹。

在第一场雪花中，父亲被众人护送着走出家门，再没有回来。我倚着门框，扒着门扇，泪眼巴巴地看着人们急急地抬走了父亲的灵柩，我在心里哭喊：爸，你再看一眼老儿子呀；爸，我该怎么办？

我想自立！

我能做的，还是写作。

于是，我又拿起了笔，在那个严冬里，写了两个中篇小说稿和一个短篇小说稿，但是，写完了，不敢投寄，刊物都不退稿，我怕丢，就又给何启治老师写信——

十、文学之神来到了我面前

收到何老师的回信，我非常高兴！

老师说：赵凯，我已经退休，你的情况我深表同情，我同时给辽宁省作家协会主席刘兆林和你写了信，请他就近帮助你。

太好啦！我经常听说刘老师的大名，虽然还没有读过他的小说，但在我接触到的评论文章中，多次看到他的名字，也知道他的代表作品有《雪国热闹镇》、《啊，索伦河谷的枪声》、《父亲祭》等等，那可是上世纪八十年代如雷贯耳的军旅作家。我还记得在1986年的《鸭绿江》杂志扉页上，看到过一张刘兆林老师辅导一位残疾作者的黑白相片，那个人笔名“残石”，同期发表的短篇小说《哆嗦》，写一个残疾人追求一个健全女孩子受到心灵伤害的内容，印象深刻的是那语言非常优美，句句都雕琢如诗。这本刊物也是被洪水冲走了，不然我会重新找出来，看看刘兆林老师的相片，那是一副很有风采的军人形象。

等待啊，期盼啊：盼刘兆林老师能帮助我，不知道他会怎么帮我呢？

大约过了十来天，一个中午，家门口停了两辆黑轿车，下来几个人，四哥陪着，在屋子里隔窗户远远看到四哥在向客人们指点着介绍庄稼院中的一些情况。四嫂迎了出去，隐约听到四哥笑着对四嫂说，来客是政协的。因为四哥是县政协委员，我以为是同仁们来做客了。我就在屋子角落里，倚着炕沿紧张地站着。这时候，我的心态是怕见外人，能不见就不见，但真见了又不怕，做出一副开朗的样子说笑。其实，我怕见到陌生人，就是不愿意自己以残疾形象示人，这是我心态上不能完全面对现实的表现。

客人进屋了，四哥指着我笑着向客人介绍说：这就是赵凯。

走在最前面的一位客人急步上前，伸出双手握住我的手，并且他略弯腰和蔼地对视我说：我是辽宁省作家协会的刘兆林。

啊！

我一下子惊得目瞪口呆了，结结巴巴地说：是刘老师呀，真的吗？这像做梦一样。

虽然我心里一遍遍地默念何老师寄的信，但当刘兆林老师突然来到面前，我还是感觉又真实又不真实，我日思夜想盼了多少年，盼望与文学建立联系，渴望结识文学界的作家前辈，难道就这样——文学来到我面前了？！

此时，在我心里，刘兆林老师就完全代表着文学之神，仿佛是神灵飘飘下凡向我展现了笑容！

刘老师向我介绍另外几位客人，有辽宁省作家协会创联部主任李光幸老师，这个名字我以前好像读到过，一时想不确切了，还有沈阳市文联副主席、沈阳市作协副主席黄世俊老师，这我知道，我在《芒种》和《沈阳日报》上看到过黄老师的小说和散文。记得那散文是一篇很优美的《太原街的风》，我还剪下来粘贴在杂志中。后来，我上网后，看到某地一位市委宣传部官员作者抄袭剽窃《太原街的风》的文章，还获得了他们省里的文学奖。我很鄙视这种行径，我曾给自己下过定义：生活上，不乞讨；文学上，不抄袭。不乞讨，我是依赖家庭亲人才能做到；而创作上不抄袭，这个是我自己能做到的。

还有一位客人，是《芒种》杂志社主编张启智老师。刘老师还说：想找《鸭绿江》主编一起来的，可是他出差了。

客人们坐下了，说起何老师的信，我向刘老师介绍了我的病情还有自学创作的处境。我捧着厚厚的一摞纸稿向老师们介绍了几篇稿子的大意后，因为都是写虚构想像的他人故事，刘老师指导我要写自己，我说不敢写，一是自己的伤痛不想示人，二是怕写家庭的事情，引起亲人的不快。刘老师说：家里人也不会看。当时，我非常理解这句话，那就是家里人不会看我写的东西。后来，这在读刘老师的《父亲祭》时，我也明白了，老师写出家庭那种情形，亲人们也没反对，这是文学与生活的两种眼光。

看到我床边摆放着邮购来的《中华文学选刊》，李光幸老师给我讲了他阅读过最近一期刊物的感受，以此来指导我、启发我。刘老师说：已经确定了，以后由黄世俊老师专门辅导我。我高兴地说：我是泥土里的一粒种子，请老师们培育我发芽破土。黄老师指着窗外笑说：这春天已经来了嘛。

真的，虽然花儿还没开，草还没绿，但春风已经吹拂大地解冻了。

两个多小时后，老师们要走了，我留恋不舍，这是我第一次真正见到文学中人啊！握手告辞，看着刘老师那慈善关爱的眼神，我忍不住流下了热泪。

四嫂张罗留客人们吃饭，我们乡村是每天吃两顿，午后三、四点钟吃饭。老师们婉拒了。其后我才明白：老师们在城市吃三餐习惯了，这中午过了十二点来到我家时，他们应该还没吃午饭，一直在路上了。老师们在指导我时，一直都饿着。

老师们带走我的几篇稿子，说先审阅一下，如果有合适的，请张启智老师给编发在《芒种》上。我想起少年时第一次正式投稿就是投给《芒种》了。然而，我真正在《芒种》发稿，却是几年之后的事了。

我站在屋门口，目送老师们走下房岗，大家还频频回头向我挥手，我一直眺望着轿车远去，拐上村中主街，看不见了。因为文学，我第一次见到作家，我家的小黑屋亮堂了，我欣喜，激动得身子发抖，立马想向何老师写信汇报这喜讯，但我一时进入不了写字状态，需要过好大一会儿让自己平静下来。信中，我写上了我家的电话号码，我们这屋子是从四哥四嫂那个屋子里安装过来的小分机。大约一周后的傍晚，电话响了，四嫂说是找我，我接过电话：您好，我是赵凯。一个和气的老年男子声音，带着南方口音的普通话：我是老何，何启治。

我又是惊喜异常！

与何老师通信十年了，第一次听到声音。这时候，我的父亲已经过世了，何老师在我心中真有一种精神上的父亲那种意思。我向老师介绍了刘兆林老师他们来看我的情形，也说了自己目前的现状，在琢磨老师们指导“写自己”的构思。何老师嘱咐我：有作协组织就近关怀，一切就会好办多了，但在创作上也不要过于着急。何老师又打听我家庭亲人情况，还和我母亲说了几句，论年纪，我母亲比何老师大两岁，何老师笑称“老大姐”。

与何老师通完电话后，就像刘老师来过那天一样，夜里我激动得睡不着，一直睁眼看到了黎明的曙色穿透窗棂照耀到我心中。

刘老师来，在我家里产生的最大改变，就是亲人们认可我学习写作的事了，不反对了，我学习创作算个正经事，名正言顺了。我因为写作，能让省、市里的领导来到我家，亲人们也觉得荣耀，邻居也知道此事，互相传讲着。

我曾经写过一首小诗《我会飞》：

无梦的/脚步，走不进/蓝天深处/心中的理想蜕化为翅膀/我会飞/飞越巅峰/飞越彩虹/飞向太阳/为你衔来一片云裳。

刘兆林老师等人虽然走了，可我依然感觉如同置身梦境里一般，好像文曲星下凡来到我面前，又仿佛文学女神缪斯飘飘飞来，牵起我惊讶仰望的手，笑说：跟我飞吧——

黄世俊老师走时说看完稿子后还会再来，我就等啊等，稿子会是什么命运呢？够发表水平吗？我忐忑期盼着。

在一个多月后，我忍耐不了啦，按黄老师留下的手机号打过去，黄老师正在会议上，告诉我：稿子已经看完了，因为手头工作多，等过几天就来我这，好好聊聊。

果然，一周吧，黄老师和张启智老师又来了，而且还带来水果等营养品，还有书刊稿纸。黄老师在吸烟时，看到我二哥的手卷旱黄烟，也卷了一支，手法娴熟，令我惊诧，黄老师笑说：我也下过乡，当知青时跟老乡们学会的。

黄老师捧着我的稿子，指点着给我讲，已经用打印纸写好了满满一大页审阅意见，把我家的小黑屋变成了亮堂堂的文学课堂。我非常感动，用心聆听，这是多么难得的讲学啊。那时，我并没有意识到，这是黄老师给我上的第一课，也是最后一课。

黄老师笑说我的中篇小说《想像爱飞人》真是一个好题材，但是笔力还嫌稚拙，其中有一章节，写得像童话一样，是很美，但与全篇整体风格不协调了，这个稿子还需要认真打磨。散文《花神》是我为外祖父写的传记，黄老师说关于我外祖父作为医生与死神对话那一段非常精彩。黄老师又说小说《猫蒸人》以动物口吻来写人，视角好，故事高潮蒸猫那一节，有风俗有善恶，“把这一段节选，我帮你修改一下，依然保持你的原稿风格，然后请张老师在《芒种》帮你发表”。我非常高兴，自己的稿子虽然还有许多不足，但突出的优点也被老师肯定了，而且即将发表，多少年来的夙愿就要实现啦，激动啊！

张启智老师又给我讲了投稿知识，要针对每个刊物的不同风格，看人家需要什么样的稿子，投过去才有被接受的可能。正午，两位老师告辞了，我挪蹭着送到门口，黄老师握着我的手笑说：等稿子发表时，我再来。

我高兴地向刘兆林老师汇报这事，并且把我按照刘老师指导新写的怀念父亲的散文稿寄了过去，半个月后，我接到了刘老师的电话，说他看了我的散文稿，觉得还可以，已经推荐给《海燕·都市美文》的主编古耜老师了。

我等啊等啊——

三个月没有得到黄世俊老师的消息了，我一直想打电话询问，但觉得黄老师工作忙，怕打扰老师，同样也是担忧我的催促会不会引起老师的反感，这是心里话。终于忍不住，我还是在一个傍晚把电话拨通了，是一个中年女子的温和声音，我说找黄老师，她说：我是黄世俊的爱人，你还不知道吧，你的黄老师、他已经过世了。

啊！

晴天霹雳——我目瞪口呆。

黄老师是突发心脏病。

我哽咽着同师母说了节哀顺变，放下电话，我的泪水就流下来了，为黄老师英年早逝而悲痛，我又捧阅起黄老师赠予我的签名本小说集《青鸟》，多么希望有一条电话线架设在天地之间，我再同黄老师说一说话，再请他为我讲一讲文学课。

我打电话给张启智老师，黄老师生前还没来得及把《猫蒸人》稿子处理完，并且已经找不到了。后来，我收录到作品集《我的乡园》中的《猫蒸人》，其实是初稿“人蒸猫”，只是为了纪念黄老师辅导我这桩事，还用了《猫蒸人》篇名。

等到雪花飘飘的十二月，四哥从学校带回了一个大牛皮纸信封，我看到落款是大连《海燕》月刊社，就明白是怎么回事了，急忙拆开，一翻阅，果然在目录中看到了自己的名字：赵凯，篇名是《狼缘》。这是我写父亲年轻时在长白山区遇到狼与之对峙的内容。打开刊登自己作品的那一页，一遍遍读着，像欣赏别人的作品一般。

作品第一次在公开刊物上正式发表，我真是非常高兴，又非常心酸难过，我觉得按照自己的的理想追求与文笔水准，在数年前，就应该在报刊发表了，可是这一天等得太久啦，追求了如此漫长的时间，把“成功”这一过程推迟了，为什么？就是因为我身体病残，与世隔绝。发表“处女作”，对任何一个文学追求者来说，都是快乐的事，然而我经历这种情形时，却被巨大的辛酸淹没了，并不是喜极而泣，而是欲哭无泪。

其后，我的另一首小诗《人民英雄纪念碑》投稿给《诗潮》主编李秀珊老师，也得以发表。“这清白的骨骼啊，若是你轻轻抚摸哟，觉悟我依然有血肉感，总是生命的热度。”此诗还被收录进纪念反法西斯战争暨抗日战争胜利六十周年的诗歌大典《胜利之歌》中。再后来，我投稿给《海燕》的另一篇散文是《母亲的手》，不久，就接到了《读者》编辑部的电话，告诉我选载在乡村版上了。这是我第一次被选载，很高兴！我已经超越了“成功”过于迟来的忧伤。

刘兆林老师又推荐我的两个短篇小说稿《女娲的母亲》和《阳光中的乳香》给《满族文学》与《辽河》，相继发表。我想：虽然有神话“女娲造人”，但女娲是从哪里来的？她也应该是有母亲的。又有神话说伏羲女娲是亲兄妹成婚，于是，我构思写作了这个“故事新编”。我大侄的女儿已经上幼儿园了，可是，晚上还总是要摸母亲的奶咂儿才能入睡，我们小时候都这样，我笑逗孩子说：那你上学午睡时怎么办，摸老师的奶咂儿吗？于是，由这句笑谈，我写出了幼儿园老师为哄好哭哑的新学生，敞开衣怀，把师职化作了母爱。后来，一位朋友读了这篇小说后，告诉我，“真有这种事儿”！生活的确是比小说更丰富。

这一时期，我的一篇重要散文《想骑大鱼的孩子》创作完成了，这文章把我对父亲的怀念与自己的理想愿望以及民间传统文化结合在一起了：瘫痪不能走以后，我就想超越脚步的束缚，获得另一种自由——我想飞！无梦的脚步走不进蓝天深处，心中的理想蜕化为翅膀，人是没有翅膀的。读庄子《逍遥游》，那壮丽神奇令我向往：“北溟有鱼，其名为鲲。鲲之大，不知其几千里也。化而为鸟，其名为鹏。鹏之背，不知其几千里也。怒而飞，其翼若垂天之云。”扶摇直上九万里！我渴望像鲲鹏那样飞翔。二哥给我讲过，村边的浑河里曾经在发洪水时，来过一条大鱼，搁浅在林中水洼里，后来上游水库来了一条轮船找这大鱼，用网拖回去了。父亲带着童年的我在浑河里洗过一次澡；小时候，看到过《鲤鱼跳龙门》和《连年有鱼》的年画，一个穿红肚兜的光屁股小男孩儿骑在大红鲤鱼脊背上，我梦想自己就是那个小男孩，骑着大红鲤鱼跳过龙门——跳过去，我的病就好了！

我躺在炕上，听家里人说：浑河干底了。电视中说：上游水库枯涸了。

于是，我写下了“那大鱼在时光之流中等着我，这想骑大鱼的孩子就是我；那大鱼一定很想我，就像我想它一样；好想一个梦就神话般回到童年，回到我诞生之前”。

两年后，这篇散文获得了冰心儿童文学新作奖，这是我第一次获得真正的文学奖项。后来出版作品集，我就用《想骑大鱼的孩子》做了书名。

自从把十几本日记在水盆里浸褪字迹当做废纸卖掉后，我已经四、五年没写日记了，后来，在刘兆林老师等人来关怀我后，偶尔有一些特别的感想时，我就记在随手正在看的书刊页面空白边上。直到2006年5月，刘兆林老师以辽宁省作家协会组织的名义联络沈阳市委政府帮助我入院进行人工双髋关节置换治疗，我在病床上又重新认真写起了日记，直到如今。

我曾在沈阳日报上读到一篇报道，说市内有个患病的残疾少女，区委书记送给她一台电脑，鼓励她努力学习，顽强生活。我也想拥有一台电脑，好方便与外面的世界相通，我太封闭了，渴望交流。于是，我给当时的辽中县委书记写了一封信，谈了自己的生活现状，表达了想拥有电脑的心愿，说明不要太好的电脑，旧电脑即可，能用就好。我只是试一试，不断定县委书记就一定会帮我，可是，一周后，乡里和村里领导就陪同一位县里领导来到我家，原来是时任书记委派他们来核实情况，真的从县高中电教室给我送来一台电脑。这是2005年春夏时节，然而，一打听上网费用，是一千多元，对我来说，门槛太高了，我不好意思向家里张嘴要，家里人觉得我没有必要上网，于是，电脑变成了我练习打字的工具，先是使用拼音打字，但我们这里说话平俏舌不分，我把平俏舌字从字典抄到本子上，想强记硬背，这时，恰好四哥从学校给我借来一本五笔字码字典，我对文字折解组合比运用拼音好得多，在我心中，汉语拼音和英文字母是一样感觉过敏的，所以，我很快就明白了五笔打字方法，但真正地熟练运用，还是一年半后上网了，在使用电脑过程中才慢慢掌握。

总是听说上网有多么好，有了电脑，却不能上网，一直是我非常心急而无法解决的事。在医院中做了人工关节手术后，遇到一位病友李大哥，他是最早了解并使用电脑的人之一，还会自己制作网站，他向我母亲劝说，说我身体不方便最适合上网，母亲才了解到电脑上网对于我一定是好的。秋天出院回家后，母亲给了一千一百元上网费，因为电脑中一些配置太低了，又和小侄洪洋一起去县里重新更换了一些硬件，就这样，我终于成为网民大军中的一员了。

上网的确给我生活带来了很多新变化，网上的内容浩瀚如海洋，最关键是我结束了完全封闭的生存状态，不再单纯与世隔绝，病残的我联网了健全的大世界，文学路越走越宽阔——

十一、大爱拯救我在瘫痪十八年后重新站起来

那是2005年前后，我听说政策向医疗大病救助倾斜，中央政府工作报告说让底层困难群众享受到公共财政福利的阳光。这时，父亲已经过世，我想做人工关节手术，原先总以为自己原有的关节虽然病了，坏死了，但也是自己的，假的总不如自己的好。其实，我在二十岁时，就知道我们沈阳医科大学附属医院能做人工关节置换，还写信咨询过，寄给我一张医学简报，有一篇文章就是《"板状人"站起来了》，介绍人工关节手术新技术。当时这样治疗的费用是两万元，把我家的房子和粮食卖了，也不值两万元，治不起。一晃，十五年过去了，我等不起了，心里明白必须手术才有我重新走路的可能，唯有假关节才能给予我一线希望。于是，我写信打电话给省、市各相关部门，询问像我这种情况属不属于大病救助政策范围。然而情形真的不乐观，只有省里有一家职工医院承担落实这种疾病的救助，但救助上限是三千元，而全程治疗保守估算也需六万元左右。

在2006年正月里一天中午，忽然接到乡里医保站长郭敏大姐的电话，说半小时后，市里领导和医院院长来接我去治疗。我非常惊喜，意外兴奋，还在想是我哪个电话或者哪封信起了关键作用，才会有这一刻的幸福。于是，让母亲赶紧帮我换衣服，准备一些东西，匆匆做好去医院治疗的准备。很快又接到电

话：原来是通知错了，上级来接我们乡里另一位病友，郭敏大姐以前听说过我家的情况，就误以为是来接我。立马我又极度失望，空欢喜一场。但我又感觉到了极大的希望，既然那个病友能如此幸运，我就有可能也像他一样被救助。我开始打听他是如何被救助的？以求借鉴。原来，是那病友的父亲给市委书记写了求助信，书记在处理群众来信时，指示相关部门给予救助治疗。

这天，我又打电话给刘兆林老师，刘老师问我最近好吗？我迟疑着说：这些天有点郁闷。老师问我是怎么回事，我就说了想寻求救助治疗不成的事。刘老师说：你把你的事情写个材料，我们作协以组织的名义帮你联络，试一下。我又高兴了，又满怀希望了。我很快就把自己的材料寄出了，很快我就接到了沈阳卫生局医政处李针红处长的电话，说省作协刘主席把我申请救治的材料转给了市委分管文化宣传工作的刘迎初书记，书记指示卫生局刘兴烈局长和红十字会刘喜成会长协商救治我。

三月的一个上午，李针红大姐和沈阳市骨科医院冷重光院长专程来到乡下我家中，为我做检查，看我是否适合做人工关节置换手术？李针红大姐个子很高，笑容和蔼可亲，所以后来我不称呼处长，就叫大姐。冷院长文质彬彬，不苟言笑，但是非常认真，从日本留学归来，医术高超。他细致查看了我的腿股肌体，终于点头说：还行！一直紧张的我，可算松了一口气。我老是担心自己不适合手术了，因为我的病程太长了，不能迈步走路十八年了，后来，在医院中，我果然是丧失行走功能时间最长的患者，而我那七十六岁的老母亲是年岁最高的陪护。

之后，沈阳市红十字会刘喜成会长和医保公司的领导也在李针红大姐的引领下来我家核实情况，我高兴地先行直挺挺挪移到房门口，倚着门框，迎接尊贵的客人们！刘喜成会长大步走在前面，热情地和我握一下手，就走过去进屋去寻找需要救治的病人，李针红大姐笑着说：刘会长，他就是赵凯。

刘会长转回身吃惊地看着我，说：就是他啊，也不像病人啊。

李针红大姐说：他就能这么站着，不能迈步，不能弯腰。

我尴尬地笑着说：我是强直。

刘会长爽朗地笑说：不怕，我们帮你重新迈步走路。

我合掌于心口，真诚地感谢！

然后就是一天天盼着去医院，我恨不得马上就做完手术，立马就能迈步走路。这时候，侄媳妇冬梅已经怀孕七个多月了，腆着大肚子，担心地说：老叔，你手术和我生孩子可别赶到一块呀。这是怕到时候两件大事同时发生，家里人手不够，忙不过来。我还给她宽心说：不会的。我这也是盲目地安慰自己，其实，我自己心里也没底。

4月底，我们辽河平原春风浩荡扬起沙尘，李针红大姐和冷重光院长带着医疗车来接我去医院，县乡领导陪同，郭敏大姐搀扶我挪移到担架床前，因为担架床低矮，直挺挺的我很艰难才躺下去，大家把我抬上车。冷院长看是老母亲跟随陪护我，担心地说：这么大年纪，能行吗？可是，没有别人能陪我去，四哥在学校里是班主任，四嫂和侄儿还要照顾临产的媳妇和病二哥。我躺在车厢里，透过车窗，只能仰望到蓝天白云和路边的绿树梢，偶尔还会看到飞翔的翅膀，我还想看看路两边大地上的景象，看看土地上陌生的人们，我知道，等我出院以后，应该就能看到可爱的陌生人们了。这时候，我的心境是快乐激动中还夹杂着担忧，不知道这关节手术会有怎么样的结果，能一定做好吗？万一做不好了呢？可是，我没有退路，即便是下不了手术台，我也要去试这一把，只有从绝境中来赌赢了。而且，我心里明白，这手术不会太危险，后来，我又面临过一次生死选择的极大风险手术，我仍然决心去“赌”命运，以求置之死地而后生，我总是想，如果不手术，失败是必然成定局了，而冒险手术，还能从绝处逢生。我甚至自嘲地想：老天爷，我已经这样了，你还能把我怎么样？这样一想，我就不怕了，“视死如归”了。

夕阳西下时分，路边的绿树梢换成了高楼顶，进沈阳城了，辗转到了沈阳市骨科医院。医生接我下车，进楼门，上电梯。我是第一次乘坐这种封闭式电梯，而且是躺着。进了病房，大家七手八脚抬着我从担架上挪到床上。冷院长指着接待我的那位笑容可掬的青年医生介绍说这是李忠强主任，今后，他就是我的主治医生。握手，我真诚表达感谢。还有一位帮助接待我的矮墩墩非常结实的护工陈师傅，这也是一个我非常难忘的好心人。

安顿好我了，李针红大姐等领导嘱咐我安心养病，然后才离去。这时候，暮色已经弥漫，早过了下班时间，大家为我付出了工作时间以外的个人休息时间，我非常感动。负责我这床位的护士谭丽，非常漂亮，她也是到了下班时间没走，一直在等待我，叮嘱我第二天早上需要做的一些诊查事项。然后，就是和同病房的病友们打招呼，互相自我介绍认识，有几位病友至今还在交往，成了好兄弟。一位叫李红的邻床陪护，把病房中仅有的一个空床位让给了我的老母亲。李红最感动我的，是第二天帮助同病房的一位患友把大便送出去。因为骨科医院的患者，基本上都是卧床不能下地行走，大小便多在床上。邻床小伙子孤独一人，父母已逝，又没有成家，出了车祸，无人陪护，还没有钱雇护工。护工陈师傅义务帮助他，不收他的钱。陈师傅非常忙，有时候他不在跟前，就是大家在帮那小伙子，我母亲也帮助过他。虽然病友们都笑说：医院这种地方，没病的人来了，也会呆出病。可是，我却感觉到，无论原来是什么样的人，到了医院这种地方，大家都是同心善爱的，医院反而是人际关系最好的地方，病友之间没有功利，只有共同对抗伤病，一起追求健康，彼此真诚祝福。

第二天上午，科室主任刘灿祥医生带领李忠强等多位医生查房，在我床头详细诊查询问，了解我的病情。然后，又是年轻漂亮的护士长常鸣带领护士们来查房。

刘兆林老师和李光幸老师抱着一大丛白百合花和营养品来看望我了，我高兴地向两位老师介绍诊查情形。因为老师要去参加一个重要会议，嘱咐我好好配合医生治疗，说手术前还要再来，然后匆忙走了。那一大抱百合花摆放到床头柜上，芳香浓郁，满病房都飘溢，李红笑说：这花真香！护士谭丽来了，笑问：这么好的花，谁送的啊？我自豪地说：是我老师！我很想夸耀说：我老师是全国著名作家。但话到嘴边，我忍住了。

下午，李忠强主任来告诉我一个特殊情况，我的血型是O型RH阴性，我第一次知道自己是O型血，但RH阴性是什么，我不懂。李主任给我讲，RH阴性是二十多年前才发现的血型特性，四种常规血型里，都附有RH阴性特殊血型的人，极其稀有，大约几十万人里才有一个这种RH阴性血型，以往有一些意外的医疗事故都是由于没有发现RH阴性特殊血型才造成的。这时，我想起曾经看过中央电视台的一个节目：讲一位难产的孕妇，因为是特殊血型，寻找不到手术用的血浆，无法进行剖腹产手术，面临生命危险，于是医护人员和亲友请求新闻媒体呼吁社会群体帮助解决，最终得到了拯救。原以为那是发生在别人身上的传奇，没想到突然之间，这种特殊性就掉落到我头上了。这时候，我还并没有意识到这种特殊血型会给我的治疗带来多大麻烦，我也没有想到半年后还会有我身体中的特殊性让我吃惊，让我受磨难。医生面对我的特殊血型，想到的第一应急方法就是推迟手术，先进行自体采血，留待手术备用。第三天，血站的医生专门携带采血设备来到骨科医院，为我采集了四百CC血浆，我第一次看到自己那鲜红的有病的血被收集到透明塑料袋里，像一袋酱油，像一袋腐乳汤。

骨科医院本来有八百CCO型RH阴性，但还没等我用，又被医科大学附属医院紧急借调走四百CC，这是李忠强主任告诉我的，治病救人，都是特殊血型，同病相怜。但考虑到自己手术前面临血型问题，又多了一份紧张，我不禁吸了一口凉气。

李针红大姐打来电话，安慰我别着急，她已经和冷院长说了，治疗上不要着急，一定要做好准备才行。然而，虽然手术做了一次推迟，但真正上手术台时，还是仓促了——

备皮时，裸体面对护士姐妹的难为情，转变为医学救人的神圣感觉。

在四个多月前的元旦之后，我已经在乡医院里做过一次“剖腹产”，那是切开膀胱，取出一块鸡蛋大的结石。当时，我是局部麻醉，医生用长长的大镊子夹起那个大结石举给我看，夸耀地说：看你这个大石头。这是他从医三十年来取出的最大结石。后来，我在文章中说：我自豪，我像大自然一样有创造力，我能孕育石头。从发现结石到取出，我把这个石头“怀孕”了十四年，这得益于我病残不方便外出，否则怎么会让一个石头在体内折磨我十四年？对这石头来说，遇到我，它是幸运的，若是别人早把它连根刨除了。这种石头，长在任何动物体内都是宝物，就是长在人体内是废物。出手术室时，别人都是弯腰弓背出来的，而我是直挺挺像英雄一样出来的。

再上手术台这天早上，手术室的医生推着担架车来接我，笑着问我：害怕吗？我故作轻松笑说：不害怕，只有高兴。其实我是有担忧的，但是高兴也是真实的，我就要解决掉这坏死了十八年的关节，我期盼这一天已经好久了。

母亲跟随到手术室门外，眼睛红红地含着泪水，我安慰母亲说：没事儿，等我出来就好了。母亲笑了，一线泪水流淌下来。

这大医院的手术室可比乡镇医院里气派多啦！我好奇地四下睃望，各种设备和影视剧里面看到的差不多，简直一个模样。麻醉师一针，我立马合上眼皮睡了。

等我醒来的时候，感觉嗓子非常难受，原来是麻醉时在喉咙里下了导管的原因。旁边的护士告诉我，只做了一侧关节手术。

我急忙说：快点再给我做那一侧呀！

护士说：没有血了。

医院原有四百CC，加上我自体备用的四百CC，一共仅有的八百CC特殊血浆，只勉强维持我置换了右侧髋关节，手术全程近八个小时，而左侧髋关节置换手术无奈搁浅了！

躺在手术台上刚刚苏醒的我非常遗憾，却毫无办法，我没有一点自主能力。

医生护士们把我送到重症观察室。母亲被允许来到我面前看了一眼，我安慰母亲说：放心吧，我没事儿。母亲苦笑着含泪，医生劝我母亲离开了，重症观察室要维护无菌环境。在我术后最痛苦的时候，陪护我的是值班护士胡惊涛，这是一个极其善良有爱心的好姑娘，她和我聊天，给我全身擦爽身粉，监护我身边的各种医疗设备，我伤口里流出来的血水，经过她的纤手处理，又回输到我体内。以至我如今回想起来，感觉当时缓解我痛苦的不是药物，而是她这个人起了最关键的作用。九天后，当我做另一侧关节置换手术又进入重症观察室时，还是胡惊涛值班，她告诉我，三天前就知道下一班是看护我，假如不是轮到她值班，她也会主动和别人换班来护理我的。后来，我回到病房两、三周后，一天下午看到有一个护士的身影从病房门口走过，就是那么匆匆一闪现，我立刻感觉好像是胡惊涛，但又不敢确定，就静静地等待着。果然，三、五分钟后，病房护士李婉川走进病房，身后就闪出了胡惊涛的笑脸。

我笑了。

胡惊涛是专门来看望我的，不知道我在哪间病房，就直接去了护士站，婉川陪她一起过来了。

我专门为此写过一篇文章，叫《护士的眼睛》，这是闪烁在人世间的最美丽的星星。

我做手术这天，四哥也向学校请假来医院陪护我，并且告诉母亲，说家里的侄媳妇也临产住进妇婴医院了。我躺在重症观察室的第二天，母亲来给我送粥，笑着告诉我：冬梅生了，是个男孩儿！我非常高兴，家里添丁进口了。胡惊涛也祝贺：双喜临门。

我的手术和小侄孙的诞生，都是家庭大事，是大好事。然而，我的手术只做了一半，目前最大的障碍就是手术用血浆。我回到病房时，病友们拿着报纸告诉我：有个老人患癌症了，和我是一样的特殊血型，在医科大学附属医院等待手术，向社会呼吁寻找血源，沈阳市报纸广播电视各新闻媒体一时间都沸腾了。大约近一周时间，老人的手术成功实施了，几个同是特殊血型的“血”友伸出援手，最后一个献血者是来自丹东的打工小伙子，他像我一样，原本并不知道自己是特殊血型，因为这个老人急需救治，于是他和许许多多的人一样，挽起袖子献血，恰好他真的是O型RH阴性血，他开始只想献二百CC，当知道老人还需要四百CC，就立即决定全“包”了。的确是这样，我们很多特殊血型的人，都不知道自己就是特殊血型。现在，已经有了特殊血型联盟组织，在有人需要时，互相救治。然而，因为媒体的新闻宣传效应，一些人了解到有这类特殊血型后，就动起了脑筋，比如有聪明的编导，在一部表现抗战时期南京女特工的电视剧中，就虚构一位负伤的女英雄需要输血救治，但却说她是RH阴性血型，看到这儿时，我不禁苦笑了，这种血型是上世纪八十年代才被发现的。

这天午后，刘兆林老师和李针红大姐在我的病床前握手相识了，他们都是为了我的血浆问题来的，他们一起和医院领导到会议室研究协商解决办法。整整一个下午，直到下班时间，刘兆林老师和李针红大姐才回到我病床前，大姐笑着告诉我：放心吧，已经解决了！第二天，李忠强主任专门去各血站为我筛血取血，归来笑着告诉我：你这点血可太不容易淘弄，真是值银子了！后来，我为这事写了篇文章，说我的血管里流淌着众人的爱！

有了血浆，在前一次手术相隔八天后，我又一次上了手术台，进行全麻醉人工关节置换手术，这样短时间，就是超常规治疗。我的好多事都是特殊性的。其实，备用血浆还是少，术后，因为身体补血不足，贫血，我的双手指尖像老抽烟的人瘾大薰得一样焦黄。也许是因为这两次手术超出了我身体的承受极限，总之，第二次手术之后，我的状况不如前一次手术之后好，出现了药物性腹泻，恶心，吃不下饭，后来，大便排出的是白水。这种腹泻持续两、三个月，真是把我折腾够了。

还有，在我关节置换成功后，应该恢复功能锻炼的时候，可是，我的右脚背类风湿关节炎犯了，红肿得厉害，根本不能下地练习走路。

术后，从重症监护室回到病房，李忠强主任带领医护人员为我诊查，这时候，我双侧胯骨上的刀口包扎着，不适于穿短裤。李主任手托我的膝弯，我的双腿真的可以弯曲了，膝盖拱起来了，这和十年前民间正骨医生给我掰骨折的活动性能绝对不是一回事。我的双腿已经十八年不能弯曲了，现在能了。我高兴，激动！然而，弯曲的角度并不大，因为虽然假体关节可以活动了，但我的肌肉组织和神经系统还是麻木的，僵化的，它们已经忘记弯曲的功能了。为了最大程度地查看我腿的弯曲量，李主任在众多医生护士面前彻底掀开了被子，让我的下半身公开透明了。

在医护人员面前，我懂得了常态的羞耻是不必要的。

李主任抬起我的腿，努力试着用力帮我弯曲，直到我疼痛得承受不了。李主任放开手了，说：从目前的状态看，将来走路应该是没问题的。但是，李主任的手把我的腿放下了，我的腿却再也不能抬起来分毫，自己一点力也用不上，双腿根本就不听我的意识调遣，好像我的大脑指令在下达到双腿之前就短路了。我的双腿木然昏睡着。常鸣护士长指导我功能恢复，先从勾脚尖开始，我虽然按照要求做着，但心想：这大腿的事，只活动脚尖，能行吗？后来事实证明，这真是最正确的方法。但是，这需要时间来唤醒我的双腿。在手术后，由于我的双腿突然被强行弯曲活动，肿得老粗，剧痛。刘灿祥主任给我解释：

你的双腿肌肉组织就像阳光曝晒下风化的胶皮，失去了弹性，现在强行把它拉开，这胶皮上就满是密密麻麻的细纹裂口，每个裂口中都充满了淤血，只有等到这些淤血被你自身吸收了，消肿了，你的双腿活动起来就不疼了。然而，不能仅仅是等待双腿消肿，李主任还是每天都要帮我做双腿弯曲锻炼，也告诉我母亲要按间隔时间帮我曲腿。很快，我找到了一个自我曲腿锻炼的方法，让母亲把大卷卫生纸立着垫在我膝弯下，我就可以自己悬空两脚再落下，这样就能达到曲腿练习目的了。而且，这也缓解了双腿长时间僵搁在床上压迫脚跟产生的另一种痛苦。

在大腿与臀部连接的皮肤曲折处，因为十八年没有弯曲，皮肤也习惯了僵直，而不适应突然出现的一点点弯曲，肉皮开裂，裂口处渗流出血水，蜇辣辣疼，母亲帮我抹药膏，大约两周后，龟裂的老皮蜕下，长出了新皮肤，我的大腿渐渐消肿了。真是像“小龙”一样，要蜕一层皮才会新生。

第二次手术四十天后，置换固定人工关节的骨水泥已经牢固，于是，李主任和常鸣护士长要帮助我站起来，前一天已经告诉我了，明天站起来，我热切地期待一晚上了。

这一次站起来，比当初老父母帮我站起来容易一些，但是，意义却不同，十六年前的站起来，只是站起来，这一回站起来，却是要迈步走了。当我身体挣扎着斜倚在床边时，感觉到了自己的身躯在胯部的确是出现了一点弯折，这就是人工关节的神奇力量！因为自己的双胯关节“活”了，我反而更担心自己站起来后，会不稳当了。李忠强主任拉住我双臂，我借力站起来了，这时候，我感觉天地轻轻晃动了一下。

然后，我慢慢站稳了！

李主任和常护士长一直扶着我，让我试着抬腿迈步。老母亲在旁边喜忧交集地看着，伸不上手。我想迈步，可是腿抬不起来，脚提不起来，腿脚不听使唤，大腿肌肉无力气，有一样可以做到，脚跟提起来，脚尖还拄在地上，这样大腿也抬起一些了。李主任和护士长帮我身体向前倾，抬起来的腿下面，脚尖向前仓促地一悠荡，然后急忙着地，不然身子就要歪倒了，这就算踉踉跄跄地迈出一小步。

十八年啦，在我病瘫后，终于又能迈步了，虽然这一步是如此地难看，可是，我到底实现心愿了。人这一生，会有多少个十八年啊？而且，我坚信：自己能迈出这一小步，就会迈出一大步，以后会走得更稳当。

我感觉窗外的蓝天绿树都向我微笑了。

十二、《老人与海》：捕获大鱼，但鲨鱼来了

李忠强主任指导我先重点练习脚尖点地借力擎起大腿，重复了十几次，就让我先躺下休息。我的确已经精疲力竭了。之后，老母亲和病友的陪护们帮我一次次再站起来，护士长给我送来一个助步器，我扶着那个金属架子，感觉更安稳，敢于放心地抬腿提脚尖了，然后，一点点向前挪动，竭尽全力挣扎迈出一步步。一天比一天见效果，虽然还不能很好地迈步，但我脚尖点地抬大腿灵活多了。病友们都看到了我的显著变化，全为我高兴。

我还斜倚在床边练习坐着，母亲拉拽我的双臂，母子像拔河一样。因为大腿和臀部肌肉萎缩，十八年没有坐过，我的腿股承受不了来自于自己上半身的压力。练习坐着之初，大腿屁股肌肉里像有千百根针扎进去。我自己深刻的感受是：练习重新坐着，比练习重新走路更难。

虽然能站起来了，然而，命运不是那么好改变的，厄运不会轻易饶过我的，病魔更不会安心放过我，就在我站起来练习走路一周后，我的右脚背类风湿关节炎发作了，红肿得不成样子，这种无药可以止住的剧痛，强迫我老老实实躺在病床上。这是目前为止，我的类风湿关节炎最后一次严重发病，可它病得不是时候！

我心里有怨恨，却不知道向谁申诉。

在胃肠系统不正常和右脚关节炎复发的同时，泌尿系统又给我出了大难题，排尿困难，腰腹尿道痉挛剧痛，骨科医院面对我这三种情形毫无办法，在大手术后的身体条件和经济条件均不适宜以及无人帮助出行的情况下，我没法去其它医院解决问题。

唯有硬挺!

这是我长久患病以来摸索出的最终最有效果的治疗方法。

中秋过去，我出院回家以后，胃肠系统自动修复了，右脚关节炎也悄然消肿，而泌尿结石问题却更加严重，每一次排尿都有大量沙粒，结石多得吓人，很多时候要用导尿管伸进膀胱才能排尿，无奈中，不是办法的办法，我自己充当医生护士给自己插导尿管，有一回，导尿管艰难地穿透膀胱里的结石堆，却拔不出来了，卡住了，试了几次，都拔不动，导尿管牢牢嵌住了。我打电话给村里医生，他笑说：不能，结石哪能把导尿管卡住呀？只好喊母亲帮我，老母亲像拔河一样，强力拽出导尿管，再看这塑料导管已经扭曲变形了，这时候，脓浊的尿液如破堤般冲出来，泥沙俱下，就听到噼呖啪啦击打尿瓶的声音，血红的尿水中，指甲大小的结石，能有整整一把，砖头瓦块一样堆在那儿，一半是血尿，一半是结石。

这样的奇迹全都发生在我身上了，早先听过一句老话：活人叫尿憋死了。我感恩于现代医学，如果不是现在医术发达，我不可能重新站起来学会走路，而且我早就真的叫尿憋死了。

不光结石堵塞排尿，而且高烧，最高烧到四十二度，忽冷忽热，打摆子。村里医生持续给我输液消炎，侄儿洪洋说我成“滴流专业户”了。我给沈阳大医院打电话，向医生咨询：能不能有什么好办法让我的排石量小一点。医生说：石头排出来了，那不是好事吗？实在不成了，母亲和哥哥又送我去县医院，然而，县医院大夫治不了我的结石，推荐我们去沈阳“排石王”那儿。就是在“排石王”这儿，一位做B超检查的女医生发现了我的又一个与众不同之处，说我是“马蹄肾”，双肾在下部相连为一体，是先天畸形，她从医二十多年来，只发现过三例马蹄肾。而我呢，是活了三十六年，在这一年五月，知道自己是RH阴性特殊血型，十月又知道了自己马蹄肾，这两样都是几十万人中才有一个，而我是双“剑”合璧，更为难得。后来，我苦笑说自己是天降奇才！

因为结石堵塞输尿管，长期肾积水，变质感染了，我尿液中的脓丝像粗壮的蚯蚓一样，一条条，一团团，和医生说，他们都觉得难以置信，说那样的话，你还能受得了吗？

我能！

我来到人世间，就是来承受苦难病痛来了，我和别人说过：我是疾病的标本！

所以，我决定在自己死后，把遗体捐献，眼角膜能令别人看到光明，也是请他们帮助我多看这世界一些美好的风景，其它无用的肌体就作医学解剖实验，请专家查看一下，到底是什么东西在我体内到处流窜作案，如果能查清，也许会帮助同类病友恢复健康了，我活着时，都是亲人朋友在帮助我，身后就只能做这样一点有意义的事了。

后来，因为我的泌尿系统问题过于复杂棘手，沈阳市的三家最大医院从来没有治过我这样的病，于是，推荐我转院到北京去了——有位留学英国的医生在网上了解我的情况后，说我这是世界难题，应该寻找愿意以此为医学科研攻关项目的医院合作治疗，我给国内几家著名肾病医院寄了信，都无回音。

本来，我做了人工关节置换，能够行走了，应该是从地狱里逃出来了，可是，肾结石感染，这是病魔又对我当头一棒，再一次把我打懵了。

民间有句老话叫：按下葫芦起来瓢！

当我在人间大爱的帮助下砸断了厄运的脚镣，命运又给强行我戴上了继续服役的锁枷。

在沈阳市骨科医院出院前，我请四哥做了一面锦旗送给医院，题词是我自己拟的：

科学精神，骨立树人！

我是拄着双拐慢慢挪步走出医院大门的，在亲友和医护人员的帮助下，我仰靠着坐在车厢座位里，这就是我和入院时最大的变化，来时我是躺在担架床上，只能看到车窗外的天空和楼顶，现在我半坐半倚着，可以看到车窗外的景象了。

挥手告别医护人员，都是我的恩人，我的眼中噙着泪水，车开了，医护人员的笑脸移出车窗，我脖子僵直地梗着，回不了头。

三年后，我和文学院的老师同学们一起乘车从沈阳市骨科医院大楼前经过，我激动地告诉大家：这里是我的再生之地！我是躺着进去，站着出来的。

六年后，我专程回到沈阳市骨科医院，冷重光院长已经调任别处，刘灿祥主任已经退休，李忠强主任看到我走路状态恢复得如此好，已经超出了他当年治疗时的预想，他高兴地说：奇迹！我是他行医生涯中最难忘的一个患者。我向李主任讲述了出院以后是如何锻炼恢复行走功能的。

最初，我是拄双拐，母亲和侄儿在旁边陪护，提防我摔倒，时刻准备伸出援手扶住。然后，我拄单拐走，最后，我不拄拐却拿在手里，预备一旦站不稳当了，就用拐支撑住身体。不拄拐行走，是用整个身子带着腿向前，一迈步，就全身向上一蹿，笨重的腿脚被拖拉着行进半步，仿佛落水的人在挣扎。

这比婴儿学步难得多了，婴儿可以一次次摔倒，再爬起来，在跌倒与起来的过程中就学会走路了。然而，我不能摔倒！

倘若我摔倒一次，可能因为我僵直的身躯缺少柔韧弹性，就把安装在体内的人工关节摔坏了，那我此前所有的努力就都失败。

后来，我在辽宁文学院学习，同学陆兴志大哥关心问我的治疗恢复情况，我说到了“我不能摔倒”，三年后，再见陆大哥，他依然记得我说过的话：

我不能摔倒！

大约练习行走半年以后，到底慢慢走得稳多了。

记得当初刚刚病瘫时，在广播中听到一首著名诗人胡世宗描写云南老山战场的诗句：“能自由自在地走是多么幸福，只有前线的战士心里最清楚。”因为我丧失了行走能力，所以，这句诗牢牢地记在我心里。后来，我把这句诗化作了我的话：能自由自在地走是多么幸福，只有重新站起来的我心里最清楚！

虽然后来母亲放心我自己行走了，不在身边陪护我，但我依然感觉到我走出每一步，都不是孤单的，恩师、领导、亲友都时刻陪在我周围，一同搀扶着我，不让我摔倒。我下决心要走好，让关爱我的恩人们看看，我能走得好，不会辜负他们的爱心！

练习坐比练习走更难，多亏上网了，因为很多时候是贪恋在电脑前，所以强迫自己坐着。四哥帮我找来一个大靠椅，有长长的扶手，我站起坐下，都要抓紧扶手，用双臂来帮助双腿。因为身腰不能向前倾，我在椅子扶手上横担一块木板，把电脑键盘和鼠标放在上面，就可以打字了，需要站起来时，我就手托木板，把键盘等放在电脑屏幕旁边的桌面上。我的腿股因为十八年没有坐过，不仅肌肉萎缩，筋也短了。一旦坐着，腿股真是又麻又痛，如同千万根针扎刺着。如果不是为了看电脑，真是坐不住，一会儿就要起来。我偶尔双手撑着椅子扶手，身子悬空，腿股离开坐垫，稍稍给予缓解，现在还是这样，坐得时间长了，我依然要用双手臂撑起身子来帮助两腿股减轻压力，缓解痛楚。至今我依然没有真正实现自由轻松坐着，还是站着比坐着舒服。只不过，站得久一点，胯部假关节会酸楚。为此，我写了一篇散文《坐着难受》。

应该说，此前，我一直是采取和病魔抗争的姿态，然而，当我成功进行了人工关节置换手术后，自以为胜利了，沾沾自喜的笑声还没消散，病魔就把更要命的感染肾病安在我身上，以另一种方式又一次按倒了我，在置换人工关节的第二年春天，家里又一次送我到沈阳住院治疗肾结石感染，还是老母亲陪护我。这家所谓的结石治疗中心，那种又陈旧又过度伤害的治疗方式，带给患者更大的痛苦与损伤。这多米诺骨牌一样的连续打击，让我晕头转向，在紧锁眉头的愁苦中，我终于不得不承认，这强大的病魔是我今生永远不可能战胜的。厄运从我诞生那一刻，就命中注定了，上天有一种神冥的力量，是不会放过我的。就像《老人与海》中的桑地亚哥历尽艰险终于捕获了大鱼，但鲨鱼群来了，他只能是失败的英雄。

常常有亲友热心嘱咐我：好好养病，保重身体。

我总是苦笑回答：我的身体不归我管——

那么我的身体归谁管呢？

后来，诗人孙阳大哥对我说过一句话：与疾病和谐相处。

这句话点醒了我，令我茅塞顿开，与疾病和谐共处，这是我今生唯一能做的了，面对病魔，我只有这一条路了，别无他路可走。

其实，在此之前，我心理上已经向病魔妥协了。在我努力了十八年才重新学会走路但又遭受更要命的肾病打击后，我已经从莽撞的角斗士变成了退守为上的苟安为乐者。

在这条向厄运妥协的偷生道路上，我不是一个人在“战斗”，我有一位重要的援军：老母亲！

我小时候，从记事起，就知道家里供奉着两尊神，一是毛主席，二是观世音菩萨。我家炕柜上摆放着毛主席全身石膏像，还镶了玻璃框罩起来，墙壁上贴着大幅印刷的毛主席半身油画像，且不说家里到处都是闪耀的各种各样毛主席像章，箱盖上还支放着金属的毛主席像框。

观世音菩萨摆放在僻静的偏屋里，是写在一张红纸上，前面设一个装高粱米的饭碗，代作香炉，母亲经常给上香，母亲也让我上过香，我很早就明白这是为了祈求让三哥和二哥的病好起来，但我后来也病了。改革年代，宗教信仰自由了，母亲从辽阳广佑寺请回一尊观世音菩萨瓷像，说是开光了。有个神奇的事：1995年大洪水，把我家房子冲倒了，可是，从坍塌的废墟里扒出来的菩萨像倒是完好无损的。

父母给我起的名字叫赵凯，我发表作品时署名还是叫赵凯，因为我的生命中没有遇到像母亲为父亲改名字那样给我改名字的人。母亲曾想让我改名字，那是在我病瘫不久时，因为对医药绝望，母亲去跪求神灵，有半仙儿指路，给我烧了纸糊的替身“人”儿，在那纸人的腹中放进一块猪肉，就说明这纸人有血肉了，是活的了。再在纸人身上题写了“赵凯”二字，于星河出全的子夜时分去村外野地里焚烧；父亲是党员，不会参与这种事，只好由母亲一个人去做，母亲真是胆子大啊！在半夜三更，抱着一个鬼，去送魂灵，或许母亲觉得在无边黑暗里抱着的就是小儿子的血肉之躯吧？所以才不怕。如今我眯闭眼睛就会看到，二十多年前那个午夜的凄迷火光，那用颤抖的双手在寒风中几次划火柴点燃纸人，在零乱火光中跪拜磕头哭求天地神冥的女人，就是我的母亲。母亲惶惶回家后，让我自己改个名字，因为“大仙”嘱咐了，以后，那个有病的赵凯已经被烧死了，火葬了，说病魔和小鬼再来抓我，就会因改名找不到我，我已经不是赵凯了，就会躲开天地命运对我今世的刑惩。可是，当时我根本不信这个，我信科学，母亲让我自己改个名，我嗤笑着根本没改。我当时年轻，不懂事，我轻视了母亲的祈愿，母亲把这么重要的新名字决定权交给我自己了，我还不以为然地嗤笑。现在想来非常自责，剜心般疼痛，我可以小看神灵，但我不应该嘲笑母亲那高尚的爱，不应该啊，母亲！

少小时读书，接受了要破除迷信、信仰科学的观点，可是，1995年大洪水这不可抗拒的灾难，让我灵魂突变，天天向菩萨上香祈祷了。我倒不是迷信，但我相信，对神灵的信仰崇敬是祖先千万年留下来的文化组成部分，这一定有其道理，不仅仅是迷信两个字就能全盘否定的。当唯物办不了的事，唯心就接手了，唯心唯物是手心手背，是叶子的阴阳正反两面，无法独立存在，不可剥离，有白昼，自然就应该有黑夜。

在洪水后我去二姐家掰骨折时，母亲就每夜向天地神冥跪拜祈求护佑我好起来；我在骨科医院做人工关节置换时，母亲依然向神祇祈佑；当我感染肾病后，老母亲向佛主许下誓愿，从此以后吃素，不再吃肉，不助长杀生，只求佛主保佑她的老儿子好起来。平日里，乡下家中很少吃到荤菜，多是土豆白菜，母亲许愿吃素，我没觉得怎么样，过大年的时候，我们都吃鱼吃肉，可是，老母亲依然是吃着白菜土豆蘸酱油，这我可有点受不了，我的泪珠悄悄掉在饭碗里。但是，我没有劝母亲放弃吃素，我知道母亲不会同意，我懂得顺从母亲的心愿就是孝顺，老母亲七十七岁了，辛苦操劳一辈子，晚年需要营养的时候，却主动追求清水寡淡，这不是为了她自己，是为了我！

在骨科医院里，我是病程最久的患者，而母亲是年岁最老的陪护，母亲和我都创造了纪录。一天半夜，母亲睡熟了，我喊母亲帮我倒尿瓶。如果出声音喊，会影响别的病友休息，母亲在我的床头拴了一根绷带绳，另一端母亲系在手腕上，然后躺在旁边简易的折叠床上，我需要母亲时，就轻轻拽两下绷带绳。母亲去卫生间了，我听到扑咚一声闷响，就知道是母亲摔倒了。不知道母亲摔得怎么样，我只有焦急，却躺在病床上毫无办法，我真想赶过去把母亲扶起来。我等啊等啊，觉得时间好长，如果母亲再不回来，我就要喊别的病友陪护人员去帮我看看母亲怎么样了。母亲可算回来了，还好，母亲走路的样子说明腿没事，我问母亲“摔了呀”，母亲装作平静地说：没有。我说我都听见了。我知道母亲是怕我担心。我问母亲摔坏哪儿没有？母亲说没事儿。第二天早上，我发现母亲的手腕处有一块淤血的紫黑。

母亲信佛非常虔诚，不仅仅吃素，还抄佛经，母亲写字非常秀丽好看，我看到过老母亲伏在饭桌上抄写经文，但也没有太在意，也没有去打扰，觉得母亲做喜欢做的事就好。2004年，母亲去广佑寺请回了阿弥陀佛大像，供奉香火，我当时还有点反感，觉得小门小户人家里供奉这么大的佛，不太合适，认为只供奉观世音菩萨就好，因为菩萨最亲民，与平头百姓最贴心。如今回头看，这几年，我的好运气一步步来了，或许真的是母亲的心愿感动了上苍。后来，舅家的姐姐告诉我，母亲当年悄悄做了一件大事，捐印佛经，弘扬善念，母亲捐了几千元，仍然不够印经费用，别的善男信女们看到是老太太为儿子求祛病，于是纷纷解囊相助。在母亲过世后，我整理母亲的遗物，看到一本本抄录工整的佛经，我默默翻阅着，看到了关于感恩的注释：

感国家恩，感父母恩，感众生恩！

我认真保留收藏了母亲的佛经，也牢记了这句话。

曾经有多人劝我改信其它宗教，我说，一切宗教教旨都是向善的，都是爱人的，不过是执掌宗教权力的人可能会把事情做得偏差了。然而，我不会改变自己的信仰，因为这是母亲留给我的宗教。2010年，我来到鞍山玉佛苑和辽阳广佑寺，朋友问我求什么，许愿吗？我说：什么都不求，不许愿，只是替母亲来拜佛！第一祷念就是“回向给我的母亲”。

十三、腿脚能走了，心却走不出去

做完人工关节置换后，出院第一件大事是我上网了，鞍山姑姑家的表妹夫妻帮我建立了博客，通过写博客，以文会友，我结识了一些真诚的朋友，其中有几人了解我的情况后，要在物质经济上帮助我。一位宜昌的朋友想资助我上网费用，一位安徽的朋友知道我夏天爱犯病就想送我空调，一位沧洲做服装生意的朋友想送羽绒服，我一概坚决不接受，我当时的理由是人不求人一般大，我已经穷得只剩下自尊了，不能再退让了。然而，后来事实证明，我错了，我这种心态并不是完全对的，不是那么健康的，我自以为是做得很对，其实是给人家的热情爱心兜头泼了一盆冷水，伤了人家的好意，就像民间老话说的：热脸贴了冷屁股。其后，这些好心人，都失去了联系，连朋友都做不成了。然而，直到两三年后，我才反省到这些。但，石家庄一位叫含羞草的网友喜欢文学，我们聊得来，我把自己的学习经验坦诚地告诉她，她给我买了新衣服，先斩后奏地邮寄过来；还有北京的千岛兄长，想帮助我，我说，为了见证友情，帮我买一本书吧，当时，我正想读《好兵帅克》，因为我手里只有这名著的下半册，千岛兄帮我买了厚厚一大本新译《好兵帅克》寄过来；还有广州的呢喃，在我出版第一本书时，她想读，我寄过去，她在中秋时给我寄来一大盒月饼；还有东海的惜月姐姐、北京的可普姐姐、湖南的馨竹姐姐、沈阳的孙五郎老师、石梦溪姐姐，黑龙江的雨晴姐姐，石家庄的刘丽、素清妹妹、拴保兄长，青岛的长征兄弟，普兰店的茶香妹妹、吉林的清水妹妹等等，数不过来了，都是我的铁哥们、铁姐妹！我感激大家对我的关心厚爱。

最初写博客，我是把以前在纸上写的旧稿输入到网上，慢慢地写一些即时性的感想，得到了博友的认可，偶尔也有了约稿，还有一家文学网站对我做了在线专访。上网不到一年，在2007年夏天一个早晨，打开博客，看到了在沈阳工作的老乡博友丁兄的留言，说我的文章就这样安静地放在博客中有点惋惜，应该想办法出书，我觉得出书当然好，但我不是专业作家，也知道当前只能自费出书，我连上网费这钱都没有，哪里有钱出书呀？所以，我虽然心思萌发了，但并没有真正动心。然而，就在短短一周内，天南地北的博友们，几个人不约而同地建议我出书。于是，我不得不重视了，但，出书的费用怎么解决，犯愁。

天赐机缘，恰在此时，我接到一个电话，一个温柔的声音自称是沈阳市残联的残疾人阅读写作趣味协会秘书长李如，是刘兆林老师向她推荐了我。李如大姐在市残联创建了一份残疾人文学爱好者的报纸《蓝星湖》，她把这文学报纸寄到省作协，刘兆林老师看到后，给李如打电话介绍了我。然后，李如大姐给我寄来了两期《蓝星湖》，其中有沈阳市副市长祁鸣的文章《“助残月”随笔》，我才知道：我们沈阳市负责残疾人工作的领导是这位副市长。于是，我给祁市长写了一封信，谈了我的学习创作与生活治疗情况，请求扶植，帮助我实现出书的梦想。

这只是我又一次寄出了希望，因为，我那些年写给外界几百封信稿，绝大多数都是无回音的，所以，我盼望有好消息的同时，也做好了失望的准备。一个月了，没有回音，两个半月的时候，我忽然接到一个电话，是县残联的领导，说是我写给祁市长的信，转到市残联了，委托县残联向我核实情况。三天后，县残联的陈玉民老师和宫濯宇科长来到我家，详细了解我的情形，然后汇报给上级组织。之后，市残联梁万富理事长打电话给我，说已经帮我找到了爱心人资助我出版。

我把这好消息汇报给刘兆林老师，刘老师请省作协创研部编审宁珍志老师帮助编辑书稿，文集定名《想骑大鱼的孩子》，交给北方文艺出版社。

冬天来了，雪花飘了；春风吹了，花红草绿了；李如大姐和市残联李斌主任来我家走访，同行的还有残疾人阅读写作协会副秘书长马良海老师和沈阳日报记者吕良德老师。《沈阳日报》刊登了采访我的文章和图片，我第一次被报道，当时很激动，自己终于被媒体关注了，虽然后来有好多对我的采访报道，但这第一次我却最难忘。见报几天后，我还收到一位爱心人张先生寄来的二百元钱。后来，我请刘永伟哥哥找到这位张先生赠送一本我的拙著《想骑大鱼的孩子》。说起刘永伟，这也是在博客中相识的一位残疾人哥哥，后来在我的图书出版座谈会上首次相见，顿成莫逆之交。

2008年5月12日，下午在网上知道四川地震了，我开始也没太在意，各地经常有灾情，但到了晚上看电视新闻才明白，这一次的灾情之巨大，震惊了全国，震惊了世界，所有的目光都聚集到了“汶川”这地方，那惨酷的画面让人揪心流泪——

这时候，我收到一笔不多的稿费，恰村委会领导到各家各户募集善款，我把稿费捐了。还有，我刚刚获得了新闻出版署的一个全民阅读征文奖，奖品是一张千元购书卡，而电视上正在播出一个叫邓清清的小女孩被埋在废墟里，还打着手电筒读书。我非常感动，想到自己家在1995年大洪水后，我最关心的就是自己读书问题，于是，将心比心，我意识到灾区日后重建，不仅仅是住房与交通和衣食，还有文化方面，我想把自己的奖品购书卡赠给邓清清，但灾区不会仅仅她一个喜欢读书的孩子，所以我想，我们这次获奖者是一百位，如果我们集体做捐赠，就可以帮助一个灾区学校重建图书室。我这想法得到另一位大学生获奖者周新寰的支持，还有，刘永伟哥哥刚刚获得沈阳市残联奥运会征文一等奖，他也主动表示把奖金捐助出来，并且，他帮我打电话给读书征文组委会提出了建议。

但因种种原因，这个想法最终没有落实，成了我没有实现的一个失败的愿望，至今想起来，总觉得承诺没有完成，仿佛欠着西南的孩子们一笔感情债。我仍然想将来有机会，一定要做到这件事：帮震区的某所学校建立一个图书室。当我电话中同刘兆林老师说到自己的这遗憾时，刘老师告诉我：上海《文学报》那边正向全国作家征集图书，要捐赠给灾区学校，让我参与这件事，于是，我在沈阳市残联宣文处的帮助下，把一百本《想骑大鱼的孩子》捐寄了。并且，马爱民处长把我写给灾区孩子的一段话印刷成精美的书签，夹在书页中间。

——“大地震害得很多人伤残了，我作为一个病残人，想对灾区伤残的孩子们说，你们现在承受的是身体疼痛，而你们成年后将要承受的心理痛苦会比现在更巨大，因为我体验过。

可爱的孩子们，我希望你们以后永远能够正视自己的身体现实，认真去活自我的人生，不要在心理上自己再伤害自己，这是我最想说的，心理健康比身体健全更重要!未来的人生中，我们完全不痛苦是不可能的，当在生活中遇到挫折悲观的时候，希望你们会想起这本书、想起我，一个曾经想骑大鱼的孩子。

你们的大朋友：赵凯”

年底，在上海送往灾区的图书中，也有我的一份心愿。我想象着：在灾区新建的学校图书室中，孩子们欢悦地坐在那里吸取精神食粮，一颗颗幼小的心灵被书籍滋养；有那么一个孩子，在他痛苦的时候，正巧读到了我上面写的话，这些话给了他一点信心、一点力量，这就是我的愿望了。

在举国大悲痛中，中华民族万众一心，掀起了热烈的抗震救灾运动，其中，还有一场诗歌浪潮，因为诗能够简洁明了表达民众对灾区同胞的关心同情，于是，借由方便迅捷的网络得以海啸般传播，一场注定载入中国文学史的诗歌运动发生了。其实，回顾历史上的大事纪，每遇重大国家民族变故，总有诗歌伴随记之，且不说历史上屈原、杜甫等为代表的文以载道大诗史，就看近现代，从鸦片战争开始，就有龚自珍“我劝天公重抖擞，不拘一格降人才”，还有“四万万人同一哭，去年今日失台湾”，还有“五四运动”诗歌，有抗日救亡诗歌，诗歌是所有历史大变革的见证。本来，随着社会生活的发展，加之诗歌艺术自身的钻入牛角尖，人民大众已经与诗歌有了距离，汶川大地震无数鲜血生命举起了诗歌的火炬，集合了中华民族的精神力量。这是一场积极向上的诗歌运动，大悲哀中洋溢着乐观主义，体现灾区同胞与全国民众血肉相连。在这席卷全国的表达民声的抗震救灾诗歌浪潮中，虽然我写诗的笔力不如我的散文和小说，但我也没有落后，因为我拥有了网络，所以，我激情地写下了《爱心手臂》。

> “5·12那一声惊心动魄的呼喊/唤起了中华最伟大的爱心救援/一时间，无数条手臂/从全国、从全世界——/从四面八方伸向你：汶川!//这一条条手臂化作了/一条条公路、一条条铁路/化作了一条条航线/一架架飞机、一辆辆汽车/一双双奔跑的脚步/一颗颗爱心飞去了：汶川!//这一条条手臂把无边的塌陷托起/把废墟下的你扒出、扶起来/这一条条手臂托举着担架/艰难行走在滑坡后的乱石堆上/这一条条手臂托起最宝贵的生命/一条条手臂托起了你：汶川!//这一条条手臂伸向了捐款箱/这一条条手臂伸向了献血点/一条条手臂叠成了路基/一条条手臂擎起了桥梁/一条条手臂相挽成帐篷/一条条手臂扛起了食品和药物/一条条手臂捧来了最清洁的/像眼神一般的最最清澈的水源//这一条条手臂抚平了大地的伤口/我们终于看到了你擦去血和泪的笑脸/就像这满眼的迷彩绿是遍布废墟上的盎然生机/就像这醒目的消防红是弥漫在废墟上的黎明曙色/你疲惫的笑容就是这废墟上冉冉升起的旭日/是希望，是瓦砾中重新抬起头来的花朵/汶川，这一条条手臂托起了你擦去泪水的笑容/汶川，这一条条手臂必然还会和你一同托起/一个灿烂的明天、托起废墟上更美好的新家园”

虽然直白，直抒胸臆，但更显得有冲击力，有文友读到后，说我写得真大气！虽然我的诗歌没有产生多大影响，但我及时参与了，这是以前我很难做到的，感谢网络，让我与世界建立了直接联系。

后来，又发生青海玉树地震泥石流，全国诗歌爱好者又一次用诗歌来表达对灾情的关注，我也写下了《新玉树》，在大震情中，表达了对灾区重建的信心与畅想。

2007年春暖花开，我练习走路已经很见成效，能不拄拐杖走了，但我主要是在屋里院子里走，还局限在自家小天地。有时候，天气好，我会走到院门口，像游击队员一样，往街路两边看看，有没有外人，如果有人，我就急忙闪回大门里，倘若没有人，我会试探着走出院门几步，心情也很激动。我是想走出去，但是又心怀忧怕，忧什么，怕什么？怕见人，忧别人面对我时是什么心态。

这时我虽然能走了，多少年的夙愿实现了，但我的心态并不好，我的心向往外面的大世界，可现实是我依然只能囿困在家中乡下小屋里。我总想一鸣惊人般地一下子走出去，以健康的姿态走到众人面前。现在回头看，我也无法说清自己当时的心态是怎么回事，知道自己当时的心态是错误的，但我那时真的是那样的心思。

而亲友看到我能走了，都高兴，我同何启治老师与刘兆林老师电话时，也是高兴地汇报我能走得很好了。

我在能走而不敢走出家门的心态中徘徊了两三个月，我也渴望寻找一个合适的时机走出去，走出家门，走入人群中，看看外面的世界。七月中旬，二姐来做客了，正好傍晚村中有秧歌，二姐想去看，就叫我一起去，溜达溜达，散散心。

我冲动地说：好！

其实，我盼望走出去这一天，已经好久了。

跟着二姐走上主街，乡亲们都不认识，全成了陌生人，二十年啦，我真的失去了乡亲们的认同感！站在路边树下，我感觉自己是局外人，处在巨大的陌生感中，我被那种失去群体归属的失落感淹没了。我后来形容自己像《伊戈尔远征记》一样，兴冲冲地朝着失败奔去——

我是落荒而逃回家的。

这种想走出去，却以大失望回归的心态，令我纠结两天，然后，我写了篇博客文章：《二十年后第一次出门》，表达了自己努力挣扎终于成功走出家门却孤单失落而归的心情。博友们都关心我，劝慰我，鼓励我，有人还为之专门写了文章，而一位中国传媒大学毕业的美才女妹妹甚至说我走出一次就拥抱一回来鼓舞我，朋友们真令我感动，这种关心爱护慢慢抚慰了我的心思，在电脑面前，不与人群真实相对，我才与人们是无差别的。

我说我再也不走出家门了。然而，我真的是又等待了整整一年，才重新走出家门，太久了。后来，刚学会走路的小侄孙牵着我的手，要我带他去商店买好吃的，是婴孩的小手带着我重新走出家门，走进人群，与外界交流。为此，我又写了《二十一年后第二次走出家门》，这时我的心态已经完全扭转了。

我这种心态，真的是一般人在常态生存中无法体会的，有的人不理解我能走了为什么不走出来，怕什么呀？这应该是我病态的丑陋对健康的美好产生的恐惧与回避，是长久的黑暗对突然闪现亮光的惧怕。我甚至想到：那些服刑二十年走出监狱大门的人，重新走入人群时的心态，应该是和我有相似，但又的确有不同的。再后来，这两篇博客文章，收入了作品集《我的乡园》里，编辑邓晓白老师给改了题名《寻家》与《还家》，而且，多位读者反馈说：这两篇不寻常的文章令他们落泪了。

现在，回顾中，我自己也无法完全体会那种心境了。但是，我会永远铭记，在我的康复奇迹过程中，心灵康复比肢体康复慢一拍。

在2008年1月，我过生日的那天，心情特别不好。那是我难忘的一个生日，因为心情糟糕透了。但是，在家里人看来，那一天和我平常的日子没有不同，外表还是那个行动艰难的我，可是，我的心态变化太大了。

从不能走，到能走了，这是我改变的第一步，然而，我依然还过着原来的生活，封闭孤独，一种病囚的生存状态，这是对我心理最大的打击伤害，这种压力在那一天，几乎到达了我承受的极限，我读到过一句话：孤独能够杀人！

那一天我真的想到了死亡，然而，自杀真的是我不愿意的。

那么多年，不能行走的日子我都坚持过来了，能走了，为什么还如此痛苦呢？在别人看来，也许这是不可理喻的，但这就是曾经真实存在过的我。有句电视剧台词：我要的不是这些。的确，对我来说，要的也不仅仅是能在屋子里慢慢走动了而已。我想参与社会生活，我想参与文化创造，我想参与精神文明建设——

这是高调！那么，再通俗一些说：我想自食其力，我想自己的生活自己做主！

多年来，我在家庭事务中没有话语权，这是所有残疾人面对的现实。自己的生活还需要家里人照顾，什么事都不能为家里做，那么，在家里哪有你说话的份儿。在家里都是累赘，都无足轻重，哪还能到社会上体现自己的存在与价值呢！

那一天，我在日记中写了好多，几页，然而，现在我不愿意去翻阅日记看自己那时都写了什么。我写自己的这部回忆录，一直没有去翻阅日记去大段引用，我就是想凭着记忆，想起什么就写什么，因为记忆力是有筛选功能的，能够被头脑记住的，才是值得我写出来的。时间能解释一切，能消弥一切，无论我心情如何，那一天，那一晚，那二十四小时，我还是度过去了，熬过去了。

好了伤疤忘了疼——这话在我这书中说了几回，虽然这是一句带有贬义的话，但这恰恰是我最想追求的境界！对于痛苦，我不愿意过多回忆，但是对于温暖真情，我还是特别喜欢重温的，每每回想过去岁月中那些感动我的事，那些关爱我的人，我都心胸满溢着浓浓幸福。我不会忘记东院七姨奶驼着背，拄着烧火棍端着瓢送来的葡萄，也不会忘记前街六奶打发孙子送来的一手绢包樱桃，白手绢上洇红的汁痕像冰雪梅花图——

那些年，每到春秋，我都会怀着一个特别的心思：仰望燕子！

春天，我盼燕子来；秋天，我送燕子们走。春风中，我一天天眺望天空，一旦发现了黑白分明的美丽翅膀，我就欣喜，就高兴，庆幸自己又熬过了一个漫长的严冬，又胜利了一年。我们辽河平原，冬季寒冷而漫长，一个冬天就是半年，春夏秋那三个季节委屈地挤在另外的半年里。秋风起，天气凉，树叶黄，寒霜降，我倚着窗台，仰望一群群小燕子在高空迎着大风奋力南飞，有时候，觉得这可能是最后一群燕子了，但常常又有一大群燕子从北方飞过来，越过我头顶，目送它们远走，一直到遥遥看不见了，我还睁大眼睛，努力想辨清它们的踪迹。

其实，我的心跟着小燕子们飞走了，仿佛它们的归处，就是我想去的地方。

我的心飞去了远方，而僵直的身躯却依旧被固定在原地——

年年如是！

这足以证明我不正常，健全的人拥有健康常态的生活，不会在意小燕子们的来与走。是健康的世俗生活拒绝了我，我才强迫自己和小燕子们站在一起，我把小燕子们视为同类，视为朋友了。然而，小燕子们并不知道我这种选择。它们并不知道我十数年如一，像亲人一样在迎接它们归来，送它们远走。它们是不知道由我给“被亲人”了。

一直到2011年，我来到城市打工，成了一个从事文化打工的特殊农民工，我去关注身边的人们了，而忽略了燕子的来去。这时，我才算“正常”了吧！

写到这里，忽然觉得自己这两年对不起小燕子们了。

患难中给我安慰的朋友们，我忘记它们了。

虽然能走了，但我还是被囚禁在宅院里；虽然还被命运囚禁着，但能走了，也必然给我的心态带来死而复生的变化。在2008春夏时节，我接连写了一组散文，从我重新会走路后看到的家园中细节处取材，一朵花、一片绿叶，一只鸟、一群蝴蝶、一颗雨滴、一道彩虹，一点触动我的敏感小心思就能升华为一篇美文，如同散文诗。二三十篇，我把它们统称为《乡园花鸟》，这的确是我这个复活者眼光观照中的花花草草、鱼虫飞鸟。这组散文，师友们都认可叫好，后来，中国社会出版社为我出第二本书的编辑邓晓白老师更是欣赏称赞，几乎是以这部分稿子为主体编成书，书名就叫《我的乡园》。为什么叫乡园，而不叫乡村或者田园呢？因为，我所处的家院太小太封闭，是比乡村更微型的庄稼院菜园。一个小庭院，能让我写出这么多篇文章，我自己也惊奇，真是感叹于那句名言：生活并不缺少美，只是缺乏善于发现美的眼睛。

然而，过了那一阶段后，庭院中的一切被我天天给看得平常了，不再新鲜神奇了，也就没有再续写这类小品文的灵感了。

十四、爱心搀扶我走出家门，回归人群

市残联宣文处刘杰副处长打电话通知我，2008年6月20日，为我召开出版座谈会，关于与会人员，有一些残联组织邀请的嘉宾，还有我个人邀请的文学界老师，以及沈阳市的残疾人文学爱好者们。

我电话邀请刘兆林老师，刘老师非常想参加我这个会议，但是，因为那一天他作为辽宁省作协党组书记兼主席，要带队去抚顺调研，所以，无奈不能与会，我极端遗憾，我能有这样一次出书座谈的荣誉，都是刘老师扶植的结果，可在庆功会上，恩师却不能到现场了。

这一天，县残联李宝荣理事长来到我家，和乡镇领导安排我去沈阳开会的行程事宜。李理事长非常实在，憨厚可掬的笑容，句句都说老百姓的大实话，不带官腔。我请他帮我邀请县委书记，因为，我这部书稿的每一个字，都是在书记赠送给我的电脑上敲打出来的。因为网络，我得以与外界朋友们结交情谊，书记帮助我与爱心相连，赠予我一个健康的人文世界。很快，李理事长电话告诉我，书记非常热心地接受了邀请，如果那一天工作日程安排得开，他一定到场祝贺。

然而，要出门了，穿什么衣服呢，好多年来，我一直是穿着别人的旧衣裳。四嫂拿来四哥的一件白衬衫让我穿，后来从相片上看，这衬衫穿得效果极好，很有派。裤子呢，是捡胖表姐夫的旧裤子，母亲拆开改缝的。鞋，因为我的脚趾变形了，二十年没穿过全帮的鞋了，穿什么鞋都不舒服，不合适，于是，我说：就穿我平常在家里穿的，母亲做的棉拖鞋。因为方便，因为类风湿怕凉，我冬夏都穿棉拖鞋。其实，我的病是怕热不怕冷的。这棉拖鞋我穿着舒服，而且也保持了我平日生活本色。

20日早上，乡里负责宣传文化工作的王舒副书记和村委会李学海书记陪同我和老母亲去沈阳，透过车窗看到绿野上的禾苗，看到城市中繁华的车流人群，我非常激动，这是多少年来，我第一次不是因为治病而走出家门。这一天，我盼望得太久啦！

到了市残联，在众人扶持中我艰难下了车，梗着僵硬的脖子，我抬眼瞄着残联大楼，真高啊，楼顶和白云在一起，太阳就在楼头耀眼地悬挂着。

进了楼里，看到大厅里有一垛牛皮纸包着像书一样的东西，走近前，果然标签上是《想骑大鱼的孩子》，终于见到我的书了，急切抚摸着，然而没拆包还是不知道封面是什么样子。

进了电梯，先行来到的县残联陈玉民老师带我来到楼上为我安排好的客房，怕我长途坐车劳顿，让我先休息一下，我感激领导们对我关怀得细致入微，但激动中一点也不感觉累。

这时，梁万富理事长和郭永普理事长还有马爱民处长、刘杰副处长都来看望我了，平时在电话中交流过，现在都见面了。领导们问寒问暖，我非常感动。记者们也来到房间采访我，报社记者边问边向本子写，电视台记者把尺把长的话筒杵到我眼前。我是又紧张，又故做开朗。也许是因为读了那么多书，有了这种学识垫底，我并不怯场。

有工作人员送来一包我的书，拆开，让我先签名一部分，我这才看到我的书，装帧很好，就是我本人的相片不太好，因为是在骨科医院手术后，鞍山的表妹夫妻去看望我时拍的，病态得像大头娃娃一样。我没有其他相片，多少年没照过相。编辑宁珍志老师让我提供一张作者相时，我只有这一张，其实和我本人的现在状态差别非常大了。我自小没习过书法，所以，写字非常不好看，但好在是我本人货真价实的字，不是假冒伪劣的。我安慰自己想：大家看的是我的文章，我的笔迹好与不好，是小事儿。

午饭时间到了，我不方便去食堂，因为我得站着吃饭，陈玉民老师就帮着把饭菜端来，让我和老母亲在房间里吃。记得是一大盘包子和汤，非常好吃，但我故意装假，怕人家说吃得太多，就吃了两个，没有吃饱。母亲也只吃了一个包子。

午后，会议开始了。去会议室，乘坐电梯，遇到了几位残疾人，互相看一眼，因为陌生，不好说什么，但我想到了他们是来参加会议的。后来，我和他们熟悉了，成为了非常好的朋友，都是残疾人兄弟姐妹，心在一起的。

马爱民处长引领我走进会议室，会场就响起了热烈的掌声，只见满屋子的人。我虽然身躯僵直，但也努力鞠躬答谢。落座后，看到大椭圆环形桌上有名签、有话筒，有鲜花和水果盘，第一次经历如此隆重场面，而且这会议是因为我而召开，我也有一点沾沾自喜，感觉自己很了不起，但同时也明白，这都是众人关爱扶植提携才有我的今天，包括眼前为会议忙碌的人们和所有与会人员，都对我付出了爱心关注，我皆感恩。

梁理事长介绍我与各位嘉宾相识，热情握手，大家祝贺我，我感谢大家。见到了为我出版赞助的慈善家杨友明先生，他是一位民营企业家，非常朴素的衣着，很平易近人的样子。他讲话时，也都是实实在在的，没有唱高调，他甚至说自己开办的采沙厂，经营的是国家资源，拿出一大部分做慈善，给予需要帮助的弱势群体是应该的。从介绍他的事迹材料中知道他帮助了无数人，获得了国际性爱心慈善奖。

宁珍志老师也来了，因为在网上见到过他在文章中的相片，我一下子就认出了。宁老师作为责任编辑，也代表文学界师长发表了讲话。

会议由郭永普副理事长主持，梁理事长讲话时，祁鸣市长来到了会场，大家热烈鼓掌欢迎。我之前在网络上寻找过祁鸣市长的相片，见面还是那样精致儒雅的气质，非常可亲。祁市长握着我的手，关心询问我身体和创作情况，我表达了对市长帮我出版著作的感激之情。我想在赠送祁市长的书上写一句话，不知怎么写才好，李宝荣理事长指导我写“残疾人的亲人”，这正是我心里想要说的话，能准确地体现我的情感。李宝荣理事长同时也带给我另一个消息，因为市委书记到我们辽中县视察工作，所以书记不能与会了，但转达了对我的祝贺。

祁鸣市长讲话，对所有残疾人文学爱好者给予了鼓励，并谈到了扶植沈阳市残疾人阅读写作趣味协会创办文学报《蓝星湖》的积极意义。《蓝星湖》主编李如大姐谈了对我作品的阅读感受。让残疾人代表发言时，因为开会前刘永伟哥哥来到我面前，握手相见，我们得以从网络走到现实中，于是我请他说说，他回顾了我们在博客中因热爱文字而相识相知的经历。

我发言谈自己的生活与创作经历并向与会者表达谢意时，因为想到自己长久以来与世隔绝追求理想的不容易，还有提到刘兆林老师对我的关怀培植时，觉得对我来说这么重要的场合，最大的恩人没能来到面前，我顿时控制不住情绪哑声落泪，大家以热烈的掌声鼓励我！

集体合影，会议结束，众人散去，残疾人兄弟姐妹都拿着我的签名书走了。

头天傍晚，我已经电话和刘老师联系好了，我说留在沈阳想去省作协拜会他，但老师说我行动不方便，他第二天早上来残联看我。我觉得自己是晚辈，应该去拜见老师。但刘老师语气坚决，让我就在残联等着，他来。我激动地等在房间中，刘老师打来电话，说到残联门口了，问明了房间，我接到了电梯口。电梯门开了，又看到了刘老师那慈祥亲切的笑容，我急步上前，师生的手又握紧在一起。刘老师看到我走路的样子，惊喜地说没想到会恢复得这样好，这也是我能走路后老师第一次看到。还有另一位老师陪同刘老师来，刘老师介绍说是省作协创联部郑晓凯老师。我早就在报刊上拜读过郑老师的作品，如今终于相识了。进入房间，坐下来，我向老师汇报了昨天的会议情况，老师频频点头赞许，然后翻阅着我的书，我在赠送老师的书扉页上写道：

再生之恩，永世难报！

李如大姐拿来相机，我们一起合影，后来，我的第二本书作者像，选用的就是我在恩师身边开心微笑的模样。

上午，残联领导安排车送我和老母亲回到乡下家中了。恰好，正是农家菜园果蔬新鲜时节，四嫂摘下一条小黄瓜请司机大哥品尝，司机大哥连夸真嫩，有清香味儿，这是满架秧上挑选最先可采的“第一口”，如初长成的娇柔少女。还有缀枝串串的红樱桃，母亲也剪下两大枝，请司机大哥带回给《蓝星湖》主编李如大姐。农家的朴素情感只能是这样体现了。

这就是我难忘的第一次出书经历，虽然我叙述得简略，但的确那一幕幕情节都在我心中永远记忆犹新。后来，我收到一个包裹，原来是刘永伟哥哥把我的出版座谈会摄影专门制作了一大本纪念像册，把我生命中最重要的时光凝固了，精彩定格，这真是非常珍贵的礼物。

紧接着就是“七·一”党的生日了，村委会给每位党员都赠送了一本我的书，乡亲们热火地谈论着我出书的新闻，有人还在电视上看到了新闻专题片。沈阳电视台的记者专程下乡来我家采访拍摄了一部二十多分钟的纪录片，我看后感觉画面中的自己声音也不好听，形象也不尽如人意，可是乡亲们不在乎这个，他们只高兴咱村里有人上电视了，我也笑了，觉得自己吹毛求疵是不对的。《工人日报》、《辽宁日报》、《沈阳日报》以及辽沈各家报纸都即时报道了我这事，一时间形成了密集轰炸。新闻就是大多数人不了解时有趣，等大家都知道了，就不新鲜了。热闹过后，一切又归于平淡日常生活，一天天后还是一天天。

这一天上午，忽然家门前停了两台轿车，来了贵客，县委书记带领办公室主任王洪超等领导到我们乡里视察工作，专门抽出时间来看望我了。我急忙迎接到房门口，书记热情地握住我的手，之前经常在电视上看到的身影，此时就亲切和蔼地在眼前微笑了。书记关心询问我身体状况，我向书记汇报了赠送我电脑后的学习创作情形，电脑的确是使我与外面世界解除了好多阻隔，提升了我的生存质量。书记又给带来了新工具：打印机。在我之后的创作中，这打印机给予了我极大的便利。陪同来的乡党委宋志清书记和肖翔乡长表示，以后我需要墨盒与打印纸，乡里帮我解决。书记看到我居住的老屋在经过洪水浸泡后一派颓像，就指示根据上级保障农村贫困户住房政策这一块，帮我家维修房子，还指示把我挂靠在福利企业上，为我交保险，解决后顾之忧。然后嘱咐我安心学习，多创作好作品，遇到什么困难就和他说。

我非常感动，没有想到书记一来，带给我这么多福惠，以前听说过上级有帮困难户解决住房的好政策，但知道那要排号慢慢来。十几年前就听说过有残疾人可以挂靠在福利企业享受一些待遇，但总也没有门路可寻找。挥手目送书记的车开远了，我依然高兴地笑着，笑得眼中噙着泪水。后来，因为书记工作太忙，我有难处时就和王洪超主任说，王主任和继任的乡党委王洪海书记一起帮我解决了过冬取暖煤等事情。

封闭的病囚生活很快就把我的快乐激动抵消磨平了，日子还是原来的日子，我还是原来的我。但生活还是有了改变，一些人了解我后，来看望我的朋友和采访我的记者多了。而且在北京奥运会期间，我参加征文赢得两张奥运会门票，因为经济与身体上的双重原因，我没有赴北京观赏百年一遇的盛会，打电话想把这两张门票赠予赞助我出版的杨友明先生，他生意忙，没有时间去，还说要出资赞助我去，我不好意思再接受他的资助。所以，这两张没有使用的门票成了我与奥运会关联的最好、最无奈的珍藏。

虽然朋友们来做客是一时的热火，长时间里我还是孤寂的，但相比过去那漫长的二十年与世隔绝，我更感受到了友情的温暖、珍贵。因为有了这么多爱心投注到我身心里，我感觉幸福多了，生活美好一些了，生命更可贵了。和过去相比，我的心境的确在一天天慢慢改变着，最明显的改变是敢于上街了。

那一天晚饭后，小侄孙良辅要人带着玩，别人都在吃饭，就我吃得快先完事了，我说小爷爷带你，走。说到吃饭，在家里我吃饭速度最快，因为我怕热烫得咽不下，所以，饭菜热气腾腾端上桌后，我不去饭桌前，还在读书写字，家里人喊我，也答等一会儿，待到家里人吃半道儿了，饭菜也温乎了，我才上饭桌，匆匆忙忙狼吞虎咽，转眼间吃饱了，我放下筷子，家里人还都没吃完呢，所以我总是最后一个上饭桌、第一个下饭桌，母亲有时担忧地说：“那胃口能好吗？”我总是得意地笑说“没事儿”。我常常故作骄傲地对人开玩笑说：“我吃饭像刘翔赛跑一样，这辈子在吃饭上比别人节省老多时间了。”这话里也有我的真心思，虽然那么多年我病瘫得不能做什么活计，二十四小时都归我自己支配，但我读书写字，每天非常忙，总感觉时间不够用，好像每日还没做什么呢，天又黑了。所以，我也说过，感觉自己那二十多年的封闭病囚生活好像就是一天里发生的事。

本来只想带小侄孙在院子里转悠，但小孩子牵着我的手，向院门外拽我，出了院门又拉我上大路，我知道他的小心思，想去商店，那里有好吃的，父亲母亲爷爷奶奶带他去过，他记得牢这个。正好，我也时刻心怀对外面世界的向往，自从去年去村中心被巨大的陌生感和孤独感逼迫回来后，也没有真正熄灭我对外界的渴望，整整一年了，我已经迟疑得够久了。于是，我任由小侄孙牵拉着手，走出家门，上了大路，就是遇到一些人，我感觉心里也有了个解释：是小孩子非要拽我来的！

到了商店，这是我大姑的孙子开的店，侄媳妇不认识我，但表嫂认识我，惊喜地说：这个老鬼，你咋来了？我开心地笑说：想你了，来看看你。表嫂指着我向旁边人问："知道他是谁不？"等知道我是谁了，乡亲们纷纷惊喜感叹：能走了，可真挺好！还是现在这社会好啊！

我用衣袋中的稿费给小侄孙买了东西，一出商店门，侄儿洪洋骑自行车来到门口了，原来不放心我和孩子，来接了。向回走，到了路拐角，老母亲也来了，看到老母亲在风中扬起的灰白发丝，我是又高兴又心酸。

十五、独自出门

我努力挣扎要重新站起来的目的就是要走出去，要自立，但现实是我依然囚禁在乡村家中小黑屋里，坐井观天般地渴望着外面的大世界，我盼望着有一次新的“透风”机会来临。在我去沈阳残联开出书座谈会一周后，是沈阳残联举办的残疾人“迎奥运”征文颁奖会，李如老师通知我是获奖者之一，我想再去，可是，电话一联系，县残联不派人去参加这个会议，我自己打车去吗？那时候，我还不具备向家里提出这种要求的条件，我出门去参加一个小型文学爱好者的活动，对家里来说并不是什么正当的支出花销的理由，因为一来回打出租车需要四百多元，如果有必须去医治的病，那可以打车去沈阳市的。我忍耐着放弃了这次赖以外出的理由，坐立不安了一整天，傍晚接到刘永伟哥哥的电话，说他是征文比赛一等奖，我高兴地祝贺他。他告诉我，这次颁奖会邀请了几位省市文学界名家，我非常懊悔错过了与前辈相见的机缘。刘永伟哥哥说，以后有这种事情，还是应该参加。虽然我心里有苦处和难处，但仍然说：好！

秋去冬来，《蓝星湖》写作协会召开创办两周年纪念会议，李如老师电话邀请我，希望我能参加，她向残联领导帮我申请了客房。这一次，我决定不再放弃，一定要去，我当着家里所有人的面，故作骄傲地说：母亲，残联让我去开会。母亲问是哪天去，别人都不吱声，这就是同意默认了，我高兴，仿如初战告捷。

激动地盼望着出门的日子，我本想让老母亲再陪我去，因为我病后就没自己出过门，出门必有母亲陪着。可是，刘永伟哥哥专门打来电话说这事，让我自己过去，要学着以后自己独立出门。我担忧自己出门穿不上鞋什么的不方便，刘永伟哥哥说，到沈阳后，有他们帮我，不用怕。我犹豫着，刘永伟哥哥确实说到了我心里的痛处，我想独立出门，我想自立，思量再三，我和母亲说了刘永伟哥哥的想法，母亲当然担心我自己出门是否能行，但最后竟然同意我自己去。母亲同意我去的理由，就是因为母亲见到过李如、马良海、刘永伟这三个人，放心把我交给他们。

四哥说，乡里有拼客黑出租车，坐那车，省钱，而且给送到城里任何地方，方便。这可真好，虽然明知黑出租车没保险保障，但便利呀。四哥从学校同事那儿找来拼客车电话，联系好了，早起来家门口接我。

此次出门，还有个重大的准备：我穿鞋了！

病瘫后二十年来，一直穿拖鞋，这回，母亲给我买回一双布鞋。当年，我在病中，母亲给我买过一套新衣料，想为我做一身流行衫裤，我说，自己成天窝在屋子里，穿新衣裳给谁看，浪费了。在我意识里，新衣服就是外出穿给陌生人看的，在家里都是自己人，穿旧衣服又节省，又合适，大多数人都应该是这种想法。于是，我逼着母亲把那套为我买的新衣料给四哥做了衣服，上班穿正好。后来，有一次电视台记者来采访，我在毛衣里面穿着袖子折裂半截的衬衫，面对话筒侃侃而谈，反正录像机不是X光机，看不到里面。但，我心里有酸楚了，我不是原来那个全然封闭的我了，我想以干净的新装面对外界。于是，我在博客中写下了《旧衣裳，新衣服》。我有一件表哥给我的旧西服上衣，我喜欢西装显现出的文质彬彬样子，于是穿着这西服出门，后来去北京也是穿着它。

再说穿鞋的事，母亲给我穿上了布鞋，我站起来走了两步，挺好，轻飘飘的，比拖鞋跟随脚了，得劲儿。然而，走过十几步，不妙了，感觉脚在鞋里挤得非常难受，磨得疼啊！母亲给我脱下鞋来，看着我磨红的脚趾，说，就是穿惯拖鞋了，这脚一点也不受屈。其实，穿鞋脚疼，更是因为类风湿侵蚀我的脚趾扭曲畸形了。但，我心里明白，一定要过了穿鞋这一关，要练，要适应。距离赴沈阳开会还有十来天，我天天穿鞋苦练，在屋里院中慢慢地走来走去，疼也强迫自己穿鞋走路，这像上刑一般，感觉自己是穿着烧红的铁鞋。

真正出门那个早上，冷雨细碎迷蒙，母亲和哥嫂把我送上拼客车。我上车有自己的方式，千岛兄后来在文章中专门描述我的上下车过程："他上车前，副驾上的座椅要尽量后移好，他上车时，他先背对车门，两手倒扒着车顶，往车里仰身探进脑袋后，腾出一手摸到座椅扶稳，把屁股挪到座位上，再慢慢把两条腿直直地提进车里。行车途中，他全身自始至终保持着一个姿势，收发短信，都要把手机高举在眼前操作。下车，他也是同样地艰难。"无论如何艰难，总之我能上下车了，能走出家门了，这就是胜利啊！

车行雨路，天空阴晦，但我依然高兴，如笼中困鸟终于有了打开小门逃出来飞翔一会儿的机会，我心里清楚，笼中鸟不飞回去，在野外会饿死的，我很自觉，去沈阳玩三天，"放风"完了就立马回家，牢狱的囚犯获准放假后，不按期回监，是要加刑的。

所谓坐车，我蜷在座位上是非常难受的，腰颈梗直，只有膝盖和胯骨假关节有一些弯曲度，关键是屁股大腿肌肉神经压迫得又麻辣又刺痛，就像坐老虎凳上刑一样，时间越长越厉害，多么想伸直腿站起来舒展开一些，就用双手臂拄着车座，身子悬空，能好受一点。每次乘坐轿车都是这样折磨，但我仍然愿意走出家门，宁可遭这罪。

从家门前到沈阳城边，是一个多小时车程，到达市内目的地，又是一个多小时车程。而拼客出租车的特点是几个人合乘，要分别送到不同的地方，七拐八绕，增加了我痛苦的长度，只是为了比独自打车省钱，比公交车需要换乘方便。乘车三个多小时后，停在了沈阳市残联大楼下，看到这熟悉的楼门，感觉无比亲切，像对思念已久的故地重游，又像到家了一样，真的，我下车后，先杵在原地活动活动腿脚，麻痛缓解了，就急着上台阶，进楼里，在大厅就见到了亲人——李如老师，我的老大姐，还有马良海老师，尹少鹏老师，都在等着我，和他们见面我高兴，真亲啊！刘永伟哥哥也很快从单位那边请假赶过来了，兄弟紧紧拥抱。这些在等待我的人，我要见的人，我们有一个共同的身份，我们都是残疾人，虽然残疾程度不同，我们都活得各有艰难，但我们都乐观生活，心怀希望，以美好的梦想鼓舞自己。我们一起欢快畅谈，有说不完的话，大家一起忙着布置会场，我陪在旁边，也尽量做一点力所能及的活计。我觉得自己和他们是一个群体，我孤单得太久了，怕了，我需要依靠这样一个群体来取暖。融入他们之中，我非常高兴，心里涌漾着幸福感。

午后，残疾人文学爱好者和省市文学界前辈老师们陆续来到会场，我看到了以前只闻大名的王向峰老师、阿红老师、解明老师等等，激动地和老师们握手，谦卑地诚致问候。恰好，最新出版的《蓝星湖》文学报上，发表了我的散文《感谢一本书》，就是叙述我少年时如何在书摊上廉价买到《文学的艺术技巧》，此著在我病痛岁月给予诸多营养，大洪水冲倒家屋后，从淤泥里刨出这本书，我如何精心洗晒抢救它，没有了封面和封底，用针线把散落的书页重新装订，仍然将这破损的旧书视为珍宝。这本书的作者就是王向峰老师，多少次阅读扉页上的黑白作者像，这回终于见到了。而且，在此前我已经知道和王老师是同乡了，那是在辽中县志上的地方名人学者辞条中，看到了王向峰老师的名字，原来是朱家房镇人，和我们老观坨乡只隔着蒲河。因为我活得封闭，王老师获得鲁迅文学奖的消息，是从刘兆林老师带来的刊物上读到才知晓。在会议上，安排残疾人文学爱好者向前辈们请教，我站起来向王老师求教：我们家乡平原上一马平川，景象单调，如何才能写出特点来？王老师耐心给予解答，大平原上的景象是不如山区景色多姿多彩，但他讲了一个情景，说生产队社员在田里劳动时，几十人、上百人一起劳作，十几匹马拉着磙子在田垄间，整齐一排，十分壮观。这立刻启发了我，明白以后写家乡平原怎么办了，之后我写长篇小说《马说》时，在开篇部分就按照王老师所讲的描绘了大平原、小村庄的壮美画面。

那夜，马良海老师和刘永伟哥哥不回家陪伴老母亲和妻儿，留在残联大楼里陪我，照顾我。

第二天是星期六。上午，刘兆林老师来残联看我。我非常高兴如此近距离和老师在一起，亲情浓浓。老师微笑着关心询问我身体康复程度，给我传授写作经验。我体会着满满当当的幸福感，能遇到这样的前辈恩师，我真是三生有幸！

以前在文章中一次次读到“恩师”这个词汇，现在我是真正强烈地感受到师恩德厚了。我感慨万端，就我所了解的古今中外师生情，大都是在学术事业上，老师给予学生培植、提携、托起，但像刘老师和我这样，把躺倒不会走路的学生扶起来重新学会走路，这般的师生情感，应该是还没有过。一些地方有那样的风俗，母亲拿着剪刀在新生婴儿的双腿间空剪几下，说是剪断了“绊脚丝”，孩子就学会走路了。而我的厄运绊脚丝，是恩师帮我剪断的！古有“程门立雪”的尊师典故，我想：恩师与我这别样的师生情，也可能成为后世的传说。我在心中鼓着一口气，僵硬的腰板撑着一股劲儿，我一定要写得更好，唯有写好了，我才能对得起何启治和刘兆林这两位恩师给予我的特殊关爱。

军旅作家孙五郎老师知道我在残联，也来看望我了。我们是在博客中由海城作家范彧兄长介绍结识。孙五郎老师写得一手磅礴大气的壮美辞赋。和孙五郎老师握上了手，他一身戎装，英俊文气，笑容可亲，虽然初次见面，但感觉并不陌生。能离开拐杖走路后，我曾经想抛弃拐杖，但医生嘱咐过我，不能丢开拐杖，拄拐会缓解我上半身对假关节的压力，增加假关节的使用年限；而孙五郎老师对我说过的一句话，深深触动了我，他说：赵凯，拄拐是你的权利！我深刻地认识到：拄拐，虽然形象不佳，但能增加我的安全感，我僵硬的躯体平衡感不好，一旦摔倒就是大事，不仅仅是自己爬不起来，可能会摔坏假关节与真骨肉的结合部位；二是，我在实践中体会到，拄拐杖我能轻松地借力迈开大步走很远，而不拄拐杖，依靠自身的力量，拘谨地迈不开大步，并且走不太远就感觉累了。还有一点非常重要，我拄拐杖是给他人一个警示，人们看到拐杖就主动避免碰撞到我，在我周围形成了一个安全的小空间，否则别人无意中碰触到不拄拐杖的我，我可能就会摔倒了，更有作用的是，我拄着拐杖过马路，汽车都让着我，如果我不拄拐杖，司机也许会不减速，以为我快跑两步就过去了，虽然我能重新走路了，但我依然不会奔跑，今生再也难以实现跑步前进了。医生曾经让我拄双拐的，以便双侧假关节平均受力，但，由于我是脊椎略侧弯，拄单拐更适合我，而且拄双拐拖累得迈不开步子，拄单拐我能健步自如。目前，我在室内就不拄拐，外出就拄着拐杖。

第三天，星期日。刘永伟哥哥陪我去中国医科大学附属医院诊查肾结石感染，这是沈阳最好的大医院，大夫看了我的CT片后，诚恳地对我说：你的病情太复杂，我建议你去北京大学附属第一医院看看，那是中国最好的治肾外科医院。我感动于医生的真诚，也满怀无奈地出了医院大门。

另一个快乐的大好消息惊喜了我，激动了我。手机响了，我以为是家里人惦记我，没有想到是中国社会出版社邓晓白老师打来的，问我身体怎么样，能出远门吗？说要召开农民作家代表新书出版发布会，想请我去北京，我乐得差点蹦起来，瞪大眼睛：真的吗？我急忙大声告诉邓老师：我能出门！我现在就离家在沈阳。我很怕邓老师反悔不许我去，这是去北京啊，多好啊，哪里想过我这辈子还有去北京的机会呀？邓老师让我等通知，确定了会议日期就告诉我。

我打电话向刘兆林老师汇报，刘老师为我高兴，但关心我身体，出远门能行吗？我信心十足地向老师保证，没事儿，不要紧，我行！又给何启治老师打电话，说我们师生就要见面了，然而，何老师既为我高兴，又遗憾地说：他没在北京，回广东老家探亲了，然后就在海南过冬。

我在极大的喜悦中，又有了很大的失望。

我多么盼望能与何老师见面啊！通信交流十余年了，我自己的父亲过世四年了，我已经在心理上把何老师视为精神上的父亲啦！

午后，朋友们把我送上拼客车，恋恋不舍地挥手告别，离开了沈阳城。

看着车窗外的城市景象，我又一次想起了梅花姐，每一次到沈阳来，都无法不想念她，在我二十多年病痛囚徒岁月里，陪伴在我心中，安慰我精神的仙女姐姐：你在哪里呀？你现在过得好吗？看着路上的一个个美好女子，我多么盼望梅花姐突然微笑着站在我面前——

车开远了，沈阳城越来越远了，然而梅花姐依旧在我思念中很近很近，心贴心亲密无间！

天黑透了，车灯光照亮了我家院门口，母亲和四哥迎了出来。

我就这样完成独立外出的第一次行程。

说是独自出门，其实在市内我身边一直没缺人，只不过是由家庭亲人的呵护，转变为师友们的陪伴照料。

我什么时候才能真正自立自主呢？

我今生还能做到吗？

十六、由小村庄直达北京

家中电话响了。以前，电话响，我也不接，因为没有人找我。如今，找我的人多了，一听到电话响，我就激动，盼着是找我的电话。我太孤独了！我需要交流，渴望与人说说话。

是邓晓白老师，是邓晓白老师姐姐打来的，告诉我1月5日到北京。

因为要出远门，我穿着买来的鞋脚疼，于是母亲找出棉花和布料给我做鞋。乡村里也好多年不自己做鞋了，都是买现成的鞋穿，又便宜又美观。母亲是觉得买来的鞋底子硬，自家做的鞋软乎，我能少遭一些罪。果然，母亲做的青布棉鞋穿在脚上就是舒服多了。但是，因为右脚二、三趾病僵拱起来，伸不平了，所以穿买来的鞋主要这儿磨痛得厉害，而穿母亲做的鞋，我左脚的大灰趾甲像马蹄一样厚，母亲剪不动、剪不掉，所以顶得大肢趾疼痛，母亲把绱好的鞋又拆开线，重新绱，故意在鞋尖那儿宽松一点，但穿上仍然难受，不是鞋的问题，是我的病脚问题。我疼得笑说：右脚穿买来的鞋，左脚穿母亲做的鞋，就好了。

一天天盼望着，急着去北京，就觉得日子过得相当慢，窗外的太阳走得慢吞吞，时光也慢吞吞。

我是心焦，而母亲很平静地一天天过日子，做着日常的事。我起初兴奋地告诉母亲我们要去北京了，母亲虽然高兴，但并没有像我这样喜形于色。其实，我告诉家里人和别人说我要去北京了，是有一些夸耀的成分，心中暗想：看，当初都看不上我学写作，这回我因为写作能上北京了！

邓晓白老师告诉我准备去北京时，我提出了申请，能不能允许我母亲同去，因为我需要母亲的照顾，其实，我也是想让母亲有机缘去一次北京。邓晓白老师说这是应该的，她已经请示领导了，同意，太好啦！母亲去得最远的地方就是锦州，那是1989年，我在那里蜇蜂疗，父亲护理我，母亲在家里照料爷爷奶奶和二哥、三哥，因为不放心我，母亲有一次去看望我。由于治疗不理想，无效果，看到母亲，我就心酸，后来母亲帮我洗脚时，我的泪水就掉下来了。母亲给我带来了在家里炖的青鱼，非常香，像鱼罐头的味道，此后我再也没有吃到那么好吃的青鱼。

能有如今赴北京的幸运，最初是春天里接到刘兆林老师的一个电话，他说刚从北京开会回来，国家有个扶植新农村文化的项目，寻找农村作者作品，负责此项工作的是艾克拜尔·米吉提，我一时没听清、没记住这名字，但我意识到是少数民族人的名字。刘老师告诉了我一个电话号码，让我联系他，我问这名字怎么称呼才对，刘老师说，叫艾克拜尔就行。我把电话打过去，没有人接。过了一会儿，电话响了，我拿起话筒，就听一个沉稳的声音和蔼询问，刚才是谁打电话来？我一下子醒悟过来，急忙大声问：您是艾克拜尔老师吗？那人说：对，是我！我兴奋地自报家门，说是刘兆林老师推荐的。艾克拜尔老师亲切地询问了我身体状况，嘱咐我把稿子发到他的邮箱里。

我以前不了解艾克拜尔老师，这时在网上一搜索，就找到了好多信息，原来艾克拜尔老师是哈萨克族，很早就获得了全国小说奖的著名作家，目前担任中国作家出版集团管委会副主任，也看到了艾克拜尔老师的相片，很敦厚慈祥的神态，还有艾克拜尔老师接受采访的视频，而且，他是全国政协委员。我认真读了艾克拜尔老师的短篇小说《哦，十五岁的哈丽黛哟》，那美丽的西部风情，摇曳多姿，真好。

我挑了自己认为比较好的三篇稿子发到了艾克拜尔老师邮箱，老师很快回复，说内容有些少，不够一本书的量，让我再发一些。我才明白，这是要给我们农民作家出书啊，好，我立马又认真选择了好多稿子。和艾克拜尔老师在邮箱中几次交流后，我就处于等待中，等待新书出版的好消息，这一次要弥补上一本书的遗憾。

秋天，菜园中李子树上的果子红了，我接到一个电话，是北京打来的，说是中国社会出版社编辑，叫邓晓白，艾克拜尔老师把我的稿子转交给她了。邓晓白老师看了我的稿子，觉得题材上有一些乱，希望我多提供一些写乡村生活的。于是，我把自己新写的一组《乡园花鸟》散文发到她的邮箱，邓晓白老师十分喜欢这些清新的文字，后来编辑成书时，就以这些稿子为主体了。审读我的中篇小说《法律红娘》后，邓晓白老师建议我在婚礼场面描写上再丰润一点。我说：我没参加过婚礼，没有看到过穿婚纱的新娘。

邓晓白老师告诉我，她的弟弟和我同岁，也叫凯，于是我就管她叫“老师姐姐”了。

老师姐姐告诉我已经编好了书稿，给我寄来了出版合同，共三份，写明其中有作者一份，于是我填写好合同，自己留下一份，寄回两份。老师姐姐打来电话问我怎么只寄回两份合同，我说有我一份嘛，老师姐姐笑说，那也得寄回来，盖好出版社公章，才有效，不然你留下一份空白合同有什么用啊？

1月4日上午，我在老母亲陪护下，起身出家门了。从村里到沈阳城这一段，应该坐大客车，可是不行，我的腿抬不高，上不了大客车门的台阶。县委办王主任联络残联，让我坐出租车。先到了市残联，宣文处刘杰处长给我安排了休息的房间。然后，我和母亲乘坐出租车去市文联大楼，到作协办理了入会手续，拿到了盼望已久的作家协会会员证，兴奋，好像终于被承认我是作家了。回到残联，看到尹少鹏老师笑着等在大厅里。李如老师、马良海老师、刘永伟哥哥，我们一起去一家湖南菜馆，为我送行。平生第一次吃湘菜，朋友花了很多钱。晚上，刘永伟哥哥专门送我上了车厢。一个老太太，一个病人，两张中铺票，下铺的两位兄弟全好心地给我们换了。我那时还不知道，中铺和下铺价格是不一样的。人家花了下铺的钱，却让人睡中铺，真是不好意思，可也没有办法，那中铺我真的上不去。刘永伟哥哥帮我买票的时候，想买下铺的，可是没有买到。没有想到，我想先坐下后再躺下时，我僵直的身板不能弯曲，后脑勺就卡在中铺了：不能坐也得坐，不能躺下也得躺，到此也没有退路了，也不想退，偏向虎山行。我侧歪一点身子，后脑勺头油多，滑溜，哎，也“顺利”通过了障碍，于是就躺下了。躺下了就不动了，再起身就是到北京站了。

刘哥在带我进火车站时，笑问我：是第一次坐火车不？说要是第一次就更有意义了。我说：不是。小时候看病，坐过一次火车。可那大约是三十年前的事了。记忆中已经模糊了，只记得是父亲背我登老高老高的天桥，还记得到了火车上没有座位，我坐在一个大包上，父亲母亲就是站着。还记得一个穿风衣的少女送一位亲人上火车，是有座位的，她脱鞋站到座位上，把包裹送到高高的行李架上，我只记得那一双穿红袜子的小巧的、那是我难得见到过的最好看的脚。火车开动的时候，我并不知道，只见到刘哥在车窗外面向我挥手，笑着，但我见到他身子晃动在走，可是却一直在窗口，我才发觉后面的灯光大楼窗口也在移动，原来火车开了。我急切地向刘哥挥手，我知道，他很快就会被火车甩下的，果然已经遮挡了半个身子，很快就见不到了。我放下手，知道这一刻就要离开沈阳了，向我梦中奔去了。

我看着黝黑的车窗外，但什么也看不见，偶尔有火车交错而过的尖啸风声。我知道火车在轰隆隆向西。我敲摸着隔板，感觉很好，舒适，一点也不冰冷。我不困。可是，车厢熄灯了。人们慢慢进入了梦中。偶尔有人在过道中走动。我想着很多很多——现在都已经想不起来了。我慢慢也进入了梦乡。一会儿睡，一会儿醒，感觉应该过山海关了，我好想看大海和长城，也不知道坐火车经过这里能不能看到长城和大海，总之深夜里漆黑一团。忽然咣当一响，车体横着一晃，我的身体急剧地一闪悚，很大的劲儿，感觉有点受不了，可是已经结束了，原来是火车突然刹车了。火车停下就不走了。我想，一定是在等前方的车先过吧，停下了二十多分到半小时，这时最心急想到北京。终于又开动了，我知道前方就是北京了。

车厢里的灯亮了，忽然我看见母亲的右边脸肿了。母亲说就觉得这边脸发木。我忧心又焦急，如果昨天出家门时这样，就不会让母亲陪同了，母亲是跟我出远门上火了。老母亲七十八岁了，头一次来北京。也只好这样了，我让母亲吃了从家里带来的药。

早晨七时，想火车应该到通州了吧，我所猜度的都是依据地图上的记忆。看外面有大楼的灯光窗口，在家时，六点五十分就天亮了，这里还是黑的，我发现北京比我们家乡晚亮天二十分钟左右。列车广播提醒前方到站准备下车。我就让母亲帮我穿上鞋，有了昨晚的准备，我先侧着身子，手抓着中铺的把手，挣扎站起来。这时，换铺的沈阳小伙子也来帮我拉起。我笑致感谢。火车晃悠悠停下，我看着车窗外与沈阳一样的高大楼房，心里说；这就是北京了，我终于来了。

我和母亲说：我们不急，让别人先下车。之前已经收到了邓晓白老师短信：让我在站台不要动，她进站里接我。我和母亲在站台上，见人们都向一个方向走去，明白那里应该是出站口，也看见了上方的指示牌。可是，很快人们都走了，站台空荡荡，接站的呢？我就说，母亲，我们慢慢向外走。我们一直走到了站外，给老师发短信联系。我看着出站口举接站牌的，全不是出版社的。我想不能再走动了，离开这儿，老师就找不到我了。

站了几分钟后，我正向人群张望。一个红色的身影突然从后面跑着绕到前边笑喊：小凯。

我惊喜问：是老师姐姐吗？

是。她笑看我说，凤目美丽弯长。

然后她又低头抚胸喘笑着，她为接我，真是急得跑着太累了。她身材纤细，一副南方女子的清秀，与我想象中的有差别。我想象中应该很母性化的，中年，不料却是如少女气质。她笑说：我好多年没来这个火车站了，还走错了路，反了方向，跑那边去了，又折回来。我非常感激老师姐姐这么早，冒着寒冷来接我。正是太阳初升，光线迎面眯眼。老师姐姐笑问我坐火车一夜怎么样？我说：我挺好，就是老母亲牙痛，脸肿了。姐姐笑说：上火了，一会儿买点药。我笑说：我是老病号，出门带药，不麻烦了。

姐姐带我们去出版社的车前。姐姐走得非常快，脚步急，走了几步，才回头想起我的病，看我跟上来了，就笑说：不急。我说：没事，我走还行，最困难的就是坐，我写过一篇《坐着难受》。我还是要求坐在副驾驶位置，这样我的腿能伸开一些。上了车，老师姐姐从后面递给我一本书：小凯，这是我们给你出的书，你先看看。先期印数还不多，用于这次开会，我只给你偷来这一本，偷多了还不行，就让人看出来了。

谢谢姐姐。

封面古香古色的，大地一样朴素的形象，还有剪纸图案，我非常喜欢。

翻看目录，比我想象中的篇章少很多，我自以为不错的几个小说反而没选用，没有想到是用我的两组小散文占了一半篇幅。拿着自己的书，我无限感慨，想自己也终于有这样一本正规出版的书了。

这时，老师姐姐指点着：这里是王府井。这里是什么地方。我都记不得了，就是感觉有大高楼，和沈阳不一样的地方就是古代建筑多了。我感觉一个城市的主角就是建筑了：古式建筑多就是北京啦！又告诉我宾馆特意安排在天安门附近，就是为了外地进京的作者看一看。会议方想得真周到。这时，老师姐姐忽然指给我：这是保留下来的古城墙。顺老师姐姐手的方向，我看到了树林后的一段残破的城墙，说原来这路两边都是楼房，后来，为了突出古墙，拆掉楼房才看得到了。

很快到了宾馆，我下车跟着走，就看到门口挂着两串红灯笼，进门就看见有外国人。第一次看见外国人，是九岁时，因病最初去千山治疗，看到旅游的外国人，人们都像看新奇动物一样。现在，我三十年没看见外国人了，却也不吃惊，好像天天看见一样，这就是经常在电视上看到外国人给我的错觉吧。

在宾馆吃第一顿饭，小托盘，几个菜，都有肉，一个煮鸡蛋，一杯奶。这对我和老母亲来说，就是好饭菜了。其实，我和母亲吃一份就够了，但柜台前很漂亮的小服务员，端来两份，放在我们面前，我还装文明，说谢谢。她笑：不客气。这是文明的地方，周围几位外国人很安静，一位黄发女孩子在打电脑，悄悄吃吧。想多吃一点，可是吃了不到一半就饱了，我知道这些剩下全要扔掉的，非常可惜，但这是文明的规矩呀。母亲牙疼，吃的慢，我就把面前的这杯奶给母亲喝。

老师姐姐一直在等我，也不知她吃没吃，好像没吃。我和母亲吃过后，带我们去房间，是117。后来，我才知道是因为我上楼不方便，特意安排我在楼下，其他作者都安排到楼上了，就是二楼。这个宾馆是老式建筑，不高，好像才三层。房间里，有两张洁白的床，一张藤椅，一张书桌。此外还有电视，李主任告诉了我怎么使用，可我“嗯哈”答应，却没心思看。床头有电话，也不知道怎么用。

老师姐姐向服务员嘱咐：这是民政部请来的客人，请你们多照顾。李主任告诉我，这房间是插卡用电。我说：我出门就拔下来，省电。李主任说那不行，屋子里冷。老师姐姐安顿下我们就说：小凯，我还要回社里改稿子，然后接陕西来的王老师，不能陪你了，你们休息好，可以去看天安门，我晚上过来。给我留下了几本她主编的读书刊物，还有我的发言稿打印件，让我再考虑一下。我送老师姐姐出门，看着她消失在走廊拐角。老师姐姐纤弱身躯中有干练的文化气质，感觉和她非常亲，对她有依赖感，在北京，在此，这就是我的亲人了。

我站在桌前，急着看我的书，想端详个透。母亲躺在床上看读书刊物。我看了好一会儿，回头看，母亲已经睡了。昨晚在火车上，为了照顾我，母亲也没睡好。我给母亲盖上点，还惊醒了。但母亲很快又睡了，太累了，母亲毕竟是七十八岁的老人啦。我看着母亲肿胀的脸，有种辛楚。

这时，我感觉自己后腰两侧也隐隐疼了，不好，我双肾中有结石，这一夜火车，晃悠得发作了？我非常担心，因为以前发作过，就是这样，开始痛得轻，越来越痛，直至痛得忍受不了，如果在这痛得严重可就糟糕了，我是来开会的。我急忙躺在床上，压迫后腰，感觉好一点了。但，慢慢地，痛感从两侧扩展放射过来，向前面肚脐中部汇合来了，典型的结石痛，越痛了。我极其不安，怕痛得给会务惹麻烦。我努力看自己的书，用这个来分心，少想疼的事。

有人敲门，我答应着，想起身去开，可是我们的房门没关严，李主任已经进来了，跟着抱书进来的是两个小伙子。我母亲也起来了。李主任笑说：老赵，这书，有二十本是给你们作者的样书，剩下的一百本，都签字，明天会议上用。我笑问：怎么签呀？就签自己的名字就行。又说：加上日期吧？对。这时我伪装笑得像自己不痛一样。

十七、农民作家代表：从五保户到纳税人

第二天组织与会代表参观鸟巢和水立方，同样来自辽宁的朝阳农民作家李铭说他感冒难受，不去了。我是一定要去的，不然就没有机会看到的。我担心的是坐什么车去，怕大客车的车门台阶我上不去，但，我决定无论什么情况也要“上”了。果然是大客车。李主任对我笑说：别着急，大家帮你。我犹豫着说：让别人先上，我最后上，坐在车门口，上下都方便一些。别人上去了，李主任和带队编辑杜老师想帮我，我说：我自己先试一下。我手把着车门扶手，还真的抬脚搭到台阶上了，这就好办了，我手能用上力就没障碍了。两级台阶，进车里，就坐在靠窗口的地方，身体倾斜一些，也伸开腿了。原以为大客车我上不来的，关键就是没试过，试了才知道，原来以为不可能的也是可能的。但我又明白：上好上，下呢？就会更难。我马上灵感想：我倒退着下，像上车一样下。

车行在京城中，还是直观古式建筑多，这就是帝都气象了。路上的行人，直观和沈阳的人差不多，都是北方人，穿着厚冬装。就要看到水立方和鸟巢了，我好激动。想起奥运期间，我参加征文赢得两张奥运门票，可是因为身体与经济原因，都没有来参与盛会。车行中，人们就指着窗外，看到鸟巢建筑了，啊，我也看到了：那一条条巨大弯曲的拱架。再向前，看到水立方了：那

一方立体的水蓝色。

下车，我果然是倒退地下来的。带队的编辑杜老师重点保护我，拉着我。在水立方的入口，把门票分给我们每个人，又走了好远，我就紧紧地跟从牟洁老师，怕走丢。我的步伐虽然比常人稍慢一点，但还跟上了。

看着阳光下明媚的水立方“水泡”墙体，感觉真是新鲜壮观惊奇。我一时想不出更好的赞叹的形容词来。进入内部，更觉得清新。我取出市残联李如老师的相机，来京之前尹少鹏老师叮嘱我一定带一些相片资料回来，说：别人去北京十次、百次，也不及你这一次有意义。我明白：虽然是我上北京，但这是多少人的爱心把我搀扶来的啊！

我先给母亲在大厅里照相。然后进入观众台，向下看是深深的水池。不久前，一项项完美的人类运动纪录就是在这一片安静清谧的蓝水中创造的。包括这水立方建筑本身就是一项人类工程的创举。向上看，高高的倾斜的座席。我明白了，这是一项多么浩大的工程。游客们好多，都在忙于拍照。我也给母亲照相，证明老母亲来过了。出了水立方，就看见鸟巢，庞大地挺立在前方。可是，还是走了好远，才进入。我感觉真的累了，但是兴奋。母亲问我累不累。我说：还行，高兴就不感觉累。这是我2006年双髋关节置换后，头一回走这么远的路。原来，在家里，我连二里路都没走过。这一天，在水立方和鸟巢，我走了约有五华里，这是创造了我人生中又一个纪录了。

在鸟巢建筑的外面，感觉好多的树，成林了，冬日光秃的树梢上，有好多的鸟巢，一个又一个，让人惊叹，这是大自然中真正的鸟巢啊！众多的小的真鸟巢，簇拥着巨大的人工仿造的假鸟巢，互相衬比着，似乎在说明什么。我同王十月笑说：这样大的鸟巢，适合什么样的鸟儿呢？鲲鹏也许都嫌小。或许，鸟工鸟巢适于鸟儿，而这人工鸟巢就适于人居了吧。

穿过鸟巢巨大的“枝干”丛林，要下很高的台阶才能到体育场中。我看到台阶不太高，就没有停步地下去了。带队老师搀扶着我，保护我，怕我有闪失。站到体育场中，我感慨地想：我一个无法参与体育运动的人，也立在赛场上了，一块块巨大的地毯遮盖着地面，看不到跑道，但是我知道，运动飞人与健将们不久前曾在这里创造辉煌。摄影师带我们来到给运动员升国旗的地方，四根高高的旗杆，还有国旗与奥运会旗在飘扬。集体合影后，还是我给老母亲照相。我总觉得，似乎我还会来北京，有第一次就有第二次，而老母亲真的难得来了，我要多给母亲照几张相，让北京，让鸟巢水立方这曾聚焦全世界目光的地方留下我老母亲的身影。这种预感果然应验了，半年多后，老母亲就突然过世了。

在可爱的大福娃前，我和福娃的心情是一样的。我努力地跟着团队，怕自己走丢了，给集体增添麻烦。还不时回头看老母亲，别把老母亲“丢”了。我脖子不能转动，回头就是全身向后转。母亲笑说：你往前走吧，不用看我。我没“丢”，和大家上车后，牟洁老师微笑着表扬我：原来还真担心你，你今天表现不错。

李主任带领我们去民政部开会，进入民政部楼上小会客厅。说一会儿首长来，我们静悄悄地等待。

这时进来一位中年人，我一看，是著名作家艾克拜尔·米吉提老师，这是我的恩人啊！是他推荐我参与这次出版活动，我才有幸来到北京的。而且，在他主编的《中国作家》纪实版上，刚刚给我发过一篇纪实散文，邓晓白老师告诉我，艾老师还决定留用我的一个短篇小说。我急忙过去，同盼望了好久的师长握上了手，笑说：艾老师，您好，我是赵凯，谢谢您。艾老师笑说：不客气。他曾在电话里问过我身体情况，对我有一定了解，现在他笑着打量我，说：看你，状态还不错啊。我笑说：是的，若不是您提携，我来不了北京的。艾老师关心地问我：累不累？我笑说：不累。时间紧张，我直接说最关心的事：邓晓白老师说您采用了我一个短篇。艾老师说：已经发排在第二期上了，是《母亲姐》。听到艾老师这样说，我才感觉心踏实了，我二十多年的愿望终于实现啦！在我心中，对文学的艺术美追求最渴望，虽然出版了两本书，但当今这时代好像谁都可以出书，真正能代表作者文笔水平的，还是上大刊物！《中国作家》可不是谁都能上的，这是中国文坛最高规格的刊物之一。我一直期望自己的文笔水平能够达到这一水准，且希望得到承认，长久以来的梦想，终于在这一瞬间“实现”了。我怎么能不激动？可以说，在《中国作家》上发表一个短篇小说，比我出版一本书更让我高兴。艾老师是帮助我实现这人生大愿的恩人！我感觉自己真的是太幸运了，一位位恩人共同关爱着我。

这时，民政部领导来了。中国社会出版社王爱平社长和米有录主编陪同民政部基层政权建设司詹成付司长先行与作者们见面，然后是窦玉沛副部长和李学举部长。王社长向部长介绍每一位作者，介绍我时，说赵凯是五保户，早就是我们民政系统的人了。部长笑说：好，好。我也笑说：一直是民政部门保障我的衣食，对我来说，到民政部就是回到家了。

部长询问我们每一位作者的情况，在这个群体中，李铭、王十月、于怀岸三人已经是主流文坛成名的一线青年作家，我感觉自己的水平太不够了，有辛进入这个活动，真是充数的。这让我自卑，也更激励我想好好努力写了。

和众人一起进入新闻发布厅，我一下子看到主席台上是我们一排作者的名签，而首长们的名签却在台下。这真让我感觉惊奇，虽然我没有参加这样高规格的会议。但也清楚应该是领导们在台上的。稍后，李铭兄弟在发言时就笑说：今天是我们上台了，领导下台了。众人都笑。我的名签就在台口，我懂得这是照顾我向里面走不方便，才这样安排的，我真的心怀感谢。坐下后，我看到下面领导们后边是密集的新闻媒体记者，摄影机、照相机，都架起来了。上午听牟洁老师说有四十多家媒体来采访的，也看到了中央电视台的标志。我也看到了老母亲在会议后排坐着。会场非常热烈，四壁都装饰着艳丽的农民画，还悬挂着汪氏姐妹赠送的几个大大的香包。以前听说过香包，今天才第一次看到。墙边的大书架上摆满了崭新的此次出版的蓝的绿黄的农民作品书籍。

詹司长主持会议，第一项是窦部长介绍此次“情系农家，共创文明”活动，是时任回良玉副总理亲自批示的，中央六部委共同举办，由民政部承办的。第二项是艾老师介绍九位农民作家并点评其作品。这时我才知道，此次来京有九位农民作者，其中一位是农民画家。艾老师介绍说：此次出版了二十部农民作品，其中十四本个人专著，四部作品选集，两部农民画册。艾老师介绍的第一位作者是山西省任俊娥老师，第二位就是我，是以尊老（任大姨七十一岁了）助残排列的。艾老师介绍我时，说得很详细，没有想到艾老师对我已经是了解得这样清楚了。艾老师还说：刚才赵凯说自己到民政部就是回到家了，我相信他这话是发自肺腑的。

我的发言稿题目是《文学是把我从命运废墟下拯救出来的大爱太阳》，这标题是为了刊登在报纸上时用的，所以，我发言时就没有念这标题。因为我仰靠在椅子上，身体不能前倾，离麦克风远，所以，詹司长就把话筒帮我摘下来，我一手握着话筒，一手捧着发言稿。说到老母亲辛苦一生，护理我们三个病儿子，在晚年因为我而来到祖国首都北京，我为此而骄傲，我感谢领导们同意老母亲陪护我来，帮我做到了对伟大母爱的一点点回报。这时，王社长向众人说：赵凯母亲也到会场来了，就在那儿。人们顺着社长手指的方向看去，我老母亲激动地站了起来，记者们纷纷给我母亲照相。这时我因为事先一直在下决心，要努力装作平静，不要因过于激动而失态。我朗声说：母亲，您坐下吧。然后我继续发言，待到结尾时说到：我长到十八岁时，就因病不能出家门了，这一次我来到北京，是重新走回社会的标志，可是我已经人到中年了，我整整二十年的青春哪里去了呢？说到这里，我一下子控制不住了，说不下去了。众人的掌声在鼓励我，我含泪说：《我的乡园》这本书就是我青春岁月的凝聚，就是我人生梦想的集合。谢谢大家！

会议结束后，我来到艾老师和邓晓白老师姐姐面前，说：两位老师，是你们一同把我接来北京的，都是我的恩人，我们一起合个影吧。两位老师欣然赞同，没有想到老师们让我站在中间，两位老师在两边扶持着我，这是多么有象征意义的画面啊：喀嚓！摄影家蒙老师帮我们定格了这最有意义的瞬间。

我面对中央电视台“子午书简”采访镜头说：读书缓解我的病痛，写作改变我的命运！

我兴奋无比，今天，2009年1月6日，我原来做梦也没有想到自己的人生会有拥有这样一种生活经历的。自己在村庄里病残二十多年，我连村委会都没去过，现在却来到了北京的中央机关，其实我更感慨的是得到了梦想已久的尊重啊！残疾人都有自卑心理，总觉得自己低人一等，强烈的自尊心总想表现出“不比人差”的扭曲心态，实际上在好多方面就是不如人的。常常在艺术中看到有人不惜牺牲生命而维护自己的尊严，我很理解。我觉得今天自己受到的特殊关爱就是师长们不仅仅把爱心奉献给我，也是把一份高贵的尊重给予了我！

夜里回到房间，敲门进来两位漂亮的姑娘，是出版社的财务人员，这一次在北京出书，我得到了近万元稿费，并按规定缴纳了个人收入所得税，从原本一直受国家政府抚养的五保户变成了光荣的纳税人，提升了我的荣誉感和自尊心。

母亲也高兴，虽然累，却不感觉困。于是，我心血来潮，决心洗澡。昨晚看到卫生间里有淋浴，都没有想洗。或许今晚我真的醉了！母亲给我脱衣服。因为病残不能自理，我们三兄弟成年后在母亲面前赤裸身体，已经习惯了，也总是母亲帮我们换内衣。我自己手能摸到的地方自己洗，膝盖下面就要母亲帮我洗了。莲蓬头中的清水流过我的病躯，洗去了我二十年时光中的污秽！

洗过后，头发擦得半干半湿，就躺在床上，像在家时一样等着“自然干”。第二天早上，母亲笑说：那儿还有个电吹风呢，昨晚也没想起来用。我笑了：是吗？特意到卫生间，看到梳妆镜旁边真的有一个吹风机，我于是拿起来想试一下，头一回接触这东西，约摸着掀动开关，真的呜呜响了，对着头发一吹，热风拂面，哈！我无奈笑着：真是不习惯这些时髦的东西。

不习惯的还有电视机，就在我床前的墙上吊挂着，刚入住的时候，李主任告诉我们怎么用了，可是却没在意，因为我不想看电视，只想看书。母亲试着用遥控器，电视却没亮，也就不看了。忽然来了一条短信，是沈阳的马良海老师，告诉我在央视新闻中看到我了。这时，我已经忘记自己的房间还有电视机了。第二天，李主任问我看到会议报道没有，我才笑说：电视打不开。他笑：怎么会呢？他进来就打开了，原来是床头柜上的电源开关按一下就好了。

母亲先睡了，我睡着的时候，是后半夜了。半透明的纱窗帘外，广袤夜色中是红红的两串宾馆灯笼幌儿，很鲜艳夺目，也非常温馨。

十八、拄拐上长城

在京最后一天了，我最想的还是盼望何启治老师能忽然回京来，可是电话一遍遍打过去，家里无人接听。又联系千岛兄，他已经在路上了。敲门声，我开门，见到门外是一个文质彬彬的人，心里明白这就是千岛兄了，与我想像中的样子差别不大，从我北方人的观点来看，兄长这南方人虽然是男儿身，却感觉有几份如女子的秀气。兄长看过我相片，自然也知道是我了，先握手，觉得情感表达得不够准确，又是热情地拥抱！我们兄弟相知已久，整整两年了。2007年元旦前后，我刚上网开博月余，就遇到了千岛兄，我们真正是以文会友，我的一篇写父亲青年时遭遇野狼的散文，让他回忆了自己的父亲也曾遇到狼，是吹响教体育课时的哨子吓退了狼，我在他文章中后面评说：我们拥有了父辈留给我们的“哨子”，在人生路上就再也没有什么是我们惧怕的了。通过兄长在他博客中对我的几次介绍，好多他的博友都来关注我了，成了我们共同的博友。那时我的博客是草草初创，而千岛兄却已经赢得了新浪博客大赛的金奖，是草根博客的菁英啦！我在写博过程中，兄长对我的提携是非常大的，我想：在他博文中对博友的推荐评介，我得到的肯定是最多的。正因为早已相知，所以，初次见面也一点都不感觉陌生，一见如故，仿佛是多年的老朋友了。我向母亲介绍了千岛兄，我笑说：兄长是浙江人，当初我一看他的博名，就想到了千岛湖，果然他老家就在那儿。我们兄弟的手从江南塞外伸过来，在首都相握了。他看了我的书，连声说好。我在赠送兄长的书上写：我们终于从网络走到现实中了，握上手，就永远不会分开了！

兄长说：我们去长城吧。这正合我意，可是我却怕太远了，从地理课本上我知道，北京的城墙并不紧挨着长城，是有距离的。原来，我预想的是请兄长带我看我梦想中的文化圣地北京大学。兄长说：来北京一次，长城是最值得看的。我笑说：听你安排了。我很激动，我就要去拥抱古长城了，这是中华文明的标志啊。

兄长驱车指着窗外告诉我，这里是故宫后门，这里是什么楼，还有什刹海、北海、大栅栏、德胜门等等，都是我以前只是在书本中看到过的景观，一时眼花缭乱，记不清楚确切的了。出京城，上了高速向北疾驰。很快，我忽然感觉蓝天上有大片浓云从北向南压过来了，遮天蔽地的。待认真看，才明白那是高耸入云的大山啊，一座连绵的巨大山脉向我眼中扑来了，蓦然想起了“黑云压城城欲摧”诗句。我知道：这仿佛拔地而起的巍峨，就是燕山山脉啦！问兄长，果然是。我惊叹着，小时看过千朵莲花山的，但那时不懂得欣赏大自然，现在，这远观群山给我的惊叹，仿佛面对一个巨人英雄！我一下子热血沸腾，想到了很多很多，首先想起这是华北平原与蒙古高原的分界线，农耕文化与游牧文化就是在这里碰撞出了人类的奇迹：万里长城！是黄河大平原与天上的草原共同孕育了华夏民族的文明。临水产妖娃，依山生伟男；北方起帝王，江南育文士。

到达山口，我知道是告别平原进入山岭了，又想到了兵家必争之地这句话。感叹着，当年高原铁骑一旦出了这大山，真是纵马就会踏破京师的。

兄长指着车窗外：长城。我真的看到了，在山岭间游动着的长城，这是真的长城，可还是感觉像画中纸上的一样呢，却又感觉这阳光下的长城是活的，在蠕动！

我不由得拿出相机拍照。忽然进入了隧道，长的隧道里面灯光辉煌璀璨，车行中感觉流光溢彩的，非常好看。一个又一个隧道，灯光与阳光交错，对我这个新体验的人来说，似乎白天与黑夜迅即交替；向山脉纵深，感觉人生有了深度，胸怀有了丘壑。前面是居庸关隧道。千岛兄说：外地初来的人，当地导游会把他们带到近处的居庸关看长城，真正看长城应该到八达岭，八达岭长城是最有代表性的。我听了很感激，有兄长带着我，不会走错路。兄长又指着山岭间让我看：火车。我想起了詹天佑修建京张铁路，兄长说：就是这条，还在运行。我又感慨万端了，只见到一列长长的白色的火车在山腰行进着，我又举起了相机。

一处处收费口，兄长花了好多钱。在路边，我看到了长城下的山坡上，有一个村庄，瓦檐密集。我说长城脚下真有村庄啊。兄长说这已经是民俗村了。到了停车场，已经过十二点了。下车来，只见到密集的车辆两边都是饭店与售货点，望着高处山峰上的长城，感叹长城如此商业化了。

兄长带我们上了高高的台阶，进入了长城博物馆。初进去以为没什么，只见到大屏幕在放映长城的画面。再向里一个个展室观瞻，看到了古代的文物与仿制品等，就感觉真的可观了，应该进来看看，不看才是损失呢。千岛兄给我和母亲照相，照了好多相，把相机的电池用没电了。因为是我先进入展室的，所以走反向了，是从出口进入，一个多小时后，从入口出来的，但也感觉一饱眼福了，心里收获不小。

遥望高高山巅上蓝天白云中的长城和烽火台，兄长带我和老母亲去乘坐缆车。虽然残疾人是免票的，但兄长也花了很多钱，我感觉不好意思，但又玩笑着想：来北京找兄长就是为了让他花钱的。虽然我极力婉拒一些朋友对我资助，但现实中还是有好多人为我付出了爱心与金钱，我心里记着，又无力回应，我知道朋友们帮助我时，并没有让我回报的心思，我能一天天好起来，就是他们为我付出的最大愿望了。

坐在缆车中，仰望高峰俯视深谷，感觉惊心撼魂，移动中的高度改变了我的视野，壮观的景象给予我一种人生生命的壮美感！虽然是隆冬，满目不见绿色，但这灰土本色的莽苍苍，正是另一层次上的震撼，直抵人心！仿如一个赤裸的劳动者，土地上的汉子，他的丑陋就是另一种美啊！随着缆车的向上，我感觉自己人生的命运线也在提升，仿如在大地这张表格上画着上扬的红色曲线，如在爬山；但另一条生命时光的绿色曲线也在一路倾斜向下、向下，如同滚向坡底。

缆车缓缓进入山峰中的站点，千岛兄关切地扶着我下来，步行在大山腹中的隧道，我知道我是走在大山山体中，山洞中的风急嗖嗖的，阴冷。山这边的风，吹到那边去。感觉风在背后推着人快步走，十分轻捷，像牵着恋人的手在跑。我在前，母亲在中间，千岛兄在后保护我们。而且能感觉到这是在向下坡走，脚步快得有了惯性力量。转弯出了隧道，眼前豁然开朗，我看到原来在右侧的长城变到左侧去了。我明白是从山体隧道中穿越了长城界线，由长城的北面走到了南面，我已经站在最高峰的腰胸处了，放目一望，好多原本非常高的山峰却已经都在我足下了，真好啊！阳光非常明媚，山风尖锐而清爽。

兄长又去小亭子买票，这才是登长城的票了。沿着长城南侧的弯曲山路走来，我为自己能在这样的山路上行走而高兴。当然，有时遇到高度过大的台阶，需要兄长搀扶我一下，我自己也要抓住山坡一侧的铁栏当扶手。

身边同行的游人好多，外国人几乎占了一半，人们一个个从我身边走过。举目四望，所有登长城的人，不论中国人外国人，就我一个拄拐的，可是，游人们没有格外关注我，没有赞赏我，也没有蔑视我，我非常喜欢这样的态度。在长城脚下、大山之巅，我得到了人与人之间真正平等的满足感！没有人因为我是拄拐上长城的而格外看我，我高兴地感觉自己融入了正常的社会生活。我看人家一眼，人家也看我一眼，就是平平常常的陌生相待。人们更多的都关心大自然的景色，更注目长城的存在，仰视它的高度，感叹它的壮丽。

兴奋地来到烽火台下，进入真正上长城墙体主干的门洞，我仰头一看，傻眼了。过于陡峭的高度、过大的台阶让我止步了，两边是石壁，没有扶手可牵拉，我难住了。千岛兄热情说：我背你上去！我无奈摆手笑说：不行，你能背我上去，却背不下来。兄长坚持要背我：没事的，来吧。上去容易下来难，我怕下来时，万一出了闪失，而且也不忍心如此劳累他。我请兄长带我老母亲上去，我在这儿等着。千岛兄只好陪护我老母亲上去了，我在长城墙下的山路上等待着，虽然遗憾，但比我自己上还高兴，我目送老母亲上了长城，感谢友情帮我做到了这一切。这时我可以更从容地瞭望天地万物，仰望远山，苍茫茫，真是一览众山小啊，这是八达岭的主峰，到了我人生目前的最高点。无论什么障碍，沟谷峰峦，都阻挡不了，我已经做到了曾经不可能的事。遥望主峰，我的人生还要攀登。向下看到了长城就在我俯视的远方，近处墙体主干上青砖的纹理缝隙清晰。古人修筑长城是做到了几乎难于做到的事，我在众多爱心扶植下也做到了原以为不可能的。大山一层层打开，山因长城而不是平常的山，我因爱心而不再是平常的人。

我与天空接近了，有那么多障碍留在了身后。

梦里的长城啊，手抚城墙，血肉相通，如血脉交流，又似与长城握手，与历史与先人握手：这长城是亘古不老的生命，在每个历史时空都有新生的意义！

远望长城一级级台阶如同输送带。我无限感慨：我知道是多少爱心把我送上来的！忆坐缆车向上的快速攀高，让我想到如同恩师们的爱心在托举我，有人笑说我这半年像坐火箭一样，爱心送我上青云，站在长城上，我有一种自豪感，又有一些惭愧感：我得到的已经超过了我付出的。站在这里，体会到一种鞭策的感觉，决心更努力，要对得起我得到的爱心、不辜负送我上这儿来的恩师亲友们。

长城是一个伟大的人类奇迹！我：一个病瘫二十年的人能够登上长城也是人生的一个奇迹。我在内心为自己欢呼：长城像友人，我对你一点都不陌生；长城，我们终于见面了。我到底来了，仿佛前生的约定，长城，你看到了我的特殊。你看到了我的今生，可还记得我的前世？我当年就是修筑长城的一员，我的汗水早已把我的灵魂粘合在城墙砖石间。我靠在长城的城墙上，仿佛与长城融为一体了。

不多一会儿，母亲和千岛兄就下来了，还是惦记下面的我。兄长给我照了好多相，以长城为背景。人们给照相的人礼让，停下来，这是一种长城的文明，这让人尊敬而自豪。山路边发现了一处城墙分支，这个小的长城突出部，令我惊喜，倚在垛口，感觉也像到了长城主干之上。俯瞰仍是深深的沟壑，我的心魂纵身一跃，先是急剧下坠，但并没有摔碎在深渊，而是像跳伞一样，半途就展翅向上飞翔了，飞去了遥远的天边。心在天山，身老沧州：身在此，我心飞翔到梦想的天地中去了。

时间不早了，我们返回了。山坡弯路，遇到石阶高低差距过大对我有难度的地方，千岛兄总是及时地搀扶着我，他是时刻都在关切着我。这一回是上坡，但我在顶风吃力快步行走中仍然感觉自己非常有力量！我以前真的不知道自己的病躯中还可以这样有力量！

乘缆车向下，我再一次感受到万物博大的惊叹：远方山势一层层低矮下去，极目天地交汇处灰蒙蒙的！

驱车离开时，我又向千岛兄感慨着车窗外大山的雄壮巍峨。我一直注意着冲出山脉跃入平原的时刻，想体会这一瞬间的感觉。到了山口，车行依旧，就那么轻松地挣脱了大山怀抱，就那么安静地滑行到平原胸膛上，似乎很激动，又特别平静。山脉与平原的分野，到底有什么值得我关注的呢？为什么要在这一节点上如此用心呢？我一时竟然对自己解说不清了，一定是有什么吸引动情的东西。大地像女性的丰满胸乳，高山如男人的刚毅肩头：平原是母亲，山脉是父亲！放眼坦荡的平原，我想回望顶天立地的大山脉，却因脖子僵直不能回过头去。

车轮如同当年的铁骑一下子踏入了京师，红绿灯成了卫士，阻挡急行的步伐。千岛兄问我还去不去北大？我知道时间实在是不够用了，虽然心中惦记北大，可还是不得不放手了。昨天去看鸟巢时，车行路过了老北大的红楼，一个旧的建筑，却是中国现代文化的圣地。路过德胜门，我感觉自己在某一点上是胜利了。我又试着拨打何老师家的电话，如果这时何老师回到家了，我就请千岛兄马上带我过去拜会恩师。这是我此次在京最后一个机会了，可老师家还是无人接听，唉。过钟楼和鼓楼，兄长都指点我看了。到我入住的宾馆前，我并不知道，等兄长说已经过了，我才恍然，兄长是带我去看天安门啊。

到了长安街，太阳倾斜在树丫间，落在远方楼顶上，是日落时分。我看到了天安门，是原来画面中的景象放大了而已，立体了，真实了，也不如纸上那么细致了，但却以另一种壮观美感震撼人。那边是人民英雄纪念碑，还有人民大会堂，还看到了“鸟蛋”国家大剧院，全都一一印证了。千岛兄放慢车速，一手把着方向盘，一手举相机给我拍照了天安门的相片，以车窗外的天安门为背景，证明我真的来过了。

过中南海新华门，绕红墙故宫一周。以往在地图上摸索的地方，如今在外围绕行，感觉自己像个大甲虫在大地图上爬行一圈儿。我非常感激千岛兄，他如此安排，已是非常非常尽心意了。他带着我在祖国的心脏周游，我似乎体会到了中华的心跳！

依依不舍地与千岛兄告别，请他回去休息，从早晨离家出来，兄长为我整整忙碌了一整天！我送兄长到宾馆正门，此一分别何日能再会，都寄托于命运机缘了！恋恋挥手中，千岛兄的身影走入了夜色，天上的星星和地下的路灯都亮了。后来，我再来北京，主要就是千岛兄接待我、照顾我。

火车慢慢开动，车窗外的高楼灯火向后移动，这一刻我就离开北京了。因为这三天是有些疲倦，这一回不像来时在车厢中睡不着，我睡得很实。早晨，到了沈阳。天气预报说寒潮来了，非常寒冷，是今年冬天最冷的一天。一到站台上，就看到沈阳市残联宣文处刘杰处长笑着迎上来，带人专门来接我了。

虽然天气严寒，但有浓浓的爱心温暖着我——

我的北京之行，就是感受爱心之旅。我未来的人生路程中，若没有爱心扶植，依然会寸步难行。但是面向初升的朝阳，我知道：洒向我的爱心阳光，一定会更多更多。

十九、从母亲到四嫂，女人是我们家的坚实支柱

从北京回来，母亲高兴地向别人讲述去北京的事，笑说借老儿子光了，我也得意地笑说："母亲，等以后，我带你去看海！"母亲微笑了，没说去，也没说不去。母亲一辈子没看到过大海，其实也是我自己更想看海，虽然家乡村庄距离渤海直线才七十多公里，但村庄里好多人都没有看到过大海。这个和母亲一起去看海的愿望就珍藏在心里了。沈阳的朋友杨红知道我这心愿后，就说，她开着车，带着我和母亲去鲅鱼圈海滨，当天去，当天就回来了。我不好意思麻烦人家，心想等我翅膀再硬一些，再去看海。

春天里，我申报辽宁省作家协会的签约作家，我的成绩本不够申请签约，但我看到这一年在正式签约之外，还评聘见习签约作家。秋天，我参加辽宁文学院的签约作家会议，发言时，我站起来了，因为我有感触最深的话想说。我一直病囚家里，来开会，我才有机会走出家门，走远门，如同罪犯出牢门放风，心情极舒畅，第一次来到辽东山区，生在平原的我，一门心思望着车窗外的景致，新鲜。看到山那么高，峡谷那么深，林那么茂，水那么清，与大山拥抱间看到了这么多的流水，从我眼前流到我脑后去，如在我心头流淌过一样喜悦。原本一直听闻很多大地干旱、绿叶枯黄的消息，在我臆想中，河流都裸露着，像脱去了衣裳的干枯尸体。这一道道群山中的溪流令我心生一种新奇的惊

喜感。我甚至想向山谷中俯瞰深深的峡谷到底有多深，长长的流水究竟流向了哪一方？一条条弯弯曲曲的光洁小道，从山间树丛里探出头到溪流中饮水。数十头黄牛步履悠闲地在白色小道上冒出来，大约是从山树中向溪水去。土黄的、黄白的、灰白的牛背，相挨着密在一起，像一群鱼的脊背挤撞着在光阴中游动着。那波涌的脊背，给予了我一种壮观的动感美。牛们并不在意高架桥上匆匆的我们，但我却惊奇得想喊身边的兄弟："哎，快看，那还有一群牛！"

但，我只在心里喊了，就在这句话最后冲出口的一刻，我闭紧了嘴巴，把它噎在嗓子眼儿了。

我在病瘫前，于家乡平原村庄见到的都是孤独的拉着车的黄牛，被束缚着、驱遣着，从没有看到这么自由自主的一大群牛。以前，牛马在我眼里就是使唤的牲口，是平常的，甚至感觉牛是有点丑陋的畜生。此时，这样一大群牛给予我的是壮观的美，这群牛就是大自然中自由自在的生命，是可爱的令人欣喜的原生态动物。面对苍茫茫连绵绵的大山，我羡慕这些可爱的牛了！我从来没有想到普通平常不起眼的老牛也会给我像看到老虎狮子一样的惊奇感。但我知道：这令我新奇的东西，对他人决不新奇。我今后的任务，是要寻找天地间和时光里那些让自己新奇也会让别人感觉新奇的事物和文字。

早上，我照例先醒了，洗漱之后，开了电脑，看到母亲仍然在炕头搂着重孙子轻轻地熟睡着，平日里这时候母亲早醒了。昨天晚上，小良辅已经猫在被窝里了，却忽然光着小屁股、光着脚抱着自己的小枕头，跑到这屋里，非要和老太太一起睡。四嫂追过来，想把孩子哄回去，但小良辅就是不肯。母亲笑说：让重孙子跟我睡吧。我轻轻地喊母亲，母亲没醒，我走过去轻轻摇摇母亲的胳膊，母亲慢慢睁开眼睛，醒了，我说：母亲，起来吧。母亲说：哎。然后母亲就坐起来穿好衣服，又叠好被褥，站起身往柜阁里放，就在站起身的瞬间，母亲忽然手捂着头，哎哟哎哟地叫唤，头疼啊疼，然后就慢慢蹲下了。我和二哥非常惊诧，看到母亲的状态，意识到不好，我问母亲怎么了，母亲蜷在炕上，就嚷脑袋瓜子里疼，我急忙去找四嫂和侄儿洪洋，因为这时候四哥已经上班走了。四嫂和侄儿照看我母亲，让我打电话叫出租车，马上去医院。这时候，母亲有大便撒在裤子里了，四嫂和侄儿帮着洗换，母亲自己已经半身瘫软了，胳膊腿儿不听使唤，还不好意思地说：这回可陷事了。四嫂边帮母亲清洗换衣裳，边说：谁没有老的时候啊！四嫂真是我们家的恩人，是媳妇，又是功臣。

四哥也赶回来了，背着母亲上了车，去县医院。我看着母亲被送走了，意识到不好，但又自我欺骗地乐观想：没事儿，母亲会好的，老天爷不会那么狠心，我和二哥还需要老母亲呢！老母亲若是——那我和二哥怎么办？

然而，一个多小时候后，四哥打来电话，哭着告诉我，医生说了，母亲是脑里大面积出血，这回真的凶多吉少了。

我的眼泪一下子就淌了。我电话打到姐姐家，告诉她去医院和四嫂一起护理母亲。母亲重病在医院里，我却无能为力，不能到病床前伺候尽孝，母亲已经照料我四十年了，我却不能回报照料四分四秒。我和二哥都沉默不说话。

曾经介绍我和李铭在网上相识的石家庄文友，他们在私下聊天时，说起我，李铭曾替我担忧，说赵凯大哥如果老母亲走了，可怎么办呢？文友把这话转给我后，我是既忧虑，又乐观而有信心，母亲身体好，起码还可以照料我十年，上天不会再冷酷地把母亲接走，因为我的苦难够多了，不可能再那样打击我，然而，这一切突然就来了。

在医院治疗一周，母亲初时还清醒，后来就昏迷了。医生建议回家等待，因为对农村人家的患者来说，这样是最现实的做法。医疗救护车停在院门口，我趴在房门前，看到哥哥姐姐和亲友们抬出了担架，我睁大眼睛看着，想看看母亲到底怎么样了。或许是上苍还对我们有一些怜悯，有一点恻隐之心，或许是母亲知道自己回家了，在进家门时，母亲醒了，担架经过我身边时，我又要闪避开道路，又想看母亲。病弱的母亲不自然地微笑着，母亲好像知道我在房门口等她，母亲用力地直盯盯看了我一眼，担架过去了，众人挡住了母亲看我的视线。此后，母亲又处于深度昏迷状态了，一直到走，再也没有醒来。众人安置母亲躺在炕头后，等平静下来，我才能上前去，眼含泪水，拉住母亲的手，轻轻握着，母亲的手非常软弱，非常轻飘，这曾经是一双非常有力量的手，托起一个贫病家庭几代人的手，我专门为此写了一篇散文《母亲的手》：

“母亲灰白的头发就是我阴晦生命中的阳光，母亲这双手的体温和阳光永远是同一温度！母亲对花儿的呵爱，就像对苦难的接受一样：几十年了，母亲手捧着这命运，从没想到要放手不管。母亲的双手是积攒了几辈子的力气，都放到这辈子来使了。这是一双超载的手！不是母亲捧着泪水来浇灌，我这朵残花在阳光中也会蔫巴死的；不是母亲捧着泪水来洗涤，我的脚、会落满灰尘的”——但，现在，母亲的手、凉了。

1989年春，父亲带我去城市里住院治疗，母亲在乡村操持家务。这时，母亲已经五十八岁，近花甲之年了。母亲每天照料老人和病人，还要伺候家里的责任田。后来我听说：一天夜半，母亲去稻田放水，摔在水渠中。如果当时母亲昏厥，我真不敢再想下去，那将是多么可怕的后果！母亲有晕眩症，偶尔会摔倒。我曾经问过母亲：“母亲，你因乎啥摔了？”母亲淡然笑说：“就是忽悠一下子，等掉到水里头，心也明白了，呛两口水，就爬上来了。”母亲说得很轻松，觉得那是过去了的小事儿，没什么的。而我，却长久以来，无数次心疼地想到那个夜晚，总也忘记不了那个漆黑的夜晚，虽然我并没有看到那个夜晚发生的真实情形，但在想象中我“看”到了。在想象中，我还看到自己陪着母亲一起去稻田劳动；在想象中，我看到了母亲扛着锹的模糊身影，在这般的黑暗中都能感觉到母亲的身影是那么枯瘦羸弱，令我心疼。因为稻田用水紧张，白天人们太多拥挤，只有晚上抢水的人才会少一些，所以，白天离不开家的母亲，只能晚上来。远处也有稀疏闪烁的手电光，像几点遥遥的星光。田地那头是大河树林，风声呜呜吓人。母亲摸着黑，小心着磕磕绊绊地走在狭窄的渠梗上。哗啦啦的流水，映着闪闪灭灭的星光。抬头没有月亮，星星璀璨遥远。母亲每走一步都是在试着摸索，似乎在黏稠的黑暗里向前趟，前面路上有什么，是乱草绊了，还是稀泥哧溜滑脚了？或者是母亲自己踩空了？反正，在庞大无边推不开的黑暗里我看到母亲的身影一歪闪：“哎呀，扑嗵！”不好！我心里惊恐地大喊一声，急忙抢步跑上前，俯身去拉拽母亲；我把母亲搀扶了起来，焦急关切地问：“母亲，您摔坏哪儿没有？” 我接过母亲的锹，说：

"母亲，您回家吧，这活儿，我来干！"母亲自己一个人在黑夜田地里劳动时害怕了吗？有母亲陪着我们的日子里，我什么也不怕。

母亲摔倒了——我想扶起母亲却不能够，只有在想象中徒然地伸出一双流泪的手。

如今，母亲又一次摔倒了，是在人世间最后一次摔倒，我依然无法把母亲扶起来——

当年，读史铁生名篇《我与地坛》，其中怀念母亲那句："这样一位母亲，注定是活得最苦的母亲"，下一行文字，我长久地读不下去了，因为我想到了自己的母亲！史家母亲只有一个病儿子，我家是三个。苦难不能用量化来比较，母爱面对疾病的痛苦是一样的。

回忆到这里，我已经恸哭失声，写不下去了，停下来，反正出租屋里就我一个人，如果有别人在，我要掩饰。此刻我终于可以好好为母亲哭一哭了，当初，母亲走时，在葬礼上，我都伪装着不能放开哭，表现得对母亲的走好像无所谓。那时候，亲友们都在看着二哥和我，都在担忧这两个病人如何面对母亲离去的打击，以后怎么办？六十岁的二哥和四十岁的我，竟然成了没母亲的孩子，孤儿一样。二哥和我故作乐观，既是为了让亲友们不再过于担心，也是心里有底，四嫂会管我们的，四嫂早就说过，将来母亲老了，也不会把我们送到敬老院去。四嫂这么多年为我们家所做的付出，让我们相信四嫂不会丢开我们，就是她不说，我们也知道她会那样做。

母亲灵堂上方悬挂的遗像，竟然是我拍的。元旦后去北京时，是向李如老师借的相机。春暖花开了，通化的一位漂亮摄影发烧友建议我自己购买一个小数码相机，并且她帮我选择了可靠的购物网站和品牌型号，于是我以近千元，第一次购买了贵重的大物件，这也是我有稿费了，有了自主支配权，才可以做这样的事。虽然没学过摄影，但我对构图多少有一些天赋，所以，这个红色小相机让我在那半年里，拍了好多家园亲人的相片，其中好多是关于老母亲和小侄孙的，我感激友情帮我把母亲晚年的影像留存了。这幅用作遗像的，是我挑选的，选了一幅最像母亲本真的表情自然的相片。虽然放大成黑白像了，但我仰望中，母亲那眼神仍是活的。

亲友们看着我家刚刚修葺一新的房子，都叹息说我母亲没福，好房子没住着。上级每年都有帮贫困户建房修房的福利政策，因为我写作有了点小成绩，领导关怀嘱咐把我家的老房子列入修葺对象。在中秋前刚刚修葺好，母亲也操劳了半个月，屋内布置等等细活还没做完，母亲就突然走了。

小时候，母亲是如何搀拉着我学会走路的，我和众人一样没有记忆了，而我在三十六岁时，老母亲第二次搀扶置换了双髋关节的我重新学走路，我永远也忘记不了。母亲还亲手搀扶我上了长城！

——母亲啊！

以前，读过一篇网络文章，一位母亲回忆女儿小时候哭着说：我怕母亲走丢了。这话很让我共鸣，我也怕，这是潜藏在心底里的恐惧与担忧。曾经，我还写了篇小品文就叫《我怕母亲走丢了》。如今，老母亲真的走丢了，她去寻找我父亲了吗？只有在梦里，母亲才能回来抚摸我的头，给我肿胀的伤痛处敷药。后来，在城市出租屋，有一回，我梦到母亲来给我做饭、洗衣服，我知道这是母亲的鬼魂，可是母亲并不伤害我，像活着时候一样照料我，我愿意跟母亲在一起；然而，有人阻拦说，不行呀，鬼再好，也不能和人在一起生活呀，可我就是舍不得让母亲走；醒来后，路灯光晦暗地映射到屋子里，回想着梦境中的母亲，我深感遗憾，怅然若失，真希望母亲的魂天天陪在我身边多好。其实，我知道，母亲真的没有走远，我想念母亲，母亲更放心不下我。

在母亲过世时，我和二哥虽然大悲痛，但并没有惊慌，因为有四嫂——

在写作《马说》期间，我的四嫂冯平获得到了两个荣誉称号：辽中县十大风采女性、沈阳市十大杰出母亲，之后又被授予了辽宁省优秀母亲和沈阳市道德模范称号。我很欣慰，四嫂为我们家三十年的默默付出，得到了来自社会的表彰。自从1982年四嫂嫁到我家，就辅助我母亲一起照料我们这个老弱贫病的大家庭。四嫂年轻时非常好看，是十里八村公认的美丽姑娘，所以后来我说这是漂亮媳妇进寒门。我第一次看到四嫂，是和四哥订亲时，她来我家认门儿。我和小伙伴们在院门口弹玻璃球，四哥引路，四嫂和她的娘家嫂子一起来做客，四嫂容貌俊俏，腰身窈窕，推着自行车从我身边走过，一种淡雅的清香飘逸。我骄傲地问小伙伴们：我嫂子好看不？往后咱们也找这样的媳妇。小伙伴们笑着起哄：净想美事儿呢。四嫂嫁到我家，是我四哥命好，也是我们家有福气。我总觉得四嫂就像神话中的仙女，看到我母亲太苦了，就来到我家帮我母亲；或者是上天派四嫂这个天使给我家送来希望与力量。当年，我家里四位老人、三个病人，四嫂敢嫁进门来，真是需要勇气的。老话儿说：不是一家人，不进一家门。四嫂注定是我们家的人，进门后从未嫌弃过老人和病人。四嫂总是做好饭菜端到老人和病人面前，母亲给我们病人换下衣裳来，四嫂就拿过去洗。

四嫂是最爱孩子的，可是四嫂生了孩子后，因为家中和田地里的活计太多，我家缺少干活人，四嫂一个人顶几个人用，忙得没时间抱孩子，孩子交给老人和病人们带着。只有在孩子饿了想吃奶的时候，才喊四嫂来喂，四嫂这时候才能歇一歇，才能抱一抱孩子，获得母亲搂抱孩子的欢乐。小侄的诞生，的确为我们家带来了极大的幸福、欢乐和希望，这幸福、欢乐和希望也是四嫂给予我们的。

侄儿三四岁的时候，就给病大伯们倒尿瓶，四嫂从来没有阻止过，没有嫌这样会脏了孩子。我家的房门槛很高，小孩子过门槛像爬墙一样，小侄也过习惯了，但有一天，他拿着尿瓶过门槛时，绊摔了，门槛外是踏板石，尿瓶就是玻璃罐头瓶代用的，瓶子摔碎了，小侄跌倒了，哭了。母亲和四嫂正在屋里做饭，急忙去抱起孩子。小侄眉头和两只小手让碎玻璃扎破淌血了。且不说尿瓶玻璃碎片是否有菌，单说让人后怕的是正巧扎破眼眶眉毛里，差一点就碰到眼睛，真是万幸！后来，侄儿读高中时，想要参军，不能报考飞行员，因为身体上有疤痕。现在侄儿洪洋已经三十多岁了，可是眉头上的疤痕还在。侄儿从来没有为这块疤痕抱怨过。小孩子受伤，最疼处在母亲心头，可四嫂这位母亲也没为孩子抱怨过。

四嫂在日常家庭生活中帮我们做的，就必不可少有倒尿瓶、倒粪桶这项活计。母亲在家的时候，我们病人拉撒事情喊母亲，可是偶尔就会有母亲外出不在家、而我们病人又憋不住的时候，记得四嫂第一次帮我倒粪桶就是母亲没在家，我又恰巧肚子疼了，我挣扎着倚在炕沿边，勉强拉完后，拄着拐杖想自己把粪桶送出去。我身体强直，不能弯腰，拄一支拐杖，用另一支反过来勾着桶梁。忍着关节疼，慢慢挪蹭到房门口，四嫂正在院墙边筛黄豆，急忙赶过来，还说我：咋不吱一声？我不好意思地苦笑说：我能行。四嫂说：你得了吧，快给我吧。四嫂拎走桶去房后了。原本不好意喊四嫂做这种事情，后来也就习以为常了，一天天、一月月、一年年。

1995年大洪水后，母亲也老了，四嫂就不让我母亲再做饭干农活了，让母亲只照看我和二哥，家务和田地活计都是以四嫂为主了。父亲患脑萎缩后，神志不很清楚，有时吵着要出门乱走，有时闹着不吃饭，只要四嫂哄着劝着，老父亲就会像孩子一样听话，安静下来。父母相继过世后，二哥和我就完全依赖四嫂照料了，吃喝拉撒，洗脚，倒尿桶，全是四嫂一把手在劳作，而且总是微笑着做这一切。如果四嫂在照料我们时，是没好脸色地做，那我们也难于接受。四哥有时候下班回到家，还因为家里或者单位的什么事情而皱紧眉头，但四嫂脸上的笑容总是晴朗的，很少有阴天的日子。

我们爱吃烂熟一些、软乎一些的，四嫂做饭就以我们的口味为主，不让我们冷着、饿着。四嫂也把我惯坏了，像涮碗这样我能做的活计，四嫂也不让我做，心疼我是病人。后来，四嫂也笑说我是温室里的花朵。我什么活计也不用做，就一心一意读书学写作。四嫂没反对我写作，也没指望我真能当上作家，她就觉得是一家人，要照料我一辈子，等她老了，再让她的儿孙照料我。

我感恩四嫂，也同样感激四嫂的娘家人，四嫂的老父亲和哥哥、姐姐、嫂子们都支持鼓励她，没有一个人挑拨说“那样一个破大家，你管不起，别管了”。我记得，四嫂的老父亲来我家串门，对女儿说：这个家里，老的老、病的病，你老婆婆不容易，你要帮你老婆婆多干一点。四嫂的老父亲过世多年了，这句话，我永远也忘不了。

四嫂之所以这么好，有极大一部分也是源于我母亲的领教，四嫂在娘家是老疙瘩，最小的女儿，哥哥姐姐们宠护着，没吃过什么苦。而且，四嫂做少女时，她的母亲得病了，没能教导四嫂做女红针线活计。那时因为生活条件不好，家家的女人们都需要做针线活计。四嫂进门后，给四哥的裤子缝一条拉链，结果，缝在外面了，成了明拉链。四哥苦笑着来找母亲，说我四嫂不好意思过来问我母亲怎么缝才对。我母亲就手把手教我四嫂。再后来，四嫂生了小孩，给孩子做棉袄，也做错了，母亲就亲手返工拆线，告诉四嫂重新做，指导她怎么缝。奶奶在世时，给我四嫂讲过，我母亲当年照料我父亲的奶奶的事情，我太奶奶严重气管炎，佝偻蜷曲在炕头，连串咳嗽，还便秘，我母亲就帮我太奶奶抠大便。

家风传承！

婆媳关系是人性人伦中非常微妙的亲情，处理不好就导致家庭不幸福。母亲和四嫂这对婆媳偶尔在一些事情的看法上，因为代沟，也有分歧，但只是小节，主流大方向非常好。母亲患病住院时，四嫂在跟前照料，别人看了以为是母女。

四嫂有很多机会可以放手不管我们，比如，还要说到1995年大洪水后，因为房屋倒塌，四哥上班的学校里很多老师就干脆把家迁到镇里或者县城，四哥也有了心思，四嫂也想到镇里去，因为娘家人都在那儿。四哥和四嫂同我们商量，老父母及二哥和我都不想搬家，一是恋故土，二是觉得在村子里家族亲友多，遇到事情更容易有照应。四哥和四嫂这时候很为难，夫妻俩想搬家是下决心要把我们老人和病人带着，没有想到丢下我们，现在我们不走，四哥和四嫂就放弃了搬家的念头，我们拖累了四哥和四嫂。而且，因为父母年岁老了，无力把被洪水冲倒的房子重新盖起来，四哥和四嫂在大哥和五哥的支持下，在废墟上辛辛苦苦地建起了新房，管我们温饱。

有文化界的朋友来我家做客，悄悄对我说：一般家中长年有病人，屋里都会有一种难闻的外味，可你家没有。我说：这都是四嫂的功劳，辛勤打扫，清理卫生。

四嫂的做法，也耳濡目染地带动了我侄儿和侄媳妇，还有小侄孙，对老人和病人都非常好，我在家里时，若是读书写字吃饭晚一点，小侄孙就一直陪着我，直到把我拉上饭桌一起吃。四嫂嫁进门时，我十二岁，三十年过去了，因为我患病没有成家，在嫂子心中，我依然是那个没有长大的少年，把我当孩子一样看待。当年，四嫂给侄儿买了好吃的，总要分给我一些，并告诉孩子“给你老叔点儿”。四哥买了两根猪排骨，四嫂炖酸菜，然后，把排骨分给我和小侄一人一根。

还有两件小事，我忘不了：一天清早起来，天阴得厉害，眼看要下雨，怕雨淋湿柴禾，家里人抢着堆柴垛，母亲没来得及做早饭，我就空着肚子一瘸一拐地去上学了。我正在教室里听老师讲课，忽然看到四嫂来到教室门口，打着伞，原来是特意给我买了两根大麻花送过来。那时候，生活困难，乡村家家都是一天吃两顿饭，孩子早晨吃不上饭、饿肚子上一天学是常事。四嫂笑着递给我的大麻花，让我在同学们面前非常有面子，很骄傲，在当时，麻花可是谁都想吃却十之八九舍不得吃的好东西。四嫂当时和我说了什么，我不记得了，我就记得四嫂那时还没过门，与我四哥订婚半年多，四嫂去我们家，听说我没吃早饭，就专程来给我送麻花，有四嫂真好！四嫂生小孩后，有一天下午我放学回到家，饿了，四嫂就给我盛了一大碗白面汤。当时天天吃高粱米饭和玉米面饽饽的粗粮，细粮难得吃到，我高兴得狼吞虎咽地吃光了，四嫂还要给我盛面汤，母亲不让了。原来，这是因为四嫂身体瘦弱，奶水少，母亲买了猪蹄煮汤，炖白面疙瘩，给四嫂催奶的。而且，催奶偏方要求不放盐，怪不得四嫂给我在面汤上浇了酱油。就是这样的“好吃的”，四嫂也分给我一些。

我上网后，因为贪恋在电脑前，双脚在凉地上久了，犯胃寒引起胃痉挛，接连几个晚上痛得厉害，额头浸出了豆大的汗珠，身子僵硬不能翻身，若不然就疼得打滚了。用电话把村里的医生催来了，都没有好办法，可四嫂有办法，她去县城给我买了一个小电热毯，缝在厚棉垫里，铺在脚下，我再也没胃疼过。

有记者采访时，问及四嫂照料我们的事情，希望我说得很多，在细节上要丰富。然而，我恰恰有时候说不出来。四嫂照料我们三十年，其实都是家庭日常生活琐事，很单调，年复一年，今天是昨天的重复，今年是去年的重复，我们在屋子里连季节的变化都忽略了，仿佛只有白天与黑夜。四嫂对我们家最大的贡献，是支撑起了我们贫病家庭的日子；四嫂最令人感动的是为我们家辛勤劳苦付出三十年没有抱怨，时间证明了一个普通平凡女人的不平凡，可以说是伟大，母性之爱的伟大。

2006年，老母亲陪护我去医院做人工关节置换手术，从春天到秋天，这四个多月里，因为有四嫂在家里照料病二哥，老母亲才能够放心地全扑在我身上。当时，四嫂不仅要天天照料二哥，我手术时，侄媳妇正好生小孩子。现在的医生鼓励剖腹产，对于想自然生产的准母亲给予心理上的恫吓，以医学的名义摆出各种自然生产的可能性危险，直到孕妇和家属心理防线崩溃，掉进医生和医院的剖腹产经济利益陷阱。其实这些接产医生都是母亲生的，自然分娩是母亲的生理本能，然而，到了他们这里，好像全中国的新时代母亲集体丧失了生产功能。侄媳妇的娘家母亲本来坚决要求让女儿自然生产，我们也是这想法，可到了医院里，进入了那种环境，就像传销诈骗一样被医护人员轮番上阵给洗了脑，结果到底在侄媳妇肚子上割了一刀。自然分娩正常生产恢复得快，剖腹产非正常生产就是对孕妇的极大损伤，是对伟大母亲们的集体戕害，医改也应该管管这事。听说在外国医院除非孕妇面临生产危险情况，否则医生绝对不给做剖腹产手术。侄媳妇剖腹产后，不仅她自己遭受痛苦，四嫂照料侄媳妇坐月子也增加了困难。那一段时日，四嫂照料病二哥，照料侄媳妇，照料小孙子，真是难为她了，如果不是我去换人工关节，老母亲在家里可以和四嫂一起做，互相有个照应。

在这些之外，四嫂还给予了我另一次生命健康的更新。

我的肾结石感染，有脓性炎症，沈阳最大最好的三家医院都治不了我的肾病，因为我是先天畸形肾，加之是稀有特殊血型，让我转院去北京治疗。可是，在我们村庄里，别说我是没有收入不能完全自理的残疾病人，就是富裕一些的健全人家，又有谁能去北京治病呢？就在我几乎绝望的时候，四嫂和四哥决定，把家里的粮食卖了，凑足家里的全部积蓄，让我侄儿洪洋拿着，陪护我去北京。四嫂送我上车时说：钱不够的话，告诉家里，我们再给你借。我点点头，什么话都没说，也说不出来。我低下头不再看四嫂，怕泪水掉下来。我心里明白，四哥和四嫂让我去治病，其实是四嫂为主，四哥是一奶同胞，如果四嫂不同意，四哥一个人也决定不了。我还明白，这时我其实是很自私的，按照医生的预想，我这病已经复杂到不知能不能顺利下得了手术台，为了去治这前途未卜的病，我就倾尽家庭所有去赌命运了。我更明白，假若是四嫂本人有病了，需要到北京治疗，她都舍不得花这么多钱去。

有位作家老师对我说：“身罹疾患，是你的不幸；有此嫂娘，是你的幸运。”

虽然现在我来到了城市，但有时也依然要倚靠四嫂：2013年春天，我因为炎症要输液一周，在城市里身边没有人照料，我打电话给四嫂，四嫂对我说：你快回家来打滴流吧。我真的回去了。回家，母亲不在了，还有四嫂。

从母亲到四嫂，女人是我们家的坚实支柱，保证了家庭没有坍塌。母亲和四嫂，她们读书不多，并没有刻意去按照道德规范去做，但中华民族的传统美德潜移默化地活在她们的骨子里。四嫂所做的只是家庭中的日常小事，在做这些敬老爱亲的事时，她并没有想到将来会获得奖励。她的愿望非常朴素，就是亲人和睦，家庭幸福，不求大富大贵，只盼平安吉祥。幸福是多种多样的，我感动于黄梅戏《天仙配》一句唱词：夫妻恩爱苦也甜！我们一家人亲情相依，融洽和睦过日子，清贫中也有笑声，痛苦中也有爱的温暖。后来，我在《马说》中写老父亲对儿子说：“你要记住，小畅是在咱们家难为的时候来的，是咱家的媳妇，也是咱们家的恩人！”我从来没有对四嫂当面说过感谢的话，大恩不言谢，即使电视台采访时记者让我按惯例在节目中表达对四嫂的感谢，我也没有说出口，一切都在我们家的日常生活里了。如果一定要对四嫂说一句话来表达感激，那么，我发自肺腑最想说的是：

我爱四嫂！

二十、文学院和医院：陌生人变亲人

母亲安葬后，烧过“头七”，因为我病情突然加重，就又在侄儿陪护下去县中医院，四哥说这里的刘医生对肾病很拿手，他们是一起参加政协会议时相识的。刘医生很热情，看了我的CT片子，还有各项检查指标后，关切地忧虑说：你这不能再耽误了，一定要赶紧手术。刘医生介绍我去沈阳医科大学附属医院找一位专家，我说了自己去医大看过，不行。刘医生说你直接去找这宋教授，他是全国著名肾病专家，我请他帮你想办法。

去了后，宋教授又给我做了一系列新的检查，然后让我住院。这时，我还有一个心愿：去辽宁文学院学习。这是我十几年来的梦想！

自从在1995年大洪水之前，读《辽宁青年》介绍一个青年作家的文章，我就知道有个辽宁文学院，就一直渴望自己也有朝一日去学习，走进文学的神圣殿堂。我还给辽宁文学院写过信，文学院老师委派一位热爱文学的大学生张恺新来乡村看望我，给我带来一些书籍。去参加签约作家会议之前，我就看到了辽宁文学院的招生简章，但，因为学习为期一个月，这么长的时间里，我洗脚换衣裳袜子怎么办？我自己解决不了，所以不敢报名。在从大梨树归来的车上，新结识的作家尹守国大哥与诗人李维宇妹妹和李铭在谈论新一届文学院招生的事，守国大哥与维宇妹妹都报名了，我不好意思地说了自己也想学习但担忧的事，守国大哥说：你来吧，有我呢，我帮你。我不客气地笑说：那我就真报名啦。我先和万琦老师说了想参加学习，高海涛院长有顾虑，怕我在学习期间出现闪失。后来，鉴于我的诚恳向学，文学院还是接纳了我。

马上就是去文学院报到入学的日子，我没有过多考虑，立即下了决心，先不治疗，去学习，之后再住院。所以，我是从盛京医院打出租车去文学院的。

万琦老师安排我和守国大哥住一个宿舍，守国大哥说他来时做好了心理准备，以为我上厕所都需要他帮我。学习期间，我没让守国大哥帮我洗脚，因为他自己的脚他都不爱洗，媳妇给他准备了两套衣服，让他学习期间，半月一换，学习结束带回家去洗。守国大哥懒得换，穿一条防雨绸裤子，拿着湿毛巾就在腿上弯腰擦擦，代替洗换了。我在文学院的日子，相比在家里的时候，穿着非常光鲜，像新郎官一样。恰好此前女诗人谢华和谢梨春姐妹看望时帮我买了几套新衣服，尤其有一件灰白色衬黑条纹的马夹，穿上像摄影记者，我因之受到无数口头表扬，说："真带劲儿。"中央电视台报道我时，也选用了我穿马夹拿着照相机的相片。广东的文友燕东看过电视节目后，发短信给我：抓个相机，好有型。我开玩笑说："这就是一件普通的马夹，很平常，但一穿到我身上，这马夹就帅呆了。" 至今，这马夹已经荣幸地陪伴我五年了，温暖了多少寒风和冰雪。

因为和心泉在学习前就通过残联那边认识了，她是写儿童文学的，葆有童心，又非常有爱心，我就请她帮我洗脚。头一天帮我洗了脚，第二天，心泉的爱人来文学院，看熟识的朋友，也特意到我的宿舍看看我。诗人大路朝天笑说：心泉头天帮你洗脚，第二天人家老公找你来了！大路要带我去洗澡，我不敢去，怕滑倒。一直到学习结束时，女散文家于秋彬来我们宿舍看到心泉在帮我洗脚，回到楼下告诉女诗人贺颖，她们俩感动地落泪。听到我在电话中与小侄孙亲情对话，她们俩在毕业时去商场买了两大包吃的玩的，让我带回去给小侄孙，我回家后告诉良辅，这是你两位姑奶给你的。宗国筑大哥和范玉兄长也帮我洗过脚。因为有守国大哥的承诺，我才敢报名申请入学，在整个学习期间，守国大哥处处关照我，每时每刻，我也是看到他的身影就感觉有依靠。

学习结束时，我被评选为优秀学员之一，我知道这是因为我情况特殊，老师和同学们在荣誉上又一次关照了我。还因为我乐观，高海涛老师笑说我是阳光少年，是在冬日里走过文学院最温暖的一束阳光，万琦老师说我只要心怀健康，就永远是他心目中的阳光大男孩。我非常感动于在学校与老师和同学们相处的一个多月时间，是靠大家的帮助我才能够完成学业，后来，事实让我感悟到，这同学友情是我生命中最大的财富之一！

当时收拾物品准备离开文学院时，我才突然意识到：母亲不在了，自己就好像无家可归了！虽然哥哥嫂子照顾我非常好，可是，我在心里承受上，和接受父母照料是不一样的。母亲病故时，因为身在局中，亲友都围绕身边，我一时还没认真思考这大变故，然后就跑医院，来文学院，和同学们热热闹闹地相处一个月，现在要分手了，我感觉“静”下来了，才意识到失去母亲那种心理上“无依无靠”的打击了，体会到了最深切的痛楚，我的眼泪止不住了。

马上又面临我那生死攸关的肾病大手术，我决心和命运再赌一把，下狠心让盛京医院拿我试验做肾分离了，我盲目自信自己能够胜利，但也心里没底，把自己最珍惜的长篇小说稿《蓝眼睛的中国人》分别交给守国大哥和范彧兄长，请他们帮我保管，一旦我出现差错，这稿子的未来只能拜托给他们了。

在文学院学习结业后，守国大哥回到家里，同媳妇说了我的事，热心肠的大嫂专门去为我求签问卜，说我的这个坎儿能过去，虽然至今还没见到嫂子的面，但我心里真的感激她这种精神心理上的关照鼓舞。我决心豁出去赌一把了，可是，在手术前一晚上，医院还没有备好我需要的特殊血浆，而且我在夜里突然严重腹泻，手术推迟了，到了下一周，我又在医院里被传染当年严重的甲型流感了。春节前我无法手术了，只好先出院回家，春节后再另想办法。经过电话沟通，主治医生再次建议我还是去北京、上海等大医院去治疗。我们这样的家庭状况，哪有可能去北京、上海治病呢？好在，这时我已经有了医保，而且，领导来看望我时，指示把我安排到福利企业挂靠缴纳保险，每月给我三百元生活费，解决我的后顾之忧，安心学习创作。就是因为办理挂靠福利企业的程序需要身份证，我才办理了身份证，成为了有身份的人。原本一直待在家里，也不出门，根本不需要身份证，即便有身份证也没有使用的机会。在我病瘫之初，刚好经历村里集体办理身份证，我办了一代身份证，却从来没有用过它。那个身份证有效期限十年，在第八年就因大洪水冲倒我家房屋而淹丢了。有了医保，这是我能够去北京治疗的第一步，虽然异地治疗报销额度少，但这也解决了一半的费用。还有朋友们的部分资助：广州的何争、李燕东、凯悦一家人，还有黑龙江的雨晴姐姐，江苏的惜若姐姐，诗赋网孙五郎老师和石梦溪姐姐，北京的千岛兄和可普姐姐，还有文学院同学玉宁、心泉……大家看望我，帮助我，我都不会忘记。

我学习期间，王多圣老师听心泉说我还要面临新的治疗，就专门到我宿舍去看望我，关心地嘱咐我，鼓励我，要在治疗费用上支持我，后来，我在沈阳和北京住院，王老师几次要给我卡里打钱。因为，北京医院根据我的病情，务实地缩小治疗规模，只是以微创取石暂作缓解，以待观察。所以，治疗费用压力一下子轻多了，我就没把银行卡号告诉王老师，但我在心里和接受了资助一样感激。还记得万琦老师在结业时亲切叮嘱我，遇到困难就说话，并告诉我一个很大的数额，说在这个范围内，他个人就能拿得出来帮助我。还有位同学夏小宁是辽阳电视台记者，她制定好了帮助我的方案，因为我这边已经解决了治疗费用，就没实行，但我感激这份爱心。后来，最大的切实解决还是来自县委领导，他们与县残联理事长李宝荣一起研究帮助我解决两万元医疗费用。我这样一个没有自主能力的人，竟然能去北京治疗，一些有自主能力的健全人也做不到，不说远处，只说我们家乡村庄里，有几人去过北京治疗呀？这样想时，我又心酸，又骄傲！

过了年，正月初八凌晨，天还没亮，我和侄儿就乘座拼客出租车去沈阳，先办理异地就医的各种手续，然后从沈阳直接去北京。这一次来北京，因为何启治老师回广东老家看望家兄，我与何老师又没能相见。但，最让我感动的是艾克拜尔·米吉提老师！因为到北京治疗的外地患者非常多，所以，医院床位紧张，要排队等待，一时住不进去。而在外面小旅社食宿，每天都要花钱的。我很着急，于是，想到请艾克拜尔·米吉提老师帮我。

此前还有个大事：六月的一天，接到一个电话，是上海《文学报》的记者金莹，说要采访我，我清楚《文学报》在文坛的重量，不由得极其惊喜，问她怎么知道我的，答说是艾克拜尔老师向她介绍了我。我一下子特别感动，自从在北京见面后，我再也没有主动联系过艾老师，这是我病态的自尊所致，怕打扰人家发烦。没想到艾老师并没有忘记我，在半年后还向记者推荐了我。于是，通过一个半小时的电话采访，一篇《赵凯：我把笔伸向太阳》以整版的报道刊登在《文学报》上。这是迄今为止我特别重视的一次报道，因为这是从纯粹的文学角度来报道的。

本来不好意思打扰艾老师，现在只好给他发信息了，说明了我的情形，问有没有熟人关系帮我。艾老师很快就回信息了，告诉我说，他正在“两会”上，但会找人帮我协调。我非常高兴，这时才想起艾老师是全国政协委员。恰“两会”刚刚开幕，艾老师正忙，但也没有忽略我这种个人小事情。艾老师委托的人恰恰和我的主治医生非常熟识。

在等候住院通知这几天，我和侄儿每天去北京一个著名的景点，比如故宫、天坛、北海公园，一位老乡妹妹小庶还陪我们游览了颐和园，千岛兄还带我去了国家图书馆，又和他的同学们带我去了香山。我是玩得高兴，又非常焦急。这天，和侄儿正在天坛，突然接到电话，让我第二天去办理住院手续。我高兴地感谢艾老师，他回复说：等开完“两会”来看望我。艾老师能帮我尽早入院，我已经很感激了，哪敢承受老师来探望我，看他博客和微博中的记录，每天都非常忙，日程安排得满当当的。虽然没有见面，但记忆中艾老师那和蔼亲切的笑容又浮现在我眼前了。艾克拜尔老师对我的关怀帮助还不止于此，后来，艾老师又在文学创作上大力提携扶植我，所以，在我心目中，艾老师是继何启治老师和刘兆林老师之后，我的第三位恩师！

医生专家组给我会诊，根据我的特殊情况，鉴于手术的风险性极大，决定了简捷的治疗方案，采取最小的微创手术，只做常规取石，之后的治疗待观察病情发展再确定。手术比较成功，医生做到了最简单最有效的极好的取石效果，后来主治医生告诉我，当时在手术室，医护人员看到我肾脏中的石头取得那么“彻底”，超出了常态医疗极限，大家都欢呼起来了，我在手术台上昏迷着，当时不知道这些。但，因为肾内部的构造像连环山洞一样，我这种脓性结石填满了犄角旮旯，目前最先进的仪器设备也无法做到完全清理干净，而这种结石因为是变异病菌组成，所以，只要有一丁点残留，就会在短时间内重新分裂增殖，很快地又把肾内堵塞。上天真的很眷顾我，只要是放在我身上的病，就是与众不同，无法摆脱的，疾病忠贞不渝地爱恋我，我成了疾病的综合标本。术后，因为手术过程中病菌从创口进入血液里，我患上了急性败血症，高烧寒战得如暴风雨中的一片树叶，值班护士说看到过患者高烧寒战，但没见到过像我这么症状厉害的。给我用的抗菌消炎药逐步升级，直到用了最好的，我的高烧寒战症状才慢慢缓解，四天后，高烧退去了。我这时才明白，自己是患了和白求恩一样的病，过去没有先进的抗菌素，现在又是先进的医药拯救了我。如果不是现代医学发展得如此好，我这严重的结石早就要我命了，想起先人留下的老话："活人叫尿憋死了"。根据我自身经验，这是能的。我甚至要感谢一根小小的塑料导尿管，无数次，因为结石堵塞尿道，我自己用导尿管解决。我的尿路锻炼得非常结实了，能自行一次次慢慢排出超大的结石，甚至排出过像一节小手指样的结石，还排出过像帆船造型的长翅膀结石，还有哑铃状的结石。术后这三四年来，结石带给我的痛楚微乎其微了，其实，病还在身上，不过是我适应它了。

有一个细节，我永远难忘：手术后，在高烧焦渴中，侄儿用小勺一丁点儿、一丁点儿滋润我唇舌的清水，是很甜、很甜的！就是白水，但高烧焦渴中竟然感觉是甜冽的。

高烧一退，为了减轻经济负担，我急忙办理出院。我手术时，是千岛兄和诗人赵天鹏在手术室门外和我侄儿一起守护我。我醒来最先看到的是天鹏小兄弟的笑脸。天鹏是辽宁老乡，大连庄河人，一直在北京工作。文学院同学诗人大路朝天请天鹏关照我一下，我们就相识了。在北京，我没有亲戚，只有师友，这就是我可以依靠的亲人。千岛兄与可普姐姐接我出了医院，安排了饯行宴。千岛兄交给我一个信封，说是广州的凯悦把压岁钱给我寄来了。这个美丽可爱的少女令我感慨万端，她的父母已经帮过我了，我不能再留孩子的钱，后来，我把凯悦的压岁钱寄还了。千岛兄和可普姐姐送我上了回家的火车，在站台上挥手告别，我眼含热泪，感动于在异地他乡我也因爱心而不孤独！

给艾克拜尔老师发了信息，告诉他，我已经出院了，这时，也是“两会”的尾声，艾老师祝福我一路顺风。

说来奇怪，原本在医院中，我病情真的很严重，身体虚弱得不堪，但一出医院大门，马上感觉精神头来了，虽然心慌乏力，但我依然体会到了疲惫中的亢奋。来北京已经28天了，归心似箭，舍得多花钱乘坐了高贵的动车。以前来北京都是乘坐夜里的便宜火车，什么也看不到，这一回，我一路欣赏着车窗外的景致，春风还未到来，可我心里真的温暖如春。

经过这一次治疗，虽然没能根治脓性结石，但症状极大减轻，尿液中没有再出现脓条丝丝团团现象，也不再经常性高烧，病情得到了有效控制。

后来，孙五郎老师说过的一句话我忘记不了，当他知道我在父亲去世后有恩师来帮助我重新站起来，母亲去世后，我又暂时缓解了肾病症状，就对我说：先是父亲把自己的生命力给了你，然后又是母亲把自己的的生命力给了你！我相信是这样，我认可这说法儿，我之所以能以重症之躯还顽强地活着，就是父母给了“新”的生命！我是替父母奔走在太阳下——我一个人是替三个人活着。其实，我更明白：是家庭亲人和党委政府领导以及文学界老师朋友们的爱又一次把我从生死边缘挽救了回来。

二十一、长篇小说《马说》：为家乡唱爱情歌谣

因为在北京治疗过程中，邓晓白老师请我吃饭时说过一句话，“像《山楂树之恋》那样写个纯粹的爱情故事也不错”，我在医院病床上就琢磨了：我能写什么样的爱情故事呢？于是，一个同胞姐妹嫁给一个男人的故事，从记忆深处浮上来了。像《山楂树之恋》那样直接进入爱情故事，我写不过人家，而且，我也不愿意那样写，可是应该怎样写才好，我在医院中一直没琢磨好。回到家后第三天，我的侄媳妇在看电视时，一个外国电影画面令我极其喜欢：一条湍急的大河，两岸是金黄的树林，父子三人在钓鱼，镜头非常唯美，像散文诗一样。侄媳妇不喜欢看外国影视，只看到了两眼，几秒钟，就调过去了，换另一个频道，我却喊：快调回来，我要看看！等再调回来，电影已经出字幕了，结局了。我却一下子受到启发：我要写的这个爱情故事，应该以唯美的、抒情的、浪漫的田园风光为基调。我赶紧上网去搜索这个外国电影，想更多了解，从中借鉴一点什么，终于查明了，这是美国电影《大河恋》，是一部好电影，根据一位作家的自传体小说改编，但这电影与我要写的姐妹同嫁的爱情故事没有什么关联。我一直苦苦思索怎么样从独特的角度来讲述，终于，马的形象奔驰到我思维的田野上。马，这是最能代表乡村农田的象征了，而且，恰恰家乡正在普及农业生产机械化，整个后老薄村，只有我的一户表舅家还在养

马。虽然没有读过《我是猫》，但我知道有一部日本名著以猫的视角讲述人的事情。我少年时，经历了生产队解体，那时我家养过一匹黑骡子，我对马类有一些浅浅的了解。好在有电脑，在网络上搜索，掌握马的知识，知道马最长的寿命是三十年，恰好农村改革也是三十年了，故而我从马一出生就遭遇生产队解体开始写起。这个时候，我的想法很简单，就是把马作为小说的叙述者，心思都在故事推进上，但是，越写，越慢慢认识到这匹马的分量在加重，这匹马绝不应该仅仅是个说书人，恰恰它才是这小说中最有重要精神意义的形象！

人类驯化马六千年了，在鸡鸭猫狗、牛马猪羊所有家禽家畜中，马的作用最特殊，马在被人类食肉寝皮之外，农耕有马，征战有马，驿路有马，运输骑乘都有马，可以说，如果没有马的参与，人类的文明史应该是另一种样子，马的出现改变了人类的国家和民族版图。当机械化时代到来，马的作用被取代了，马慢慢退出了人类生活，马被人类抛弃了。这不是人类无情，是文明发展进步的必然。

但是，面对这种现实，马会怎么想？假如只剩下我一个人，走进空荡荡的村落里，没有其他人，只有很多马，那我会是什么样的心境呢？由此，我开始感同身受地去体会马的心思，并借用唐宋八大家之首韩愈的名篇《马说》题目为我的小说命名。

对马的理解过程不是一蹴而就的，在近两个月的时间里，我完成了草稿之后，就借获得一次文学奖之机，外出游玩了十天，从沈阳到辽阳到鞍山到营口到大连，一路走过去，到处都有文学院的同学和文友们接待，诗人大路朝天说我这是文学之旅，而女诗人董燕为此写了一首诗《并非一个人行走》，我之所以敢于走出来，走这么远，就是因为心理上有依靠，所以，我说文学院同学情是我最大的财富！在鞍山，诗人田力大哥陪我一起南下，一路照顾我。在营口，小说家金文吉陪我们游仙人岛槐花林，遇到了一对新人在摄影，我们和新郎新娘合了影，我还请新娘与我合影，沾沾喜气，鲅鱼圈区文联主席请我们每人留下一首诗，我就此写了《槐花新娘》。在大连，诗人大路朝天建议我不要在照相时拄着拐，让我体现出健康的形象，他一次次地帮我拿着拐杖，有一回，照了相后，他拿着我的拐杖转身就走，这时恰是上坡又有台阶，没有拐杖我走不了，就喊住他，把拐杖要回来，大路这种爱心把同行的一位女孩子乐翻了。在辽阳，记者夏小宁和诗人洪海涌陪着我去瞻仰辽代白塔和广佑寺，这里有全国最大的镀金木佛，小宁问我想求什么，我说什么也不求，就是来替母亲拜佛。

这一次的方向朝大海走去：对大海的爱是天赋的！生在内陆的人都想去看看海，这甚至成了人生的美好愿望之一。大海为什么会有这般神奇的诱惑，是解释不清的。海就有那样的魔力，对没有看见过她的人，是一种生命中的向往与爱情。海这远方女神美丽地召唤着人们。我想看大海——母亲也想。上一年想陪母亲去看海但却没能实现心愿，成了我终生的大遗憾，此番行程就是为了弥补这个遗憾。当洁白的浪花盛开在我的视野，蓝色的海水扑向我胸怀，我又兴奋，又心酸，心潮激动也淡泊平静。一个长久以来的心愿，就这样完成了，似乎有点简单了，可的确是这样，我经过漫长的人生岁月跋涉，真的就被浓浓的友情为我簇拥着来到了大海面前。海和我微笑地面对面，我走下清净的白沙海滩，贪婪地看啊望啊：大海啊！海中有大鱼一样的轮船，岸边有海鸟一样群聚的游人；沙滩上泊着残弃的旧木船，小蟹在沙滩上爬着钻洞。拄拐踩在沙滩上，浪花吻着脚尖。海水非常洁净清澈，好想伸手浪花里，甚至想全身扑进大海去。因为我僵直的身躯无法蹲下，请朋友帮我捧起一朵浪花。我小心接过，轻轻吻了：苦涩中有丝丝回味的甜。我就这样亲了大海！第一次看到的海，因为是渤海湾，感觉海有点小，没有我想像中的海那么大。其实，我已经看到茫茫海天一色了，是不是我太贪了。这风平浪静的海啊，平静得像一位文静的少女，我喜欢；但我有点不满足了，期待大海为我而波涛汹涌，我更喜欢澎湃滔天大气磅礴的美，渴望自己像高尔基的《海燕》搏击云飞浪卷的大海。虽然体弱力乏，但我亦胸怀豪放气度。蔚蓝的海洋就像大地的翅膀在扇动、飞翔。渔船上跳下来穿皮裤的红黑脸膛的青年渔民，手拿一只新鲜的大海螺，我请求抚摸一下，贴在耳边，听大海会和我悄悄说什么。

面对海，我想起了安徒生的美人鱼，海的女儿，又想起了“海上生明月”的诗句和“张羽煮海”、“精卫填海”等美丽的神话传说。面对大海，我更想念母亲。眼前的海是圆圆的，像怀抱在臂弯中的一泓水。海很平静，像母亲的胸膛。

母亲！我在心里呼唤着。

我眼中泪水发烫了。从挎包里掏出日记本，取出夹在日记本里的一张明信片，正面是母亲和我在万里长城上的合影。白发老母亲搀扶着我，皱纹沧桑的脸上是慈祥而幸福的笑容。这合影明信片，我时刻带在身边，夹在日记本里就是为了天天看。这明信片，是我在网络上获得邮政奖励而专门制作的，左上角是我亲手设计的鲜红大字“纪念”，还写了一句心里话：母爱是最原始的语言，人到中年的我，从此失去了对一种语言的依靠。我把相片捧在胸前，朝向大海，嗓音微微颤抖地喊：母亲，看看大海吧！我的泪珠儿滴落在海水中，溅起了朵朵浪花儿。

望向远处，母亲的笑容隐约浮现在浪花中。向海那边眺望，蔚蓝的海天之际，依稀仿佛看见母亲的身影在遥遥地看着我微笑。我又想到了母亲最后看着我那微眯凝视的舍不得眼神——

这一年秋末冬初，又有一桩大事，县委宣传部副部长、县文联主席赵宇风和市作协秘书长张雅芳先后通知我，我被荐选为辽宁省作家协会第九届代表大会代表，我高兴极了，自己能够被认可参与这全省最高端的文学盛会，是很高的荣誉，人生又奋斗上了一个新的台阶！

会议在辽宁大厦召开，我第一次来到这种高规格的场所，而且是从村庄里来，真的有点受宠若惊，又有一些骄傲自豪，我深知自己是代表农民和残疾人两大群体来的。我和文学院的同学于秋彬、赵淑清、王宁、王开、李维宇、大路朝天、金文吉、杨宏、尹守国、郭春雷等一起与会，他们时刻关照着我，和他们在一起，我心里有底，知道我随时可以依靠他们。报到时，一位美丽文雅的女士主动笑问我：是赵凯吗？原来是在辽宁作家网上帮我发表报道的李黎老师。同寝室的是来自新民市的乔荣华老大哥，本不相识，见面就以文字密码破解开陌生感了。

参加这次大会，真是开了眼界，原本只知其名的多位前辈老师，都见到了，太好啦！

在大会期间，我故意装作很开朗，其实我内心中怀揣深深的自卑，懂得自己的成绩不配来到这大会上，是组织上关怀提携，我才能够坐在会场中。有个细节难忘，本来，我的名签排序在过道里面的第二个座位，文学院为我引荐的指导老师张颖看到了，急忙告诉布置会场的工作人员，把我的桌签换到紧挨通道，这样我站起来和坐下时就方便一些了，少影响别人了。

因为见到的人多，在比较中，我也看到了人们的不同，有个别人的作为让我这最底层的人也感觉摇头，丧失了我在慕其名时对其的敬仰尊敬。

会议间歇，我看到很多人与刘兆林老师合影，我稍远一些站着，故意不上前去，因为人们都知道我是刘老师一手扶植起来的，这时在众人面前显摆我与恩师的特殊关系并不好，可能会引起一些人的反感，总之，我特别想到恩师身边去，但我没有前去，我害怕于一种想当然的东西，那是一股无形但又能左右我的力量。

而且，这次大会，令我又喜又忧：喜的是新任作协党组朱庆昌书记在工作报告里提到了我的名字，忧的是，我刚来到这个层次，第一次参加省作家代表大会，但恰恰是这次大会，省作协领导换届，恩师刘兆林退休了，从省作协党组书记和主席的双重位置上离职了。我知道这样对恩师有好处，可以摆脱一些具体事物，在退休后居家潜心创作，但是，今后，恩师这副宽厚的肩膀我却难于再倚靠了。然而，此后的事实证明：省作协和文学院对我的关怀依旧，在申报中国作协重点作品扶持项目和申报省作协签约作家方面，都特殊关照了我。我感激地认识到：帮助我的不仅仅是恩师一人，而是整个作协体系。虽然有人批评作协体制的弊端，但任何事物都有两面性，我感恩于作协，像感恩于文学。

《马说》初稿完成后，我又沉寂愁闷了半年，想修改却无法着手，苦苦思考马类与人类关系的结局，认为这个文明史大事纪应该有人用文学去表现，那么，天降大任于斯人，我甚至唯心地想：或许，上天把疾病放在我身上，就是要留下我在乡村中，就是为了如今替马说出一些话。在写完《蓝眼睛的中国人》后，我曾经以为自己再写不出超越这部稿子的作品了，没有想到马奔驰到了我面前，喘息着盯住我。

以前写马的作品，大多表现人与马血肉相依，而我要写马与人分道扬镳，有了这个认识，于是，我把《马说》结尾修改了，从原来老主人去世后马不吃不喝殉葬的老套路构思，转变为马不再为人殉葬，而是回归于马，走向了大自然。直到转过年来，我才完成《马说》的定稿。可是，我对马与人这个题材的思考却没有结束，我又想写一组“马与人”的中短篇系列小说，还想写一部“大马”的史诗，用一匹超现实主义的马形象来象征马类与人类的整个历史。我感觉十分亢奋，因为终于找到了自己努力的方向。

文学院同学尹玉宁和高老师告诉我沈阳市有扶植作者出书的文化公益项目，在沈阳市作协主席马秋芬老师和文联主席白长鸿老师的推荐下，我的长篇小说《马说》在市委宣传部文艺处王英辉等领导的关怀下，列入了出版工程。同时，经过省作协推荐，《马说》荣幸入选了2011年度中国作家协会重点作品扶持项目。

2012年4月6日，春风送来了好消息，极大的喜讯！午间11点52分，我正和朋友在一起，坐出租屋对面的农家院饭店，准备吃饭，手机响了，一看，是艾克拜尔·米吉提老师的短信：“赵凯，你这部长篇，我发五期文学版，序已写好，届时给你。我现在井冈山干部管理学院学习。”天啊，我一下子懵了，乐的，高兴的，我兴奋、激动，没心吃饭了。太感激艾老师了，能在《中国作家》发长篇小说，这对我的创作历程来说，是上了一个多么大的台阶啊。

我打电话把这消息告诉刘兆林老师，刘老师感慨说：“真不容易！”我又打电话告诉何启治老师，何老师高兴得在电话里大声喊到：“太好啦！”

一个月后，我收到崭新的《中国作家》，看到墨绿素雅的封面上印着《马说——爱情的故乡》；抚摸柔和如肌肤的纸页，看着自己的文字又一次在《中国作家》这块沃土上萌芽生根，我相信自己的文字在将来还会长得更高大，从禾苗变成大树。但，岁月磨蚀不了我的感恩，我会永远牢记是《中国作家》培养了我，一座大山捧起了一棵小草。其后，《马说》被《中华文学选刊》作为头题特稿选载，创造了最底层农民残疾人作者在文坛最高端大刊上发表长篇小说的全国新纪录。我终于把对生养我、哺育我的家乡之爱大声说出来了，后来在《马说》研讨会上，家乡前辈王向峰老师说：在《马说》中，听到了乡音。

任何付出都是有回报的，马是有灵性的大生命，在现实中，我也听到了马的“知音”。

2012年夏天我第一次来到大草原，但在呼伦贝尔，令我印象最深刻的反而是绿草之上的风景，那高天上的云朵，和我以往在乡村城市见到的云朵不一样，白云在蓝天绿野映衬下，出格的白，在夕阳中，仰望那云朵，就是燃烧的海浪！

在大作家老舍命名“天下第一曲河”的莫日根河畔，赛马场上拴着几十匹马，边上这匹恰恰是红马，我在《马说》中写到的马就是火龙驹。那红马扭过头来，看着我拄拐杖一步步走近它，在距离约三步的地方，我停下了，不敢再走近，怕马一转身就会碰撞到我。可是，这大红马一动不动地安静端详着我，我也平静地与它对视，大红马似乎在辨认我，它的双眼清澈澄净，默默地透露一种必须承受的无奈与淡然，仿佛我们在做心灵的交流，我看懂了马的心思，更感慨于马如此注视我，我相信它一定是认出我了，它知道我是能替马说出心里话的人。

马凝视我足有五分钟，我被马儿的目光定格在原地，我乐于接受它的约束力量。同行的朋友在旁边拍下了马与我对视的情景。

我觉得这是马对我的信任与嘱托！

后来，在辽西碣石海滨，我牵着一匹枣红马并肩合影，我的肩膀挨着它的脖颈，它的耳朵贴着我的鬓角发丝，我们如同兄弟。待半年后，我又来到碣石海滨，又遇到一匹大红马，这一次，我敢于更亲近马了，双手搂着它的脸颊，就像脑门顶脑门一样与它对视，在马大大的瞳眸中我看到了自己小小的影子，这马也应该在我的瞳眸中看到了它自己。这马安静地接受我对它的亲昵，由衷地感动了我。

在我心中，认定了：马就是我的亲人！

我相信：马也是这样想的。

另一位作家看到我和马如此亲近，他也想效仿，伸手去抚摸马头，但，他的手还没触到马，那马就激烈地摇头摆颈，不让他碰，吓得他急忙缩回了手。

牵马的主人老哥也笑着对我说：这马认出你了！

马，是我的亲人。

马，我们就是兄弟！

二十二、辞亲人，走出家乡

2011年春季的一天，忽然接到市残联宣文处刘杰处长的电话，说孙淑君副理事长要见我。第二天上午，敲门走进办公室，孙理事长和蔼地微笑着询问我身体状况，然后告诉我，准备到残联上班。

我太高兴啦！

原来，残联正创办一份工作通讯类的杂志《共享》，刊名含义是残疾人与健全人共享社会精神文明和物质文明成果，共享生活幸福与发展机会。在祁鸣副市长与陶庆才理事长协商杂志工作时，共同研究决定，安排我到杂志社做记者编辑，发挥我的文字特长。

之前，辽中文化界张宝林老师和辽中电视台记者孟祥凤就在努力想办法帮助我走出家庭参加工作。2009年春天的一个晴好日子，县电视台记者孟祥凤陪同县党群办主任张宝林老师来看望我，那时，我才知道，我们辽中县有一位古典文化的大才子，张老师的绝句律诗是地方泰斗，放眼全国，也难找几个出其右者，我一直说张老师是生错了时代的人，如果他老人家生在帝王时代，必会凭才情出将入相。而张老师与我还有另一面的缘分，是我的间接大恩人：省作协能够帮我联络沈阳市委政府申请手术救助治疗，是因为我家乡有个病友被特批救助了，这个病友如何被救治的呢？是张宝林老师帮着写了一封求助信，寄给市委，是这封充满感情的信打动了书记，指示救治。张老师的信，一下子救治了两个绝症病人。而后来，我在辽中这边的一些事情，张老师都大力帮我，张老师爱才，我这点小才华，得到了张老师的爱护提携。我每去县城，必到张老师处拜访，然后老师帮我安排午饭，找文化界的朋友聚会。张老师说：他来到我面前，是受县委有关领导委托，因领导工作太忙，就请他多关心我。我感动张老师对我的爱惜呵护，更感激领导对我的殷切关怀。张老师留下了诗文著作，我欣赏拜读，越读越爱，那论史记人，述田园风光，都在或豪放或婉约的诗情中感染人。我由衷地写下了一篇读后感《我喜欢的》。不几日，张宝林老师又邀请县文化界多位老师来到我家看望我，慰问我，从精神与物质上帮助我，我真的非常感激，这些老师以文化情怀走近我，都成了非常好的朋友，他们的名字和笑脸，我永远也不会忘记。

在离开家乡之时，我还有一个大心愿：到父母坟前祭拜。儿女为父母扫墓，应该是很正常的事，可是对我来说，实现这一天经地义的过程仍然非常周折为难。父母的遗体火化和骨灰安葬时，亲友们关心照顾我，都不让我在场。之后，遇有祭日，亲人也不让我去父母墓地。可是，作为儿女，我的孝心还是有的，不能尽孝，我心不安啊！我下决心要排除亲情关爱的阻拦去父母坟前祭拜。

其实，去父母坟茔之前，我曾参加过一位师兄的葬礼。那是一年前，2010年5月的一天午后，突然接到评论家刘恩波老师的电话，他哽咽着告诉我：少鹏大哥走了——

啊！

尹少鹏老师是我今生难忘的知心兄长。我第一次到沈阳参加《想骑大鱼的孩子》出版座谈会时，残疾人兄弟姐妹都拿着我的签名书走了，但有一个驼背瘦小的大哥留下来，一直陪在身边，关心地问我一些事情。我当时因为忙碌了大半天，平日里没有这么多运动量，引发了肾结石疼痛，就躺在床上，捂着肚子，强忍着和大家说话。大家说带我到医院看看，我怕给大家添麻烦，不肯去。和大家讲起刘兆林老师去我家的情景，因为都是残疾人，我特意说到当时提起了一位残疾人作家残石，不想，那驼背大哥却轻声微笑说：我就是残石。啊！我惊喜得一下子松开肚腹，双臂撑床斜坐起来，与残石老师握手倾谈，原来他本名尹少鹏，与刘兆林老师是读函授大学时在面授课上结识的同窗。何启治老师在帮助我之前，帮助过残疾人作家贺绪林；刘兆林老师在帮助我之前，也帮助了残疾人作家尹少鹏，是受到刘兆林老师关照，尹少鹏老师才在文学道路上起步的。对我来说，尹少鹏老师是亦师亦友，因为刘老师的关系，更格外相亲。其后，我和尹少鹏老师电话交流比多了起来，我有什么新的构思就和他探讨。他还邀请评论家刘恩波老师一同来乡下我家做客。刘恩波老师的胞弟刘恩兵老师也是文化刊物编辑，专程驱车送他们到乡下来。刘恩波老师的大名我早就知道，以前在报纸上剪过他的作品收藏。我们一见如故，后来，刘恩波老师和我成了好兄弟，他读了我的散文《想骑大鱼的孩子》，说我的语言感觉很有特点。中国社会出版社为我出版第二本书《我的乡园》，刘恩波老师帮我写了篇评论《乡土气息和生命温度》。刘恩波老师邀请我去辽宁大学本山学院和同学们交流，尹老师也陪着我一同前往，因为他驼背压迫内脏，气息短促，上台阶时，我等着他，刘恩波老师拉着他。我去北京治疗，在夜里上火车之前，尹老师他们一起给我饯行；当时，天冷，他气管不好，我电话中不让他来送，说等我回来去看他，可他还是来了，老是略显疲惫地微笑着。没有想到那一次相见，竟是永诀！三天前，他给我打来电话，说了几句话，就说喘息很累，我说“那我说，你听”。那竟然是我最后一次听到他的声音。

我眼噙热泪回想着与尹老师交往的一幕幕，还想起我们一起与刘兆林老师聚会时的欢愉情景，历历在目，多么希望这一切能长长久久。尹老师在社会上打拼多少年，我刚刚能够行走，重新回归社会，尹老师经常嘱咐我一些事情，在各种场合应该怎么办。因为他不上班，时间充裕，所以，我有什么想法了，第一时间就打电话和他说说，是商量，更是请教。因为都是残疾人，我们的心思能想到一起，合得来。只是，以后，我再想找人说说话时，就无法拨打那个记在心里的号码了。

我很想去吊唁尹少鹏老师，可是，我又忧虑自己的身体状况，会给尹家嫂子带去担心和麻烦。就在我想送尹老师最后一程却又不方便前行的为难时候，刘永伟哥哥打来了电话，他也是听说了尹老师的事，想要告诉我。他和李如老师、马良海老师商量好明天早上去参加尹少鹏老师的葬礼。我说了我想去又为难的心思，现在他们这些人都去，那就好办了，我跟他们在一起，有他们照顾我，就不用尹家嫂子分心惦记我了。我急忙请嫂子帮我换了衣服，又电话找了出租车，在黄昏时分奔向沈阳，进入沈阳已经华灯璀璨了。我先电话联系尹家嫂子，到她家楼下，她来接我上楼，一见面，拉着我的手，尹家嫂子就哭了。我劝尹家嫂子节哀顺变。我向尹老师遗像鞠躬，因为我身体僵直，这礼行得比较勉强。尹老师的神情很亲和，在我的泪眼中朦胧了。我忍抑着，拭去泪水，平和地劝慰尹家嫂子，听她讲述尹老师最后的情形，原来，尹老师是急病发作，在去医院的出租车上，尹老师安详地在妻子怀中悄悄飞走了。等尹家嫂子发现时，他的微笑已经凝固了，就是眨眼之间的事情。尹家嫂子非常漂亮，心地善良，原来是学校教师，是读了尹老师的短篇小说，喜欢他的才华，与他交往，后来又顶住娘家和社会压力，与他结合，照顾他近二十多年，他们的女儿已经读大学了。我忽然感觉，作为残疾人，尹老师能有这样的爱情、婚姻、家庭、女儿和事业，他应该是欣慰而去的。

第二天早上，我们再聚集在尹老师家，刘兆林老师也来了。在这种悲哀气氛中见到恩师，我的心思更加滋味复杂。刘兆林老师亲切地轻声问我身体恢复得怎么样？李如老师哭着对我说：“尹大哥最惦记你！”我点着头，眼泪一下子就无声地淌了。我知道，我懂得，我相信。

在殡仪馆，看到了尹少鹏老师最后的形象，躺在那儿，像安详地睡着，似乎他的身子非常薄，像一片叶子，轻轻飘落了。向尹老师鞠躬，我的身子骨僵硬，只是微微点头示意而已，但我知道尹老师理解我的。追悼会非常冷清，我为之感伤。但也想：或许这样清静，正是尹老师喜欢的。因为尹老师家里人手少，刘兆林老师带着尹少鹏老师的女儿璐璐去烧纸钱花圈等祭品，刘兆林老师对于尹少鹏老师来说，做到了胜于亲人的兄长情谊。

看着墓园，空旷又悲寂，这是我第一次参加葬礼，置身于悲痛的人群，眺望着这人间的归宿地方、天地间的另一个世界，无法不想起我自己的父母，我能来师友的葬礼，更应该去看看故去的父母。

父母葬在爷爷奶奶旁边，坟墓就在村口外的田地里。我家住在村庄的最后一条街上，站在我家屋后的房岗上，透过小树林，就可以隐约看到向东偏北的坟茔。亲人向我指点过，但田野里有多座坟茔，远远地，我分不清哪个是哪个。总之，我心里牵挂着那个方向。农村上坟，不可随便去，要挑日子。转眼又到了春节前，要给故去的长辈烧纸钱，送去过年的礼。但，那腊月里，冰天雪地，我就没张罗要去父母坟上，就算张罗了，家里人也不会让我去。

正月初一，我在瘫痪十八年后做了人工双髋关节置换重新站起来这四年里，第一次去给堂叔婶拜年。归来，我路过村口，就站在那儿，向雪野中的一座座坟茔眺望，寻找哪儿是我爷爷奶奶和父亲母亲的？因为总是窝在屋子里，不懂殡葬习俗，长久以来，我都不知道夫妻是合葬在一座坟包下的。小时候，在路上看到田地里的坟茔，一个一个的土包，一直以为那里面只埋着一个人。也就是这两年，不知怎么突然就开窍意识到：夫妻应该是居于一座坟冢中的，就像活着时睡一个被窝儿、住一所屋檐下，“生同衾，死同穴”嘛。我意识到了爷爷奶奶和父亲母亲是应该有两座坟包的，但仍不能完全确定，毕竟我没看到过。大年初一，我站在村口路边，遥望田地中的几座坟墓，感觉东北角挨着浑河大坝下的两座坟茔，可能是俺家的。隔着皑皑冰雪，我含泪伫望，抱起双拳，揖在胸前，默默呼喊：爷，奶，爸，妈，我给你们拜年啦！站了好一会儿，我才恋恋不舍地走回街里。回到家，我就问：俺家的坟是不是在坝根底下呢？可家里人说：是在那块田地的西北方。那么，我眺望的那两座坟茔，是看错了。我说：正月十五，给亡灵送灯，我去。家里人都说：你去干啥？送灯是晚上，黑灯瞎火地。我坚持说：拿手电呗，我早就想去坟上看看。二哥说：要想去，你等清明吧。我认可了这个主意，清明，我等清明、盼清明了。

春风起了，清明时节一天天近了，我早查了日历，清明是四月五日。我想跟随家里人上坟祭拜。可是，四日晚上，四嫂帮我洗脚时，跟我说，大哥和四哥白天给父母填了坟包；我忙说：明天上坟，我也去。四嫂惊诧地说：你去啥？人家都去完了。我也惊诧：今天，烧完纸钱了吗？四嫂说：烧完了。我这个懊悔，就是因为担心亲人好心拦阻，我一直没再提起想去坟前祭拜的话，想等着家里人去时，我跟着就是了。我坚定说：那，我明天自己去！四嫂说：你去能行吗？我说：咋不行？行！四嫂又说：你等明年清明再去吧。我不再说什么，但我心里还想明天去。

第二天上午，十点了，阳光很好。我穿上新衣服，心情忐忑地走出屋门。我想：就这样空着手去，不去小店买纸钱了，爷爷奶奶、父亲母亲是不会挑我理的，我去了，他们就高兴了！四哥和四嫂在那边菜园里种土豆。我坚决地走出院门。身后，四哥隔着院墙喊我：干啥去呀？我回头说：上那边走走。我决心想：就是不让我去，我也要去！四哥没再说什么。我坦然地向前走了。看到东边的泡子里还有一些浊水，这里曾经是生产队的养鱼池，我原以为会干涸了的，阳光在水面上闪烁金鳞。在岸边看到树下生长出了一小丛一小丛的嫩绿蒿叶，春天真的已经来了。

我边走边想：我自己冒然去，能找到自家的坟吗？又想：哪怕找不准，就算再站在路边看看，我也要去！走出街东口，再向北去，我看到田地里几处坟前有人在放炮仗，在焚纸钱。身后有轿车驶过来，停在前面不远处，也下来了几人向田地中走去。我看到有一个人从田地里走出来，就询问：您知道赵英超的坟是哪个吗？他也不知道哪座是我父母的坟。我继续向前走，巡望着田地西北角的坟茔，越近，看到有两座挨在一起的坟包，离路边七八十米的样子，那坟前没有花圈，没有立碑，这朴素的才符合我家，而且那坟包转圈儿的田垄有挖过土的明显痕迹，四嫂说昨天大哥和四哥填过坟，应该就是这儿了。再看看近处的另两座坟茔，都是孤单的，我更觉得，这两座挨在一起的坟，就是我的爷爷奶奶、我的父亲母亲了！

我急切地想走上前去——

春暖了，土路翻浆，有的地方踩上去软绵绵的；路与田垄间隔着浅浅的小沟，冰雪融化，有点泥泞粘鞋底。我怕自己滑倒了，如果摔了，那就是大事！但，停步在路边，我又不甘心。踌躇了一会儿，我决定小心地迈入了田垄间，认真走每一步，不敢有闪失。走过了几步，就放心多了，轻松多了：这田间本没有路，我走过的地方就是路。去年秋收留下的苞米茬还根根如矛地戳立着，我留心着不要绊了，边走，还要边睃望那两座坟包，这到底是不是我爷爷奶奶和父亲母亲的坟啊，可别再弄错了。终于来到坟前，看到那烧纸钱的紫花破漆盆好像是我家以前曾经使用过的，有点眼熟，这更让我放心一些，觉得自己没有找错。再看坟周遭新挖土的迹象，更认定：是，就是这儿!

停下来，我摒住呼吸：爷，奶，爸，妈，是这儿吧？我来看你们了。我在心里默默说，没有大声说，但，我知道，亲人在地下是听得见的。我沿着两座坟包转悠一圈儿，又从两座坟包中间穿过去，想：这一前一后的两座坟，哪一座屋顶是我爷爷奶奶的，哪一座屋顶是我父亲母亲的呢？我流连在这儿，走几步，停一会儿，心里和亲人说几句话：爷，奶，爸，你们都是头一回看到我走路的样子，我能走啦！奶奶是1989过世的，爷爷是1992年过世，而我是1988年病瘫的。父亲是2004年归去的，我是2006年做的人工关节置换手术。又有几人从旁边的田垄上走过，我一眼就看出了是谁，但我没有说话，因为每个人知道我是那个传说中的病人时，都会同样地惊喜。而人家却问我了：这是谁家的坟？我只好说：老赵家的。那女人说：哎呀，是赵英超大哥的吧。我点头。这反而更促使我相信：我找对了！她接着说：我想起了，我去年来，看到你家人在这儿上坟的。那男人问我：你是？我笑说：是老相家二叔吧？我是赵凯。我小时候，你当我的老师，教过我的。他惊喜地说：你能走啦？我点头说：嗯。我听说他在十多年前就举家迁到县城了。那女人边走过去边说：我大嫂没福啊，儿子能走了，她还没了，都说我大嫂跟老儿子借光了，上北京了哪。我心里酸楚地笑着，说：我头一回来，不知道哪座坟是我爷奶的，哪座坟是我爸母亲的。二叔已经走到了我的东面，回头指着说：前边那座是你爷和你奶的，后边是你父亲你母亲的。我明白了，他说的前边就是西边，我这才意识到：死人是说到西方极乐世界去，那么，安葬也是以西方为尊了。二叔走远了，还回头大声看我说：他能走了，可挺好!

我转回身来，伫立在爷爷奶奶坟前，抱拳作揖，微微鞠躬拜了三拜；又来到父母面前，抱拳作揖，微微鞠躬拜了三拜，我的眼泪终于流出来了。我想跪在父母面前，可是我不能够！我暗语轻声地泣说：爸，母亲，我要走了，到城里上班去，你们好好保重啊。我又向父亲母亲说了我今后的打算，请二老的在天之灵护佑我达成心愿！我的泪水止不住了。因为周围不再有外人，只有我的四位至亲，我终于敢出声音说话了，也是带哭腔。说完了心里话，我也不愿意离去。小时候，跟随母亲或四嫂下田铲草时，遇到坟茔，我远远就绕开了，总感觉坟墓所代表的死亡是冰冷的，鬼魂是令人惶惶可怕的。而今，我来到坟墓前，却感觉这坟墓是亲近的，感觉死亡也是可亲的，因为这坟墓里是我的血脉亲人，我感受到了泥土深处的笑容，有亲人躺在里面，我感觉这一方土地都似乎有体温的暖。我甚至想躺下来，像依偎在母亲胸襟前那样，亲一亲——多想时光能够倒流啊！

流连了一个多小时，田地其它坟茔前的扫墓人大多走了。我终于说：爷，奶，爸，妈！我要回去了。清风吹进了我的耳朵中，我听到了亲人的话语。我又说：明年清明，我还来！然后，狠下心来转身迈出了步子。我的心情又压抑又欢畅：沉甸甸是深痛的思念，轻松些是因为一个心愿实现了。我想不回头了，可是，走出二十多步，我还是停下来，转回身，仿佛看到了亲人站在门口送我远行。

二十三、特殊的农民工

2011年8月1日，我到沈阳市残联报到正式上班了，还签订了劳动合同，成为了从事文化打工的农民工。多少年来，我一直渴望走出村庄，到文明发达的城市文化氛围中，如今这心愿终于实现了。凤凰涅槃，我为自己成为了一名标准的农民工而自豪！

起初，四哥和四嫂不放心我一个人来到城市，忧虑地问我：能行吗？

这么好的机会，我一定要把握住。

范彧兄长在电话中对我说：赵凯，你在村庄里再呆十年，还是现在这个样子。

好利来村的哥哥姐姐们也高兴地嘱咐我：来吧，在市里遇到啥事，有我们呢。

还有文学界的老师和朋友们，到沈阳，我方便和他们更密切接触交往。

更有我的残疾人兄弟姐妹们——

刘永伟哥哥是最早建议并鼓励我来城市的人，他帮我安置好了出租屋，我到城市上班就住进去了。我到市内后，刘永伟哥嫂来看望我，接我到他们家里去过节，还给我送饭。一个周日，下大雨，刘家嫂子煮了饺子，让刘永伟哥先骑自行车，给我送来，看着我吃饱了，刘永伟哥又穿上雨衣，在秋风冷雨中，饿着肚子骑一小时车回去。我到他们家里，老人也非常喜欢我，那病重的老母亲不喜欢人多，嫌吵，但看到我，她却难得地微笑了。老父亲手颤抖着帮我挟菜。刘永伟哥哥患小儿麻痹，嫂子是健全人，又非常漂亮。双方父母是老同事，当初，是岳父母先看到刘永伟这孩子虽然身体有点问题，但是人好心地好，就让宝贝女儿嫁他。如今，他们的孩子读高中了，学业非常优秀，考入沈阳最好的育才中学，工薪阶层的父母省吃俭用，供孩子上学，并为此而骄傲。因为丈夫身体情况，刘家嫂子比别家女人要多付出一些，但她至今仍然认为自己嫁对了；老岳父母也向我挑大拇指夸女婿好，当初没有看错人。在这个家庭里，我感受到了浓浓亲情的温暖。在乡村，我有四哥嫂的家；在城市，我有刘哥嫂这个家。刘永伟哥哥自己是残疾人，可他以健全人的心态，一直和健全人一起工作生活，不仅仅是帮我，并且尽自己所能，经常帮助其他残疾人兄弟姐妹。我们沈阳残疾人朋友中，很多人都得到过他的关心帮忙，众人也爱他，有什么心里话都愿意和他说。刘家嫂子并不阻拦丈夫帮助其他残疾人，总是在背后默默支持着。

我这个生活不能完全自理的人，因为有这么多的关爱，才敢一个人来到城市工作生活。至今，我已经来城市两年了，我的生命继重新站起来学会行走后，又一次在生存能力上发生了翻天覆地的大变化，我这原本依靠家庭和政府供养的人，如今做到了自食其力！

以前，在乡村家里，母亲和嫂子关爱我，不让我自己干活，我能做的也不让我做，衣服脱下来有人洗，饭有人给做，吃完了，筷子一放，碗都不洗，嫂子曾笑说我是温室里的花朵；在城市，我学会了自己洗衣服，也学会了煮粥和面条。起先那半年，我自己不开伙，经常泡方便面。正月初八从乡村家里回到城市上班了，晚饭时，街上饭店都还没开业，只好自己煮粥，为了不出意外，我专门上网搜索了如何煮大米粥，淘了米，电饭锅插上电源半个小时，水还没热，电话向朋友咨询，一样样寻找故障，原来是我没按加热键。

在我刚到沈阳时，沈阳好利来总经理朱林大哥就送我一台微波炉，有了它，真是方便多了。那是2010年春节前，博客中相识的刘恩涛哥哥引荐朱林先生等一行人来乡下看望我，为我庆贺生日，我品尝到了鲜美的好利来蛋糕，过了今生当时为止最为隆重的一个生日。这是从网络上到现实中相识相知的一个友爱群体，号称“好利来村”，村长是朱林，因为他属虎，大家都叫他虎哥，我称呼他为老虎大哥。老虎大哥看我使用的电脑太小、太旧了，就送我一台笔记本电脑，如今我写作此部书稿，用的就是这个电脑；村支书是霜姐，霜姐不仅仅送我照相机，还给我嫂子买了好衣裳。刘恩涛哥哥电话中告诉我，大家在回去的路上，都说：赵凯这小兄弟，我们交定了！后来，大家一次次来乡下看望我；我到城市工作生活，这好利来村群体也是我最坚实的依靠之一。

后来，我还学会了借用晾衣夹和取物器脱穿裤子。以前，在电视上看到过拾荒者手拿一杆长长的夹子，不用弯腰就能捡起地上的废纸饮料瓶等东西，但也没想到自己可以用这东西，到残联后，无意中知道了原来有残疾人专用的取物器，就是形同拾荒者手中的长杆夹子，因为我手摸不到膝盖以下，所以，就算在我面前的地上放一沓钱，我也只有视金钱如粪土。我一下子网购了两根长杆夹子，真好用，书掉到地下也能捡起来了。慢慢磨炼，现实逼迫我已经具有一定程度的独立生活能力了。我外出办事能力也增强了，起先来到城市，邮局和银行，都不敢去，都不知道在哪儿，更不知道里面是什么样，办理程序如何，一有事，我就电话求刘永伟哥哥帮我办。后来，慢慢地，我硬着头皮去了银行和邮局，办成了事情后，才讪笑原来不过如此。

在单位，我的工作就是和其他同事一起编辑出版双月刊杂志《共享》。一期期刊物印刷出来，我翻阅着，这纸页图文间，也凝聚着我的汗水与心血，想像众多读者捧阅的情形，真的胸怀自豪和成就感。我又做记者又当编辑，忙得不亦乐乎。我热爱这份刊物，喜欢这个工作，我觉得自己终于找到了用武之地。这刊物，这工作，让我觉得自己不再仅仅是衣来伸手、饭来张口，我成为了对社会有用的人，用一己之长为残疾人文化事业做自己力所能及的贡献。虽然拄着拐杖，但我经常跟着单位各部门的同事深入基层采访，从而了解了残联工作的许多内容，意识到政府和社会为我们残疾人事业付出了非常多的爱心，然而，大多数残疾人依然生活得不太如意，这其中有很复杂的原因，甚至不是依靠政策法规能解决的。

工作的另一大收获是促进了病体的康复，原本在乡村家中，我只呆在屋子里，老是在看书、用电脑；到城市后，因为上下班走路，外出采访开会，我的活动量增加了几倍。我感觉到自己的行动能力比困在乡下时灵活多了，亲友和同事们也都看到了我的变化，为我高兴。然而，辩证地看，任何事物都有两面，阳光总会带来阴影。我的双髋人工关节是有磨损的，计划使用期限是十五年到二十年，我这样超负荷使用，会缩减人工假体的工作年限，双刃剑啊。可是顾不得那么多了，现在我只能是珍惜每一天，争取每一小时、每一分钟都快乐生活，紧紧抓牢当下的幸福。

2012年1月2日，来沈阳后结识的残疾人企业家宋欣大哥邀请我们几位残疾人文学爱好者聚会，因为我行动上不方便，为了照顾我，专门挑选在我住处附近的一家“小渔港”饭店。

宋欣大哥五十出头，他在十七岁时，过铁路遭遇火车，四肢三残，仅剩下左手是健全的。说起来，他有个奇迹：那一年，他初中毕业前，写了一篇作文《花与会飞的花朵》，语文老师批阅后，惊奇赞叹不已，就帮他投稿给《沈阳日报》“万泉”副刊。当时，《沈阳日报》“万泉”副刊是我们沈阳市的一块文学圣地，很难在那发稿的。宋欣大哥在车祸后，头脑还清醒的时候，首先是自己救了自己，他看到自己断肢伤口动脉血喷不止，就请围拢来想救援又不知道怎么做的人帮自己把伤口扎紧止血，人们情急中找不到绳子，他躺在地下正好看到别人的脚，就提醒人们用鞋带。后来，医生都说：是这止血为抢救赢得了时间。这都是宋欣大哥爱看书的结果，之前他读过《民兵战地救护手册》。宋欣昏迷了几天几夜后，老师和同学们拿着发表了他处女作的报纸跑到医院，他母亲流泪贴着耳朵把这消息告诉昏迷中的儿子。冥冥中一定是有神奇的力量，宋欣大哥仿佛听到了这喜讯，他醒了！后来，我与当年的“万泉”副刊创办人、老诗人解明老师在一起时，说起了这事，因为上世纪70年代末，恰恰是解明老师做编辑，对他而言，只是编了一篇平常的稿子，却不知道这稿子的发表唤得一位在死亡线挣扎的少年提前苏醒了。我电话请宋欣大哥过来，编者和作者在事隔三十年后，握手了。宋欣大哥有文学天赋和学识功底，但后来因为身体伤残，生活现实所迫，进入商海打拼，成为了企业家。他不同于别人，不使用自己的残疾身份享受国家赋予残疾人事业的福利待遇，而是和健全人一样正常经营，正常纳税。在商场成功后，他并没有真正放弃文学，根据他爷爷在伪满洲国监狱中营救共产党干部和其它抗日民族英雄的史实，写作了长篇纪实文学，刚刚完成初稿的以残疾人福利工厂为题材的长篇小说读后令我惊叹，这些都开创了当代小说的新领域。

宋家嫂子也是个传奇的好女子，十四、五岁时，她和姐姐坐着哥哥开的拖拉机上山打柴，因为和大家一样砍倒了粗大的禁伐规格的树，哥哥被林业警察带走了，怕警察再回来没收拖拉机，这是家里最贵重的家当，于是，她这个小丫头大胆地坐进了驾驶室，从没有碰过拖拉机的一双小手，愣是把哞哞儿吼叫的铁牛从山坡上开回家了，还是安全到家。嫂子粗通文墨，学驾照时，在老公指点下对条条考题是死记硬背，结果一考，过关了，而那些满腹经纶的人，也有不少没考过的。在驾车上路第七天，嫂子就上高速了，拉着男人开车回吉林长白山里的娘家小山村去了。永远坐在副驾驶座位上的宋欣大哥说：“当初，咱俩登完记了，法律都承认是两口子了，可娘家人还一次次地把她拽回去——”当然了，嫂子也是一次次地跑回到这个重度伤残男人身边。如今，他们的孩子已经读高中了。

在“小渔港”吃饭，自然要点海鲜，可是这家饭店的海鲜太不新鲜了。刘永伟哥哥帮我夹了一个生蚝，要蘸辣根儿吃，我第一次吃这种东西，刚放到嘴里，就觉得不对味儿，很想走到外面去吐掉，但因为我坐下到站起来的过程太费劲，就强忍着硬是吞咽了下去。当天晚上，我上吐下泻，几番折腾，虚弱气喘，一会儿高热冒汗，一会儿寒战，盖着两层棉被还打抖。因为动作慢，脏了裤子，无奈中也强迫自己用夹子能够做到脱换清洗了。以前，从不敢自己脱裤子，因为自己穿不上，这回，裤子脏了，不脱不行，使用长杆夹子脱成了，简单清洗了身子，不穿上裤子也不行，那明天怎么出门呀？能依赖的还是手上的长杆夹子，也真的费劲巴力穿上裤子了，先把裤子放在地下，脚伸进去，用夹子一点点往上提。我就这样被迫学会了自己穿裤子，做到了以前做不到也不敢去做的事。身边没有一个人，冷清清的屋子里就我自己，半夜三更，连个倒水递药的人都没有。心在挣扎，可是我没有再掉泪，熬着，挨着，挺着，盼到了天亮，然后去医院输液。

恰此时，我还要与房东见面，办一些证明材料，最嘎巴冷的严冬，鞋面的皮革都冻裂口了。我发着烧，脸通红，硬撑着下楼打车，女司机关心地大声问我：你这样咋还自己出门，你媳妇呢？

我苦笑说：我是自己一个人。

稍后两天，才知道，那天吃饭的人里，几个人都发病了，这是典型的食物中毒。可是，我初来乍到，不愿意惹官司，众人也都是多一事不如少一事，没有人去找饭店，也没有人投诉。然而，这次患病，很久没好，拖延得时间长，22日，到了除夕早上，过年了，我还在喝药。

这是我以农民工身份回家过的第一个春节，逢年过节，回家的拼客出租车就涨价，是平时的双倍，可是我和其他人一样，依然要回家。回到家，与二哥又住在一起，乡村屋子里比城市楼房冰凉，可是亲情温暖。

初八上午，我又离开了家，去城市上班，虽然在城市遇到难处时身边没有人照顾，但，我不能回头，我没有退路，我不能回到过去再依赖哥嫂照料。

元宵节的晚上，宋欣大哥和嫂子把孩子留在家里，又约了另外几个人，陪我一起过节，说是来沈阳的第一个元宵节不能让我自己一个人过。当时，刘永伟哥哥把妻儿和老岳父岳母留在家里，马良海老师把老母亲送到妹妹家中，宋贵红大哥把妻儿送到岳父母家中，然后都来陪我过节。

我怎么能不感动？面对兄弟姐妹们，我没有泪水，只有微笑。

端午节的时候，我正肾结石发作，每天到医院输液，没有回乡村家里过节。宋欣大哥电话给我，想陪我过节，我善意地谎说已经回到乡下了。第二年的元宵节，恰逢双休日，宋欣大哥又电话给我，我又告诉他回家了。一个小时后，宋欣大哥又打来电话，告诉我下楼吧，到对面的农家院饭店，我从窗口向外张望，看到宋家嫂子已经停好了车，正走进旁边的超市去买汤圆。

我拿着长长的鞋拔子穿鞋，低头看穿好了没有，泪珠儿掉到了地板上。

还有令我难忘的：在我进城工作生活一周年的时候，残疾人兄弟姐妹齐聚“绿江春”饭店为我庆贺“生日”，于晖妹妹还为我买了一个大大的生日蛋糕，面对一张张笑脸，我感觉置身于一个和睦相爱的大家庭之中，感动得想哭，但是我没有泪，只有欢笑，我必须笑，我懂得大家都愿意看到我永远这样笑。

在沈阳，我拥有三个友爱圈子：一是残疾人兄弟姐妹们和残联的领导与同事们；二是好利来村的哥哥姐姐们；三是辽沈文学界的师长、同学和朋友们。我在乡村有个家，永远为我敞开屋门，哥嫂、侄儿和他媳妇与小侄孙随时等待我回家；我在沈阳城里还有个大“家”！这众多师友，都是我在城市的亲人。

然而，在这浓浓友爱中，我依然体会到一种无法摆脱的孤独：一个人呆在出租屋里，身边没有说话的人，我常常会不由自主地把心里想的说出来，当意识到听众只有自己，我就忆起读《老人与海》时，海明威写到老人驾一叶孤舟，在茫茫大海上，总是自己跟自己说话，最初我不太相信这样的描述，自己跟自己有什么好说的？现在，我感同身受地理解了，这是真实的，或许发射出耀眼光芒的海明威也曾在喧嚣中时常有过切肤刻骨的孤独体会。

2012年夏季的一个下午，我和老师、同学正在小聚，席间接到一个电话，自称是《中华文学选刊》编辑安静，告诉我《马说》被择选为“特稿”了。大家举杯祝贺我，腰后忽然就隐隐作痛，我意识到是肾结石病又犯了。我一直默默忍着，待华灯璀璨，大家分手时，我感觉自己发烧了，不敢走出饭店的门，外面夜风很硬，我怕出去后冷得哆嗦。万琦老师拦住出租车，我才匆匆忙忙出门上车，老师一直把我送到出租屋楼下。

整整一夜，我忽而睡着，忽而疼醒，忽而高热，忽而寒战。

第二天上午，合租房的小伙子下夜班，我请他到楼下药店帮我买了退烧止痛药。然后，我强打精神，去参加同学的婚礼，我必须去，因为我刚来沈阳的那半年，遇到经济为难的时候，新郎和新娘都帮助了我。外面正下着雨，我穿了厚夹克，就像雨衣，其实我是怕发烧寒冷。到饭店落座后，和同学乔姐握手时，一摸我的手，她就问我：咋这么热？我悄悄告诉她：发烧了。新郎新娘来敬酒了，我真是为他们高兴，有情人成眷属，英俊与漂亮的艺术结合。

之后，折腾了半个多月，独自跑了几家医院，天天输液，直到在医生的帮助下，我僵硬的身躯费劲地勉强匍匐在超声波碎石机上，一下一下地接受机器的震颤拍打，因为我衣兜里的治疗费不够了，才电话告诉刘永伟哥哥，请他帮我送钱过来。当刘永伟哥哥赶到时，我已经瘫趴在机器上虚脱得哆哆嗦嗦地唯有喘息了。不是机器拍打的原因，是我二十多年习惯于仰躺的病躯无法承受这艰难的必须长时间匍匐治疗的姿势，我忍受到极限了，渣滓洞集中营的老虎凳也不过如此吧。我的眼睛充血了，看到的景象都是朦胧红色的。

刘永伟哥哥把我送回出租屋，责怪我隐瞒了这么多天，怎么不早点告诉他。

参加辽宁文学院首届编剧班，结交了多位新朋友。同寝室的是赵天鹏和陈雨飞，天鹏是我在北京治疗时认识的，雨飞是初识，但他们对我的关心照顾是一样的，最主要的就是帮我洗脚，这是我生活中最大的难题。雨飞坐在地板上边帮我洗脚边说笑的情形，我永远也忘不了，我的好兄弟！毕业那天，同学们留恋地分别，天鹏乘坐晚上的火车回北京，于是，下午，他先来到我的出租屋，这里离火车站近。夜里，严寒中我送他上了出租车，在路灯下，天鹏和我拥抱告别，我非常心酸，他一走，我又是一个人了，整整一个月和老师同学们的大家庭生活彻底结束了。我回到楼上出租屋里，那时，继波和小松也早已搬走了，新的合租伙伴还没找到，面对空荡荡的大房间，两室一厅，就是孤零零的自己，一种冰冷的空旷笼罩在心头，想到自己来城市这么久，一些美好的愿望依旧还是愿望，这种孤寂遥遥无期，不知何时才是尽头，于是我放声大哭，在屋子里，哭泣的回声都是空荡荡的。

一次次去北陵公园花草树木间寻找我与梅花姐的脚印，物非人也非，这高大的苍松和飞鸣的鸟儿早已经不认得我了，屈指数来，二十五年啦，小路上是一对对恋人，身边飘过一朵朵鲜艳漂亮的女孩子，却嗅不到我梦中那个姑娘的青春气息了，只在泪水朦胧中，看到我与梅花姐手拉手的身影模糊远去，消逝在雾岚中，再也唤不回头了。

有一天夜里，我正在电脑前忙着，忽然感觉身边来了一个身影，侧脸一看，啊，是梅花姐。虽然这么多年没见了，但我一眼就认出了她，是的，就是她，这笑容，这眼神，我经常在梦里看到的，我惊喜地问：姐，你怎么了来了？她笑说：我在网上看到了你的文章，就找来了。我大声说：太好了，我盼你好久了。梅花姐向我伸出了秀气的纤手，我们的手又牵在了一起，我们紧紧拥抱了——

二十四、读书励志·感恩回报

2011年春天，四月初的一个傍晚，手机响了，是短信："赵凯老师，您好！我是东北大学学生会陈磊，读过您的书，想请您来校和同学们交流，您的身体情况方便吗？"我立马欣然同意，又是一次好机会，可以有理由外出放风了，我是多么渴望出家门走一走啊，还有，能和大学生们见面，和青年人在一起，多好。尤其是东北大学，这是我慕名向往已久的大学，早就在读文史资料时知道这是张学良创办的大学，也是全国著名的重点大学。还记得大约是1986年，在《沈阳晚报》上读到过刘半农作词、赵元任作曲的《东北大学校歌》，"白山黑水"什么的句子，还有印象。于是，一心等待着东北大学那边确定日子，恰好是世界读书日前一天，市残联也组织残疾人读书座谈活动，刘永伟哥哥了解这个事情后，向宣文处刘杰处长和阅读写作趣味协会李如老师建议，让我给残疾人兄弟姐妹讲一讲自己的的读书学习经验，激励大家。4月22日，这一天对我来说是个特别的日子，早上匆匆忙忙乘车，去县城参加入党笔试，小客车误点，我到考场时，已经开始答卷了。交卷后，我又匆匆乘坐拼客车，急急忙忙向沈阳城里赶，要在午后一点左右赶到会场。

给残疾人兄弟姐妹讲我的读书阅历，开始时很紧张，后来就放松了，大家笑说我下半场比上半场讲得好。讲到少小时因为读书惹母亲生气时，我控制不住自己的情绪了，潸然泪下，母亲逝去对我心理的沉痛打击，在母亲走后好长一段时间里越来越强烈！母亲突然就驾鹤仙飞了，而我还生活不能完全自理，我需要母亲！大多数母亲走时，可以放心，因为儿女长大成人自立了。我的母亲临终前拼尽气息，微微苦笑着用力深深看了我一眼，母亲是带着对我的担忧、不放心走的。我相信：在我站立在众人面前讲述的时候，母亲和父亲的神魂就并肩在彩云端微笑地看着我。

傍晚时分，马良海老师和刘永伟哥哥陪我来到东北大学，陈磊在校门口迎接，一个很清秀干练的大男孩。东北大学校园可真大啊，像花园一般漂亮，我举目流连，多么希望时光倒淌，恢复健康，成为这里的一名大学生。有了在残联的预演，晚上给大学生们讲时，我真的不紧张了。站在讲台上，面对座位中的几十人，我觉得听众有点少，但我依然很激动，这里是东北大学的讲台，我仍然感觉仿佛面对全体大学生们一样，高兴而郑重，即便是只有一个人坐在这儿，我也会认真地去讲，对他说我自己的生命体验，分享我的感悟。怕自己控制不住情绪，我故意回避不提母亲。大学生们热情地帮我想治病办法，令我感动。刘永伟哥哥帮我制作了精彩的幻灯片，我还不习惯用，讲时基本忘记了翻页面。两个小时过去了，我所做报告的基本宗旨就是在逆境中不要放弃自我，甚至是在绝境中也要怀有梦想和希望，肉体被厄运捆绑，心灵却应该自由飞翔。我以对梦想和希望的阐释做了结尾：梦想和希望是我灵魂的一双翅膀，因为有梦想，得以支撑我活下去，因为有希望，我才没有绝望；梦想和希望也是我的救生圈，我在命运的巨大漩涡中挣扎了十八年，因为抓牢了“梦想和希望”而没有沉没；梦想和希望也是长夜中的灯火，我苦苦地向那灯火摸索爬行，黑暗里的火光，看着仿佛很近，其实非常遥远，我爬了一整夜，也没能到达火光面前，然而，走过长夜的人已经是胜利了，迎来了比火光更加灿烂辉煌的黎明。

讲完了，仍然意犹未尽，有位年龄成熟些的人还追着我探讨问题，我以为他是老师，原来他是研究生。走出东北大学校门的时候，夜风凉爽，华灯璀璨，与青春可爱的大学生们告别，依依不舍，我对大学校园有向往，对大学生们有羡慕，因为大学是我生命中缺失的东西。

我当晚就近住宿在马良海老师家，带着人生演讲新体验的亢奋而睡不着，回顾这一天的两场报告，虽然我讲得不好，但我能站在台上把两个小时讲下来，就是成功，我原来一直害怕自己站在台上说不出话来的。在我读初中时，曾经有过那样的经历，元旦联欢会上，主持人让我到前面讲话，我站在那儿好长时间紧张得张开不了口。如今，我懂得这是开启了我一项新的工作内容，以后，我还要有更多的报告场次去面对，用我的生命奇迹鼓舞更多的人。

每每在做报告时，我讲述的大都是我在逆境生存中还葆有乐观，其实，就像一片叶子的正反两面，在我身上，乐观与悲观是同在的。

我也有抱怨！我感激上天安排我出生在教师家庭，想读书有一些书，虽然不多，也早早地懂得了世间有可以写作与投稿的事情，有的农民家庭，真是拮据得买药没有钱，不懂得有一种本子叫稿纸。但有时候，我也恨命，恨怨自己如果不出生在这个家里，怎么会得病，或许就是健康人了。我也抱怨家里穷，如果有好多钱，送我去大地方更好的医院，或者就不会眼睁睁瘫痪了？我诅咒恨问上天，我前世到底犯了什么罪，今生要遭受这样的惩罚？当窝在屋里听说外面原来认识的谁谁现在混得好了，我心里暗自不服气，以吃不到葡萄的心思想：我就是被老天爷撂倒了，若不然，我不比他差。

我向母亲索要购书稿纸和邮寄费用时，总是吱吱唔唔脸红羞愧，不如请求医药费时坦然；病囚岁月，我经年累月捡亲友旧衣服穿，母亲每次想为我买新衣服，我都断然拒绝，就是觉得自己不能在吃穿上再让家里破费，新衣裳穿在我身上是浪费，能将就才心安一些。我为什么委屈自己，还是恨病吃苦药的心态。疾病不仅仅带给我肢体上的残瘫，还给予我心理上剜心刺骨的伤害，那是为人最低标准的本能尊严都被削缺一大截的痛楚。有时甚至觉得自己活得不如一棵树、一只鸟，连家里养的鸡猪猫狗都不如，鸡猪猫狗对家庭也有贡献，我活着只是亲人和社会的累赘。所以，我从自身经历刻骨铭心地认识到，人最大的痛苦不是疾病本身的剧痛，而是疾病带来的自我不能自主生存、不能自由活着、不能自己解决自己事情的痛苦。其实，进城工作带给我最大的幸福就是我能自己养活自己了。

在刘兆林老师来到我家前，在我被关怀救助前，抱怨也是我精神生活的另一面，只是我在家庭里、在亲人面前表现得很平静，我不能为照料我吃喝拉撒的亲人再增加心理压力。在我被关怀救助重新站起来后，在我的文学梦想一步步走在实现的正轨上后，我越来越心境开朗，精神上的阴霾被爱驱散了，阳光总在风雨后，我的笑容在夜里也是满月啦，我有力量影响别人了。

恰恰就是在写作这一段文字的今天，2013年7月6日当晚，一位沈阳市职业高中的女孩儿在网上哭着告诉我，她与父母发生了分歧，一时想不开，打开窗户，站到了窗台上，在最后关头，她想到了我对她说过的话：在生活中遇到任何困难，都不要放弃希望，更不要放弃自己的生命！

在网络上还结识一位文友杨晓霞，古典诗词写得非常棒，她还是党员，动员我入党，这正合我意，于是认真地写了入党申请书，镇党委王洪海书记很关心我的入党愿望，帮助我参加党课学习。“七·一”前，党组织领导面试考核新党员，有一个严肃的问题：你的入党动机是什么，为什么想入党？我郑重回答：因为感恩，是党和政府拯救了我，给予了我新生命！

我光荣地被批准为中国共产党预备党员了。一年后，预备期满转为正式党员。作为新党员，我做了一件事，怀着感恩心去西柏坡，以自己的方式迎接“十八大”。能重新走路以来，我第一次独自行程这么远，高速公路驮载着小船似的轿车急急流淌，向我心中的渴望飞去。从辽阔坦荡的华北平原射入茫茫苍苍的太行山麓，走进历史大书的册页中。在河北省政府机关工作的一位兄长，是网络上结识的文友，他和孩子陪同着我，照顾我。我拄着一根拐杖，不是战场上的伤兵，但我也是胜利者，是人生厄运战场的战士。我走的每一步，都是爱心创造奇迹的步履，是从严冬迈向春天，脚印里生出了美丽的绿草野花。

到了！高耸着大红的碑刻语录：新中国从这里走来！进入这仿佛似曾相识的院落，我小心谨慎，谦卑地拜访这一户户尊贵的院庭。朴素的山村院落，很齐整，能看出好多为旅游刻意经营的人工气息，遥想当年这里应该更质朴、更纯厚。一处处简陋的泥墙平房，是领袖们办公居住的地方，还有中央军委作战指挥室，运筹帷幄，决胜千里，夺取全国一系列战役大胜利。中国共产党第七届二中全会的会场礼堂，就是在这里决策了关于未来国家政权发展规划。这里的屋子都很小，但又非常大，这里包容了中华民族的过去与未来，是一个最闪亮的感叹号！

仿佛看到领袖们正走过院中去开会，我拄拐杖站在他们中间，毛主席以浓重的湖南口音笑问我：同志，你是哪里来的？

我说：我是从您建立的新社会中来的。

周总理笑问：你来这里做什么？

我答：我来学习一种伟大高尚的精神。

又仿如我就是当年这里穿着军装的战士，在站岗，打扫院子，或者我是一名文字工作人员，拿着文件，匆匆走过。来到这里，我一点也不感觉陌生，我认识这里的一切。到了这里，我不再是外来人，我是这个群体中的一员。我感受着历史，也融入到历史氛围中。我的魂和他们在一起，有了归属。面对党旗，心中由衷地重温了入党誓词，念诵“两个务必”，体会伟大的高瞻远瞩，高屋建瓴。这一处平民院落承载着比金碧华屋更博大更先进的思想，这是生长于泥土、根深深扎入民众心灵的思想，所以擎天纬地，像青松秀拔草原，像山峰起于高原。当今的社会拯救了我；当年，在这里，领袖们拯救了中华民族。

西柏坡，前依河流，背靠群山，这是一个平凡的地方，也是一个神奇的地方。当历史选择了西柏坡，西柏坡很好地完成了自己的使命。西柏坡，我聆听到了你的述说，上了一堂庄严的党史课，不由得思考着：我已经在瘫痪十八年后重新站起来了，学会重新走路了，自食其力了，我还应该做到什么？

从西柏坡归来，就遇到辽中县一位小学生彭小浔患骨病需要帮助治疗的事情，我捐出了一万元稿费，之后又专程去探望了这个孩子，以自身经历鼓励他战胜病魔的勇气。我这样做，既是按照一个党员的标准要求自己，全心全意为人民服务做表率，又实行着一个被党和政府及社会大爱拯救的残疾作家感恩回报的心愿。

我一直没有停下追求的脚步，想去北京鲁迅文学院学习。在中国，每一个纯文学写作者都把去鲁院学习视作大事、好事。每一届办班，分配给各省的学员名额只有一、两个。若是在省作协这边争取学习机会，和其他作家相比，我觉得自己的创作成绩还不突出。看到历届院学员名单中有来自各行业系统的学员代表，比如水利、电力、冶金什么的，于是，我想通过残联组织推荐。在鲁院招生期间，我专程去北京，到了中国残联才明白，原来不是什么部门系统推荐，而是行业作家协会推荐，而中国残联还没有成立作家协会，所以，没有推荐资格。

我来北京还有一个热切的目的，那就是拜见恩师：何启治老师！

之前两次来北京，何老师都在南方老家那边，没有见到恩师，是最大的遗憾！这一次，电话约好了，一定要拜会恩师。前两次来京，是老母亲和侄儿洪洋分别陪护我，这一次是我自己来的。最先来那次，是邓晓白老师姐姐接站；第二次来是千岛兄接站。这一次，还是千岛兄！我走出车站，找到千岛兄的车，兄弟拥抱，我非常感慨，这就是我在北京的亲人。虽然千岛兄是南方人，在清秀的外貌下，胸怀和北方人一样豪爽，但凡外地亲友们来北京，大都是他接待，他对我更是特殊关照，甚至刘永伟哥哥带孩子来北京时，我也请千岛兄帮我接待照顾了。千岛兄先带我去了一家风味独特的饭店，可以休闲小憩的，之后可普姐姐带着可爱的女儿赶来了。他们关心我来北京的事由，帮我出主意。

当晚，千岛兄把我带到他家里住宿，嫂子和小侄儿都非常热情，像家里人一样，令我非常感动。

拜望何老师，也是千岛兄陪同送我过去。

车轮数过一个个街道门牌号，我离恩师越来越近了。由时光铺就的思念道路，好长好长，从1994年与恩师通第一封信，如今是2012年，掐指一算，啊，又是一个十八年哪！我从1988年瘫痪到2006年做人工关节手术站起来，就是十八年！我的命运中怎么会有这么多的巧合呢？

找到了，就是这里，恩师的家就在这儿。上楼，敲门，我好激动，胸膛里心脏砰砰跳。回想那与世隔绝的漫长病痛年月，如果不是何老师关爱鼓励我，我怎么能坚持过来？如果不是何老师请托刘兆林老师关照帮助我，我哪有可能站起来回归社会人群呢？

门轻轻开了，何老师微笑着站在那儿。因为，早已看到过相片，感觉一点不陌生，就是强烈地印象到：恩师老了！

我们这特殊的师生终于握手了。

古代有尊师的典故：程门立雪。我想：师恩大多是指在学业上，老师对后生的培养，而何老师与刘老师把不会走路的我重新搀扶起来会走路，这种师恩，中外鲜有，许多年之后，我们这特别的师生情或者也会成为佳话。我对师恩能做的回报，就是努力写作，争取写得好一些。

我介绍了何老师与千岛兄相识，然后，我又向老师汇报了这几年我个人的变化奇迹，感谢何老师的知遇之恩。何老师很高兴看到我能来到他面前，这是以前那些年没有想到的事。何老师在帮助我之前，还帮助过陕西残疾作家贺绪林，那时候，何老师专程风尘仆仆地去咸阳农村看望投稿作者贺绪林，帮助其改变了命运，现在贺绪林老师是著名作家，是地方作家协会的主席了。而刘兆林老师帮助我之前，也帮助过尹少鹏。所以，何老师与刘老师两位恩师对弱者的关爱是一贯的。

中午，何老师请我和千岛兄吃饭。席间，何老师说的一句话，我永远忘不了。何老师笑着对我说："等你成为准陈忠实的时候——"。我由衷地想起了长篇小说《白鹿原》，就是因为读这部小说，我才得以跟何老师建立联系，《白鹿原》是何老师编辑生涯中最得意的作品，《白鹿原》是于我有恩的一部大书！

午后，何老师请千岛兄和我观赏了北京电视台为何老师制作的专题节目《名著背后的无名英雄》，介绍了何老师编辑张炜的长篇小说《古船》与何老师帮助柳建伟取得文学大成功的一些事情，更有何老师向陈忠实约稿二十年终于把《白鹿原》捧给这个世界的过程解密。

何老师热情地赠给我和千岛兄好多书籍，并签字留存。

何老师年岁大了，千岛兄和我都看出何老师有点疲劳了。何老师虽然退休了，但每天仍然长时间伏案工作，养成了午后休息的习惯。虽然依依不舍，但我们也起身告辞，何老师送我们到门口。想到相识十八年，才得以与老师相见，而这又是怎么样的十八年，此番分别，又是何时才能再见？何老师七十六高龄了，此生一共能与恩师相见几回呢？要下楼梯了，何老师走出屋门送我们，我转回身抱住恩师，伏在老师肩头痛哭失声——

就是因为有这样一位文学前辈的肩膀允许我这躺在偏远乡下最底层的文学爱好者倚靠，我才能够在此刻走到恩人面前来！再造之恩，此生无以为报。

写到此，我依然热泪长流，只好去洗了脸，才能稳定情绪重新写下去。

从西柏坡和北京回到沈阳，这天午饭后，忽然看到手机上有个未接来电，于是打回去，是辽中县电视台记者孟祥凤。是她采访我，我们才相识的，之后多次交往就成了“铁哥们”。她电话中说到，有个孩子患骨病，急需大笔治疗费用，祥凤想帮助那病孩子。祥凤的爱心我是知道的，她曾经组织帮助一位尿毒症患者换肾，成功地挽救了一条生命。如今，她又做爱心公益，我必须和她站在一起。我初来沈阳时，因为劳动合同还没签署，从家里带来的钱，交了房租等开销后，手头很拮据，衣兜里只剩下不到二百元了。祥凤来看望我，走时，我送她下楼，在她上车后，笑着告诉我：在我的电脑下面，她放了五百元。

祥凤介绍说这个病孩子十二岁，我脑海中立刻闪现出我十二岁时正在遭受病痛折磨的情形，强烈地感同身受。我对祥凤说：我捐一点吧。正好，我手头上有《中国作家》给我的《马说》稿费。缴纳个人所得税后，我得到了稿费一万八千元多一点。

想起收到汇款单后，我去取钱的情景，真是好笑。以前，我没去过邮局，有事，都是请刘永伟哥哥或者同事晨飞的阿姨帮我，这一回，刘永伟哥哥调动工作了，没有时间帮我去取，而这么大的数额，又不好再请晨飞的阿姨帮忙，那等于是给人家太多的压力了。于是，我决心自己去取款。没见过这么多现金，总觉得怕有人抢劫，总想像有人看到我取钱后，跟踪我走到路上，然后把我推倒了，把钱拿跑，我根本追不上，况且，我摔倒后自己是爬不起来的。我很自以为聪明地觉得：应该把钱装在不起眼的东西里，然后，从邮局出来，就去另一条街上的工商银行网点，因为我有工行卡，存上。我找了一个黑色不透明的大塑料袋，把李娜姐姐帮我买的穿袜辅助器装进去，然后，取了稿费，厚厚一沓，装在穿袜辅助器里，走出邮局大门。我想：这路上的人，都不认识穿袜辅助器这“高科技武器”，谁见到了都会傻眼。烈日下，我像做贼偷别人钱一样，汗流浃背地拄拐走过长长的炽热街道，很安全地把我的巨款保存好了。

后来，自己也觉得可笑，我这没见过大钱的人，认为是巨款，可是，对别人来说，这么点钱，就是小钱，在沈阳买楼房，不够三平米。

之后，我去呼伦贝尔草原和北京之行，花销一些，还交了半年房租。把银行卡插入取款机时，显示账户上有一万一千五百元。我本来告诉祥凤是捐五千，因为原本不知道卡上具体的详细数额，现在，一看是一万多，想到那患骨病的孩子正急等着做手术救命，也许因为多一点钱就能提前两天进入手术室，就能获得良好的治疗效果。于是，我瞬间就心血来潮地决定取出一万，交给等候在路边的出租车司机，带回辽中去。

我回到出租屋，躺在床上，原本拿卡去银行的路上，我一直心情慌乱，因为没有做过这么大的事，如今做完了，我反而释然了，一下子心态平静了。并且，做善事会收获快乐的情绪，我非常高兴，觉得就是在帮助当年的自己。正好这一天刚刚换了新日记本，我也简单记了这事。如今重新查阅日记，才明确认准日期，那一天是2012年9月4日。之后，我谁也没有告诉，没有告诉家里人，也没有告诉师友，因为我觉得大家知道这事都会反对。我的现有能力不适合做这事！

一个多月后，我去参加杨大群文学奖颁奖仪式，见到了辽中来的田明旭老师，他惊讶地问我捐赠的事，我也吃惊地问他怎么知道这事。他说在电视上看到的，我急忙电话祥凤，让她不要再公开了，她说只是在电视上公布了一下捐赠名单。当时，我不想公开这事，是怕别人说什么，害怕别人说我是在做秀，对我来说，用一万元做秀，这代价太大了，我想做秀还有其他的方法。如今，为了体现出我这个人“折射阳光”的主题，又必须把这事写出来。然而，另一位特别关心爱护我的残疾人大哥知晓此事后打来电话，好心指导我说：以后再不要这样了，那样等于你把自己的路堵死了，别人帮你，你还帮别人，那样，以后谁还帮你，都觉得你太会玩了，你要好名，谁是傻子？我一下子心情沉重郁闷，原本以为一人有难大家帮，就把难关和坎儿度过去了，却不想，从长久考虑会这样后果。好在，沈阳这边的师友并不知道这事，于是，我还放心一些。我和这位大哥说：其实，我并没想这样做事，是事情找到我头上了，恰好我手里有这笔钱，如果没有，我想做也做不了。一直以来，我真正想做的，是将来有能力后，帮助一个像我一样的病人，做人工关节置换手术，社会帮助我站起来了，我也帮助另一个人，都帮我没有能力，“一报还一报”吧，我只帮助一个人重新走路就好了。然而，年底，我听说一位山西的文友患癌症了，文友呼吁帮助她，当初，在网络上共同参加奥运会征文时，她也帮助过我，让她的支持者给我投票。于是，元旦后，我又从银行给她账户里打过去一千元，这就是我一个月的工资了。

一直有朋友们劝我积攒一些，以备将来应急之需，我坦然笑说：钱到用时方恨少，咋攒也不够。再说了，我这点工资，不吃不喝又能攒下多少？不如攒点人情。我也在以微薄的稿费点点滴滴帮助身边的残疾人兄弟姐妹，去山东省日照市时，我还以农家书屋作者的身份去看望了残疾人农家书屋管理员周飞。

我们辽中县有个退休老人们组建的风华歌舞团，多年来对社会上的弱势群体给予关怀帮助，他们也帮助过我，去我家看望我，并赠送两千元慰问金。我当时虽然还没有工作，但已经有了一些稿费收入，就婉拒，请他们把钱转赠给更需要帮助的人。宣传部赵宇风副部长对我说：“对爱心不要拒绝！”我想到自己上网拒绝一些人对我的帮助，结果连朋友都做不成了，于是我收下了风华歌舞团的情意。后来，在参加一次慈善活动时，风华歌舞团又对我们一些有困难的人给予帮助，我先收下了一千元慰问金，然后转赠给了身边特殊教育学校的聋哑孩子们。为此，我和风华歌舞团张君兰团长等演员们、与辽中特殊教育学校校长苏秋颖大姐都成了好朋友，情谊是最珍贵的。

在报纸上读到关于人体器官捐献的事，说目前需要器官移植的患者非常多，但捐献器官的人极其少，好像全辽宁省四年里才有十六位遗体捐赠者，而在医院里等待器官移植的患者如沙漠里的人渴望找到水。我是病人，我渴望健康，也愿望别人都健康。早就听说过，一个人的眼角膜能让三四位眼病患者重见光明。我期望自己这疾病标本一样的病躯能为人类医学做一点贡献，我的眼角膜应该可以合适给别人使用，这样，就等于我将来会借助于别人继续观看这美好的世界。我早就有这想法，可是当年在乡下，那环境不适合办理捐献事宜，而且，和亲人在一起生活，我也做不了自己的主。这回，在城里了，我能自己决定做什么事了，于是，我开始办理遗体捐赠的事情，早早安排好后事，免得将来麻烦，万一我突然病重了，自己不能办理捐赠了，那一切就泡汤了。按照报纸上留下的器官捐赠接受办公室的电话号码打过去，我热情说自己想办理遗体捐赠，接电话的女同志平淡地说，我们这不具体办捐赠，你再打这个号码，告诉我一个电话号码，我又拨打过去，对方依旧告诉我一个新号码，又拨打，又告诉我一个新号码，五个电话打完，我感觉失望极了，没弄明白谁管这事，好像没有人要"遗体捐赠"，我想给还给不出去了。我甚至不想再打电话办这事了。我本是下了很大的决心，偷偷自己做主，不敢告诉哥哥嫂子，怕他们心理上不好接受，想悄悄地先把生米做成熟饭再说。我也是怀着做一件大事的兴奋来打电话咨询的，可是接电话的人都是公事公办的工作口吻，甚至令我偏激地感觉到他们是在推托，好像都打算把这种事挤兑黄了才好，没有一个人热情地告诉我应该怎么样做才对。

我确实是想办成遗体捐赠这事，而且，我这人虽然处世谦卑，脾气随和，但骨子里非常犟，越不好办的事，我越要去碰。无奈，继续打电话，从省里一单位到省里另一单位，从省里到市里，从市里到区里，从区里回到市里，从市里又到县里，终于支派回户籍所在地，打通了辽中县红十字会霍丽莉会长的电话，霍会长非常热情，约好我回辽中时去她的办公室，并留下联系方式，我一说自己的名字，她还早就听说过我，我向她说起打了一圈儿电话的事，她也无奈苦笑，说这是制度的事，没有办法。几天后，我专程回辽中，先到家里见到哥哥嫂子，我没说办理捐赠的事，只说回家来看看，第二天去了县城，见到霍会长，填好一些表格，关于公证，又出麻烦了，县里的公证处办不了遗体捐赠公证，要到市里，公证完，还要回到县里来才能办完程序。霍会长无奈地对我说：你这行动不方便，来回跑真是太难为你了，但只能你本人去办公证。她又告诉我，之前有一个农村小伙子，好不容易劝说通媳妇和父母，来办遗体捐赠，结果，听说要去市里办公证，也是嫌麻烦，拿了表格走后，再也没回来，好几位想捐赠的，最后都是这结果。我说：我肯定会去办公证，肯定会回来，我办完之后，我也要给你们上级部门提个意见，建议就应该是一站式服务，不能让想捐赠的人来回跑，而且想办事还找不着大门。比如我亲身经历这事，我把电话打给捐赠部门了，就应该热情地留下联系方式，说我们帮你办理，指派就近的部门工作人员约谈办理事项，对不方便的人给予上门服务。在中国这种国情里，一个人想捐赠遗体，要经过直系亲属这道关是多么难的事，而亲属好不容易同意了，却被受理部门的公事公办给“拒绝”了。不久后，又在报纸上看到呼吁捐赠遗体和器官的文章，我打电话给报社，说我就是看到你们的报道才决定办理捐赠的，虽然愿意捐赠的人少，但不是没有人捐赠，是受理捐赠的渠道还不通畅。记者说你这个信息很好，我和领导商量一下，对捐赠难的事做个相关报道。结果，记者再也没有电话联系我，估计报社领导是不愿意做这种负面的不温暖的文章。

从我生活工作的沈阳残联这里，到沈阳市第一公证处，还有很长一段路程，不通地铁，我又难于承受坐公共汽车的摇晃，乘出租车还有点心疼钱，于是，公证的事拖延下来了，但我知道自己一定会做成这件事。后来，我在山东做报告的日子，就感觉有一件什么事还没有做，但我一时又想不起来是什么了，回程的火车上，在夜里睡不着，忽然就想起，遗体捐赠的事，还没办公证呢。一天天，忙忙碌碌，又拖延着，电话早咨询好了，每周三下午才受理遗体捐赠的公证，或者周三下午没时间，或者周三下午有雨，或者我忘记了，想起来时，已经周四、周五了。8月14日，我以破釜沉舟的决心打出租车去办公证了。

亦师亦友的田明旭老师知道我办理了遗体捐赠这件事情后，也去办理遗体捐赠，然后他打电话告诉我，在我们辽中县办理遗体捐赠的，他是第二人，我是第一人。这消息令我非常惊讶：辽中县有近五十万人口，现今社会，文明如是，科学精神深入人心，我怎么会成为全县做遗体捐赠的第一人呢？我打电话给县红十字会会长霍丽莉求证，果然是这样。这个“第一”，让我骄傲，也感觉无奈。

我这副病躯，至今能够活着，行走在世上，感恩众人对我的关爱。我把自己将来的遗体捐赠出去，视作最后的感恩回报。许多年以后，将有陌生人替我活在这世界上，我真诚感激那几位帮助我的器官继续活着的人们，我们一起追求健康，永远！

二十五、登泰山：爱心是最伟大的医生

《马说》单行本原本应该在夏天出版，可是一直等到雪花飞舞才拿到成书。

《马说》先在《中国作家》发表，然后由《中华文学选刊》选载，艾克拜尔老师为我作的序言发表在《文艺报》上，如今出书了，沈阳出版社编辑王莉老师又告诉我一个消息，《马说》获得沈阳市五个一工程入围奖了。对一个最底层作者来说，一部稿子能得到这样的结果，应该知足了。

我还想开一个研讨会。

《马说》发表后，我就向高海涛老师请教了这事，老师说："你和我说就对了，我们创研部为你组织研讨会。"

在我心目中，继何启治老师、刘兆林老师和艾克拜尔·米吉提老师这三位恩师之后，辽宁作协副主席、辽宁文学院原院长、辽宁作协创作研究部主任、《当代作家评论》主编、第八届茅盾文学奖评委、学贯中西的著名文学评论家、独树一格的散文家高海涛老师，是我有幸又遇到的一位指导我心灵精神世界的授业恩师。我一直有个心愿，等将来，和高老师合著一本师生对话录，因为高老师说过的话，常常触动我心灵深底，极其感慨，比如："康复是文学乃至生命的最高主题！"还有："苦难是沉重的花朵，上帝不会选择把它放在弱者的肩头！”。

我和高海涛老师的相识，是因为我申报辽宁省作家协会的签约作家，我的成绩本不够申请签约，但我看到这一年在正式签约之外，还评聘见习签约作家，见习签约我也不够格，是因为我的特殊情况，省作协和辽宁文学院特殊关照我了。省作协签约作家这一块，归辽宁文学院管理。秋天，我参加辽宁文学院的签约作家会议，入住宾馆后，辽宁文学院院长高海涛老师到各房间看望与会作家们，我们才第一次相识了。高老师给我的第一印象是和蔼可亲，关心询问我长途乘车累不累，好好歇息歇息，又特别嘱咐我，有什么不方便的特殊需求，就提出来，会尽力帮着解决。我双掌合什诚恳感谢。那次会议在丹东大梨树召开，举行篝火晚会时，高老师体贴我站着太累，安排我坐下，其实，在广场上，只有那一个简易的主宾桌和几把轻便的折叠凳，我的僵直身板只能坐靠椅，高老师又请服务员帮我找来靠椅。我红着脸不好意思地笑说：这都是尊贵的领导老师在座，我坐在这儿不合适吧。高老师笑说：你坐在这儿太合适了。我才敢放心坐下来。还有参观影视城时，在一座仿建的青楼前，高老师和大家说，有一本拉美小说就叫《青楼》，先期翻译过来时，叫《绿房子》，这时，我在旁边轻声说：巴尔加斯·略萨。高老师赞许地看着我点头笑说：对，对！

我把《马说》单行本给高老师送去，研讨会就开始筹备了。

高老师把我介绍给沈阳市文联副主席王哲年老师和创评部李晓慧老师，他们商讨决定由辽宁省作家协会创研部和沈阳市文联、沈阳市残联一起举办我的《马说》研讨会。邀请省市著名作家、评论家与会，名单中有恩师刘兆林老师和全国著名文艺美学家、鲁迅文学奖获得者、我的同乡前辈王向峰老师，有老作家肖士庆老师、文学院院长王多圣老师，从外地远路而来的秦朝晖老师（我和大家一样称呼他为二哥）、韩春燕老师，还有市作家协会秘书长白小易老师，以及我的同学们，贺颖和孙焱莉也是从外地赶来，王宁和春雷是在省作协工作。还特别邀请了市委宣传部领导、最早推荐我这书稿的王英辉老师，以及出版社的责任编辑张旭老师，我们残联马爱民副理事长以及宣文处王维林老师等全体同志，还有受邀请而来的各媒体朋友们。

高海涛老师亲自主持会议，他的主持题目是《一部当代乡村的成长小说》：

> “今天是2012年12月14日，我们在这里为赵凯的长篇小说《马说——爱情的故乡》举行创作研讨会。12月是一年最忙的月份，但是为了自强自立、奋发有为的赵凯，也为了他这部奇异而美丽的作品，许多领导和作家、评论家都接受了我们的邀请，有的甚至是不畏天寒路远，专程从外地赶来的。应该说赵凯的人生道路充满了坎坷与艰辛，他的文学道路也同样充满了考验与挑战。但是他不屈不挠、顽强勇敢地站了起来，不仅人站了起来，作品也站了起来。毫无疑问，这里有他的亲人兄嫂的倾情关爱，有各级领导的关怀和扶助，有他的同学和文学界师友的支持和鼓励，更有他个人的顽强拼搏与自我超越。每当想到赵凯，我总会联想起安徒生的一篇童话，前苏联作家巴乌斯托夫斯基在《金蔷薇》里引用过，说在寒冷的冬天，一棵小树就要冻死了，所有的叶子都已经凋落枯萎，但这时有个孩子用爱的手指轻轻地抚摸了它一下，这棵小树就瞬间获得了生命的力量，迎着漫天风雪，全身开满了美丽的花朵。
>
> 赵凯就是这样的一棵小树。
>
> 记得他在文学院学习的时候，他的同学们都称他为‘阳光少年’，虽然他从小残疾，其身世仿佛来自‘第十九层地狱’，却似乎比所有的人都更阳光、更坦诚、更懂得感恩，更理解爱的意义和文学的力量。他总是用自己纯真的笑脸和对生活、对生命的诗一般的挚爱去感染周围的人。因此他今天才写出了《马说——爱情的故乡》，这是他的第二部作品，第一部长篇小说。我想用三个‘独特’来概括这本书，那就是独特的题材、独特的视角、独特的情感和想象力。”

接下来，老师们的发言令我感动，刘兆林老师回顾了他当初去看望我时我所处的困境，我情不自禁地流下了滚烫的热泪。大家表扬了我这小说中的优点，也指出了不足，说我写马的时候才华横溢，写人的故事就捉襟见肘了，这与你的生活阅历少有关。王向峰老师说我现在是骑着马前进。

我把四嫂也请过来了，嫂子的发言很简短，主要就是惦记我，对我自己一个人在城市生活不放心，希望能早日有个媳妇，像她一样照顾我。高老师点评说："赵凯嫂子的发言尤其令人感动。今天对于赵凯来说，是他人生的一次辉煌，借用黄蓓佳小说的题目比拟：'这一瞬间如此辉煌'，所以当赵凯提出要请他嫂子过来，我说不仅是应该的，而且是必须的。当看着从小长大的弟弟不仅有了一份能够自食其力的工作，而且还在文学创作上取得成绩的时候，这位多年悉心照料他的嫂子最有权分享他的幸福。冯平是辽宁省'优秀母亲'、沈阳市'十大杰出母亲'之一，让我们大家和赵凯一起谢谢她，也谢谢天下所有像她这样贤良的嫂子和母亲！"

然后是我的答谢感言：我感谢了在座的师友们，更感谢了没能来到会场的领导老师和朋友们。我感觉父母和黄世俊老师与李光幸老师就在云端微笑地看着我。高老师总结说："赵凯的答谢词说的很朴实，也很真诚。我们大家都衷心希望赵凯能够在《马说》的基础上再接再厉，身体越来越康复，精神越来越成长，创作越来越丰硕，以奥斯特洛夫斯基式的理想精神，史铁生式的境界和情怀，去攀登新的文学高峰。你的小说中写了一匹小红马，它令人感动和思考，但还不够经典。据说你的下步写作计划还是写马，相信你能写得更好。爱尔兰诗人叶芝从小就迷恋一匹小红马，俄罗斯列维坦的名画《三月》中也有匹小红马，在春天的雪地里，美得像个精灵，这些都应该成为你写出新的'马说'的审美动力和资源。最后，我想把两句话赠给赵凯，一句是俄罗斯伟大作家陀思妥耶夫斯基说的，他说：'我只担心一件事，我怕我配不上自己所经受的苦难'，现在的你已经无须担心，你已经证明自己配得上你的苦难了，但关键还要超越苦难，同时也超越自我。还有一句话是臧克家先生的诗，那首诗叫《老马》：'总得让大车装个够，它横竖不说一句话，眼里闪过一道鞭影，它沉重地把头低下'。这首诗中'老马'的形象据说是中国农民以及劳苦大众的象征。我之所以提到它，是期盼你也能把你笔下的马，升华为象征。在任何时候，马的形象，都是人的本质力量的对象化。我把臧克家的《老马》重新填词，赠给赵凯，也赠给在座的各位，——总得让生命装个够，我们横竖都宠辱不惊，眼里闪过2012，人类依然向往永恒。”

第二天，《沈阳日报》的记者王少红大哥率先报道了农民残疾人作家赵凯长篇小说《马说》研讨会召开的消息。之后，韩春燕老师为我写的评论《形而上的乡村书写》与贺颖的《从童话到现实的距离》相继发表，尤其是后一篇还发表在《中华读书报》上。《中华读书报》书评周刊主编王洪波老师早就扶植过我，我在乡村家中时，王洪波老师帮我编发过几篇小稿，如《我也是个偷书贼》、《刘兆林的情感世界》和《一个人的文学史》等等。因为了解我，王洪波老师推荐我参评“2013·全国十大读书人物”，最后荣幸获得了这份崇高的荣誉，这是我迄今为止获得的第一个正式个人荣誉称号；在海南全国书博会上举行了“十大读书人物”颁奖典礼，中央电视台还在世界读书日为此制做了特别节目宣传推动全民阅读。

好事情接踵而来，我又被聘任为辽宁省作家协会正式签约作家，在全省只选评十五名成绩突出的青年作家，我是签约作家制度实行九届十八年来首位获此殊荣的残疾人作家。参加采风会议归来，又得到好消息，中国作家协会公布了2013年新发展批准入会名单，我也榜上有名，是沈阳市第一位农民残疾人国家级作协会员；很快就收到了中国作家协会寄来的入会通知，稍后寄来了会员证，加入中国作家协会，我长久以来的一个目标实现了！之后，因病少年失学，初中只读了一半的我，通过自学，获得了文学创作专业二级的副高职称，说是相当于副教授；被国家新闻出版署评选为“2013年度全国十大读书人物”，我是辽宁省唯一获得此项荣誉称号的人。

家庭的一些事情也尘埃落定了，二哥赵永文在元旦后因重感冒引发综合症于医院中病故。二哥最后病重的半个月，四哥、四嫂和老姐姐一起尽心尽力照料，没白天没黑夜地陪在病床边。陌生的病友不了解情况，起初有人看到四嫂对二哥照顾得那么好，还误以为是夫妻。恰巧这时候县委宣传部推荐四嫂参评“感动沈阳”活动，记者们来采访，记录下了亲情和睦的影像资料。其中《沈阳日报》有一篇报道写到《丈夫的哥哥就是我的哥哥，嫁给了丈夫就是嫁给他们一家人》：“昨天中午11时，在辽中县老观坨镇医院2楼的一个普通病房里，51岁的冯平正在帮助身患类风湿、脑血栓的二哥翻身、起床。冯平微笑着和记者打招呼。她告诉记者，二哥其实是二大伯哥（丈夫的二哥），今年61岁，一生未婚，因为类风湿身体不能直立，他们一起生活。在这间普通的病房内还住着三个病号。病号们告诉记者，‘最初入院的时候，还以为他们是夫妻俩，女的侍奉男的非常熟练，擦身、倒尿、换衣服都像妻子照顾丈夫，很了不起啊。’听到病号们这样说，冯平笑笑说：‘丈夫的哥哥，也是我的哥哥’。”

之前，我在电话里对二哥说，等元旦放假我回去看你。两天后，四哥来电话告诉我二哥加重了，我放下工作赶了回去。二哥已经昏迷了，枯萎得蜷缩成一小团，脸色惨白，输液扎针的手冰凉，四嫂用暖水袋给敷着。

我很痛心。我没有泪水。我盼望二哥早一点解脱。我们的罪应该遭够了。

我仿佛看到了自己的将来。现在，二哥病重，哥嫂和姐姐还有力气照管，等我到了那一天，哥嫂和姐姐已经需要儿女照料了。

二哥清醒时，曾对病友们说：“我这小样儿，能活到六十多岁，多亏了家里人照看得好，以前靠爹母亲，后来靠兄弟姐妹，够本了，没啥惦记的了。”我觉得二哥应该是有抱怨的，怨谁呢？怨老天爷吗？都说上天是公平的。我们三个病兄弟找不到伤害我们的凶手。还有个问题搁在我心里，无法问二哥了：二哥，你有过恋爱吗？二哥病瘫那年是二十四岁，那时候，青年们的婚恋都比较晚，当时在生产队，社员和知青们都喜欢跟二哥交往，大家都管二哥叫“二哥”，有的年龄比他大的，也跟着叫“二哥”。二哥很重情义，在朋友圈中很有威望。一些乡亲们不愿意和知青们有太深的交道，觉得知青们是城里人，呆几年就走了，不是一路人。二哥常去知青点，知青们也喜欢来我家，母亲总是把父亲每月分得的细粮招待客人，就包括知青们。后来知青们都返城了，还经常有知青在节假日下乡来看二哥。他们说笑聊起当年的事，讲到一次有个爱打架的愣头知青，手拎斧子，红眼睛骂着要砍人，吓得大家都躲了。有人骑自行车急忙来找二哥，只有二哥敢上前，对愣头知青喝斥说：把斧子给我！一物降一物，愣头知青真就乖乖把斧子递到二哥手里。在田间地头，二哥给大家讲书本上的故事，社员们都听上瘾了，生产队副队长在大会上批判二哥“讲张生、李生，不讲自力更生”，然而没有群众响应他。那么，如此有好人缘儿的二哥，有女社员或者女知青爱上他了吗？他喜欢过哪位姑娘吗？

二哥辞世的当晚，我因服用红霉素而胃肠严重反应极其痛苦，以前也口服过这种药，一切正常，没有过敏反应，此番为什么会这样呢？兄弟连心，我觉得这是上天的刻意安排。二哥解脱了痛苦，四嫂冯平结婚后三十年来为我们家爷爷奶奶父亲母亲四位老人和三个病兄弟的关爱付出也做到了善始善终。我一直记得原来乡妇联领导郭敏大姐对我四嫂说的话：“如果只做一天，我比你做得还好呢，但一做三十年，我比不了。”四嫂被授予沈阳市“道德模范”称号，在妇女节时和各界妇女代表一起受到沈阳市委领导的接见。好笑的是，市妇联宣传部领导打电话邀请我四嫂参加一些活动时，四嫂还每次都和人家商量：让别人去吧，我不参加了。我“恨铁不成钢”地对四嫂说：别人想找这种机会都难，这是荣誉，你老躲什么，怕啥呀？四嫂腼腆地嗤嗤笑。她不是和上级客气，她是真想推托掉，她习惯了村里家里的生活，一到隆重的大场所就怯场。唯其如此，四嫂更可爱。四嫂最放松快乐的时候，是和小孩子们在一起，我五哥的孩子小时候不愿意跟着母亲，总喜欢跟在四娘身边，我侄女的孩子小时候，也乐意围着四姥姥转，四嫂平时和大人们不太爱说话，但和小孩子们却有说不完的话，而且总是耐心地笑着说，我说过，四嫂最适合做幼儿园教师。孩子们跟在四嫂身边，喜欢；我们跟着四嫂，快乐；领导听完妇女代表的报告发言后，总结说“冯平的家庭是最幸福的，一炕的病人，可因为有了你，痛苦就少了。”

在残联组织的大力关怀支持下，我创建了沈阳市残疾人作家协会，这是在民政部门注册的正规社团，又创办了全国范围内第一本较大型的残疾人文学刊物，和爱好文学艺术的残疾人兄弟姐妹一起进步，从只是自己一个人摸索创作，到大家以团队的力量互相温暖，为残疾人文化事业做一点力所能及的努力。

我不知自己将来会如何，但我已经走在了路上。

而且，一路走上了泰山之巅：2013年4月24日，我永远不会忘记这个日子，在这一天，我攀登上了玉皇顶。我获得了国土资源部举办的读书征文大赛奖，受邀请到山东泰安开颁奖会。我是闯关东的后代，山东是我祖根，去山东就是回老家。第一次去山东，恰好在北京从事出版工作的千岛兄通过山东移动阅读推荐了我的书：“（每周一书）本周推荐《想骑大鱼的孩子》，一个残疾孩子的文学梦，一部逆境人生的奋斗书，真情文字激励真诚心灵”。读者们纷纷通过网络和电话联系我，想读这本书，让我对山东更感觉亲切，而且齐鲁大地上的“一山一水一圣人”早已令我怀有膜拜的向往之情。初到泰安，就受到同是全国农民作家代表的青梅以及泰安市作家协会主席谭践老师等友人的热情接待，我体会到了老家的温暖。4月23日是世界读书日，晚上，我就是在泰山脚下的宾馆里看了央视读书日特别节目，对我的报道介绍虽然简短，但天南地北好多朋友在这同一时刻一起陪我关注着。第二天，和与会人员一起乘坐观光车，到达泰山中天门，然后坐缆车到南天门，之后，在众多师友关爱的搀扶帮助下，我沿着石阶和游人们一起登上了五岳之尊！伫立泰山顶上，大家感叹我康复得真很好，我由衷地笑说：

爱心是最伟大的医生！

这一天正是泰山女神的生日。我是参加读书会议来到泰山的，所以，登山的过程感觉就像在“读”泰山。泰为大，泰山就是大山，泰山更是一部大书，是中华文明史书的浓缩本。一级级石阶就仿佛一行行文字，一座座山峰就是一段段章节，拄着拐杖伫立在南天门，俯视那蜿蜒陡峭的“十八盘”，这最难行的泰山登山路，我乘坐缆车躲过了这段崎岖，就像领导老师们的关怀爱护扶植，一下子把我从最底层提携到比较高格的位置，翻越了很多依靠我个人力量难于逾越的障碍。没有众人相扶，我独立上不了山。和泰山比，人是渺小的；登上了泰山，人就大了！我在攀登时，向泰山承诺了，要写一篇散文《读泰山》，但至今没有找到写《上长城》与《路总是跟着河走》那种独有的感受，所以动不了笔。

在“读”泰山整整一年之前，2012年春天，沈阳市新闻出版局组织文化工作者去沈阳母亲河浑河源头采风，探寻“辽海文化”。汽车在辽东长白山区里行驶，眺望山岭景色，我感慨良多，后来写出了一篇散文《路总是跟着河走》，这是我自己比较喜欢的一篇作品。然而，不到母亲河之源，我就不会有这些感想，就不会有这篇稿子诞生，行万里路，读天地大书。

> “从远处看，总让人误以为前方的小河是山间的路，而路呢，在山岭间弯弯曲曲，被雨淋得湿亮，像河。来到大山里，有一个发现：路总是跟着河走！总感觉就要走到路的尽头，似乎过不去、无路可走了，但河水老是会把路领到我们脚下。层层山岭，每一道都是水的阻隔，水总能寻找到自己的路——为什么会产生向水问路的愿望？因为，我四十年的生命，被病魔囚禁了三十年，当终于挣扎卸载了命运的桎梏，才发觉：自由竟然也会带来迷茫！与世隔绝太久了，有一些心思，健全的人没有体会过，有好多难言的话，无法同亲人友人讲，只好来和大自然说说。所以，暂且放下书本，探访阅读大地上的文化：一滴水，走过江河，拒绝了多少岸，才会拥抱大海。在迷路的时候，牵着水的手吧。”

还有2010年秋天随辽宁省作协签约作家代表团渡海登上菊花岛时，我也写出了令自己比较满意的字句。那是我第一次坐轮船，第一次出海，第一次上海岛，兴奋！置身海上，我才发现，原来大海不是平的，海面是略微鼓起来的，一想，这真的符合地球是圆的特征。我俯身在船栏杆上，长时间地凝望观察，巨大的海浪沉重地一波波走过，海浪的移动有点滞缓，和我原本想当然地以为水应该淌得流畅不是一回事。船尾螺旋桨翻花，把海水搅闹得开锅了。这种来到海中的感觉，我长久难忘！少年时，在父亲的《老同志之友》刊物上看到过对菊花岛风光的介绍，记住了菊花女的美丽传说，菊花岛这个名字保存在我记忆里了。如今我来了，菊花岛却不叫菊花岛了，改名觉华岛。叫菊花岛是因为岛上遍布菊花，叫觉华岛是因为几百年前曾有个法名觉华的和尚在岛上修筑庙宇；盛世香火旺，地方上更名觉华岛，许是打起了宗教旅游的牌子，吸引善男信女和海内外的佛教信徒们。我不喜欢“觉华岛”，先入为主地爱“菊花岛”，满海岛菊花的美丽意象比一个光头和尚的意象好得多！岛上主人们请每位作家在签名薄上给留下一句话，我想了想，略加琢磨，提笔写道：

“海悟觉华，天赋菊花！”

此一番到海上去，我只留下了这八个字，至今没有写出一篇散文或者诗歌。我甚至觉得，这八个字对我来说，已经意尽了——

而登泰山时，虽然怀有满腔感叹称赞，但离开后，冷静下来反思：是谁告诉我泰山为“最”的？是谁在我心里种植了这个名字。其他山呢，这世间还有众多无名的青山秀水。一览众山小，是因为有小山，才衬托起大山。山和人一样，有名人名山，也有平常人平常山。因为历代帝王封禅印证了泰山是中国文化的最高峰，成为大地山河的精神领袖。但我觉得：五岳，并不独尊！把泰山写进中华文明史的不仅仅是日月般的帝王，还有星辰似璀璨的平民百姓，众人是一个个文字，谱写成一本文化大书；我期望自己的生命变化为摩岩石刻上的一个汉字！站在泰山极顶，我心里还有一座泰山！泰山的海拔是一千五百多米；山之上，还有山。我深知：泰山只是我人生登高中的一个节点，就像发表《想骑大鱼的孩子》及出版《马说》之后，我还想写一部关于马类与人类文明关系的大史诗；登上泰山，我还要再攀高峰；就像明知不可能完全康复如初，但我心中依然葆有康复的梦想，知道自己今生不可能攀登上珠穆朗玛峰，但我依然向看不见的远方遥遥仰望，心思时刻梦想站立在珠峰之上。现实中，我是一座低矮的小山，但努力不息地生长，增加自己的高度；站在泰山上的每一个生命，都是独有的美丽日出。

离开泰山，我们专程赴曲阜参拜了大圣人孔子！在中国，做读书人，无法不敬仰这儒家领袖、万世师表。之后，我去曙光先顾之地日照市，在各中、小学校连续做多场报告，嗓子哑了，又马不停蹄地赶到鲁西南，在成武县高中操场上，我面对师生两千多人，沙哑而激情地做了一场自认为最好的“读书·励志·感恩”报告。来到成武县，才知道这里是伯乐故里，瞻仰伯乐相马雕塑，我心感慨，如果不是有恩师们做伯乐，我这匹马至今仍将病卧乡野。不到长城非好汉，不到黄河心不死，英雄要饮马长江。6月中旬，我又一次登上了九门口水上长城和小河口野长城；从列车窗口眺望了黄河，不久后，我的鞋尖洗了长江水，银翼载我飞上蓝天，俯瞰大地群山；曾经想骑大鱼跳龙门的孩子真的飞起来了，我感觉自己就像我写的朗诵诗《龙是飞起来的河流》里那条龙，在高天之上、白云之端，我默默吟诵：

> “我生于河流，所有生命/起源的河流，我的身躯/就是河流的模样/当河水不满足于流淌/河流不满足于/爬行，我就梦想生出翅膀//你说，我生于黄河/长大后，学会直立行走/仰望蓝天/血肉里传承着太阳的基因/肌肤闪耀着神话的光芒/他说，我生于长江/从浪花上起飞/傲啸九重霄，足踏/华夏群山/俯瞰四方海洋/我说，噢，不/我生于辽河，匍匐辨认/童年蹒跚的脚窝儿/跪捧发掘的精美玉龙/感恩大地对岁月的珍藏//每一条河流都是龙的形象/抚摸湍急的涛声，感受我/骨骼撞开山崖的交响/我的眼睛是水中升起的星辰/高贵的灵魂永远蒸腾向上、向上/每一道河流都是巨龙在飞翔/掌心托举一滴水珠儿/看地球在风景中旋转/恒河、尼罗河、亚马逊河/幼发拉底河、密西西比河/每一条河流都是龙的形象/每一条巨龙都是河流在飞翔//我生于河流，所有生命/起源的河流，我的身躯/就是河流的模样/我已经超越河流/化身雄伟的/万里长城，飞向银河/璀璨的太空/我是龙，我是龙，我是龙！/我进化成为了/——人类！”

我的人生地理、生命版图正在拓展；遥望海天之间，我想念的那个人在向我微笑招手，我希望做一个好梦，就和她相逢了——

但愿梅花姐能看到我这本书，能听到我这掏心掏肺的诉说，还有好多关爱我的人、帮助我的事，在初稿里都写到了，但被批评为过于流水账，写成了唯恐漏掉每一个恩人的感谢信，所以剪辑了，而对我人生最初的爱恋却一直不厌其烦地念叨。因为，我们交汇的时光虽然很短暂，可是你的爱情光芒穿透我病瘫后黑暗漫长的疼痛岁月，是我在阴霾晦暗厄运里感受到的晨曦般的光亮，给予我心灵持久的温暖，至今仍然抚慰我重新置身于人群中所感受到的别样孤独。其实，我非常渴望在你面前不伪装地真实哭一场，但，梅花姐，我想告诉你，平日里我一直很努力地含泪笑着。

后记

中国梦里有我，正能量在我心中

这是一部感恩之书。这是一部梦想之书。这是一部励志之书。这是一部康复之书。这是一部热爱生命的书。

一株小草期盼长成大树；贫瘠的梦想少年，偏远乡村的残瘫青年，枯黄的小草，心怀康复的绿色梦想，依然不放弃对树的仰望。

我之所以能够实现康复，是因为我拥有梦想：一个瘫痪病人，怀有康复梦想，怀有文学梦想，以文学为途径，实现了康复。我那一奶同胞的二哥、三哥，我们患有相同的疾病，他俩一定也有康复的梦想，可是，他俩没能拥有文学梦想这条拐杖，所以，三哥瘫痪十八年后病故了，我瘫痪十八年后重新站起来学会走路了；二哥瘫痪三十六年，在六十岁上病故了，我到六十岁时会是什么样子呢？我比二哥和三哥幸运，也是因为我比他们经受了更多的波折，在我一次次连续高烧四十多度忽冷忽热、大汗淋漓而又寒战打抖的时候，老母亲含泪心疼却又无助地感叹：你咋遭这么多罪？老姐姐来看望我时也附和说：你二哥、三哥也没像你这样呀，他们俩人也没赶上你一个人的事儿多。的确，二哥和三哥在瘫痪后，病就成型了，数十年没有什么变化，而我却今天这样、明天那样，一直在承受病魔刑罚之罪。我想：或许二哥和三哥在病魔眼里是合格的囚徒，顺从地一心默默受刑，而我却是叛逆者，挣扎着总想越狱，于是就必然加重刑罚。面对苦难，每个人可以做出不同的选择：卑微地低下头等待死亡，或者抗争以求精彩高傲地活着。

在辽宁文学院长篇小说创作研讨班，结识了两位同宿舍兄长：许金生和贾玉普。许金生大哥了解我的经历后，立刻就建议我把自己的事情写出来，贾玉普大哥也赞同。然而我摇头，我不想写自己，我说自己这点成绩还不到功德圆满写自传的份儿上。刘兆林老师来给我们讲课，在点评我的创作时，说：你写这个写那个，你自己的事都感动我们了，你就是不写。我苦笑了。恩师说的写自己，我懂，就是以自己为原型写小说；但我琢磨来琢磨去，比较参照中外多部同类型作品，就是不想采用那种把自己虚构成另外一个角色名字的形式来写了，我愿意接受以前叫纪实、现在叫非虚构的写法，给读者提供一个真实的自我。著名作家周大新老师来讲课，课后，我们在操场上唠嗑儿，因为周大新老师讲授作家与苦难的关系，他刚刚在《当代》发表悼念病故爱子的长篇小说《安魂》，郑亚环大姐就向周老师简单介绍了我的情形，说我这些年走过来很不容易，许金生大哥接过话说：我建议他写自己，他还不愿意写。周大新老师郑重地对我说：应该写，趁你现在还有体力，毕竟你的身体和别人一不样，或许将来你想写了，但却写不动了。我不苦笑了，而是严肃地点了点头，我必须认真看待这件事了。长篇小说班结业前，我们又谈起这个问题，我还是怀有对写自己的排斥心理，我征求刘丽华大姐的看法：姐，对我的过去，你想详细了解吗？刘丽华大姐认真说：我想了解。之后，在我的长篇小说《马说》研讨会上，刘兆林老师在发言中又提起了这个话：你写这个写那个，你自己的事都感动我们了，你就是不写。恩师讲述我过去的情形时，我流泪了，我心里说：老师，我写，我写！宋欣大哥的一句话更推动了我对写自己的认可：你把这当做一部对社会感恩之书来写。

我把自己的独特经历写出来，把自己被社会大爱拯救的生命奇迹告诉给更多的人，歌颂梦想，激励鼓舞他人，以回报之心折射给人间更多的阳光。这两年来，我在省内外大中小学为同学们做“读书·励志·感恩”报告，以自己的生命奇迹唤起大家积极进取、乐观向上。我告诉同学们，我的生命成功，不是我一个人努力就能做到的，虽然基础是源于我的自强，但真正改变我命运的拯救力量是来自社会的大爱，若不然，我再自强，依然还是躺在农村家里读书呢。有位老师说我的自强努力，就像磁石，把社会上的爱心吸引过来了。我非常赞同这说法，其实，这世间有很多爱心，潜伏在我们心中，需要我们自己表达出来，我们有时会需要别人帮助，我们也时时想帮助他人，我们不是一个人，我们是我们，我们是一个整体，人类是一个大家庭。还有好多给予我帮助的领导、老师、朋友，甚至是陌生的同路人，我得到的好多关爱，没有在书中一一说及，没有提到他们的名字，但我并没有忘记；比如在地铁上，一位兄弟站起来给我让座，他拉住扶手站着，等他到站下车时，我才从他的步履上看出他是患有小儿麻痹症的残疾哥们儿。还有，我乘坐出租车时，司机师傅们看上车下车我行动艰难，常常热心地问我身体怎么了？我总是感叹说：我这一生是活了两次。有的司机师傅听了我的情况后，就不收我的打车费了。我认真付款，但司机师傅热诚婉拒，把车开走了。感恩每位关爱我、给予我微笑的人，我能做到的，是以阳光般的笑容来回报这个充满爱与温暖的人世间。

我还想到高海涛老师的话：康复，是文学乃至生命的最高主题！中世纪欧洲文艺复兴，就是向古希腊、古罗马那种原初的生命力回归，寻求一种康复；当今都市人，向往田园之美，那也是在寻求一种梦想的家园、精神的康复。虽然我此生不能完全恢复健康，但我原本是等待人照料日常生活的病人，现在我是能自食其力为社会做一些回报事情的残疾人，这就是康复的奇迹、生命的成功。回顾自己走过来的生命历程，印象最深刻、最触痛我的就是自己在病肢好转之外的心理康复！原本我心理有因肢体瘫痪带来的扭曲，如今，我身体上残疾是永远的，但我的心灵真的康复了。当风华歌舞团帮助我时，我因为自己有了工作，而把爱心转赠给聋哑孩子们，我真的康复了。当我把稿费捐赠给患骨病的孩子，在心理感受帮助人的快乐时，我真的康复了。看到我现在的人，想像不到我过去病得那样严重，我常常笑说自己这人不诚实，总给人一种假相，一位初相识的老师轻拍我的肩膀笑说：你已经没有身残志坚式的说服力了，别人看你就是好人儿一个。他说的“好人儿”，就是指健康人。很多人对我说：不知道你有病的，真看不出来。我要说：这恰恰是生命康复的大成功！我的康复不仅仅是身体上站起来，重新走入人群；而是心理上康复，敢于融入社会生活中了。是爱，让我身与心都得到了康复，在寻梦、追梦的奋斗历程中，我身上凝聚了多少爱，我的笑容就是爱心的聚焦。爱心是这世间最伟大的医生，最神奇的良药。愿天下人人都健康，世间不再有疾病。常常听闻有青年人因为减肥增高或者美容而造成身心伤害的事情，所以，我总是向热衷于节食减肥和美容手术的女孩子说：无论胖瘦，你和我比，健康就是美！我更是不厌其烦地强调：我们每个人的生活都不会总是风平浪静的，必会经历这样那样的痛苦，比如高考不理想，工作不顺心，还有爱情上可能失恋，或者遭遇重大伤病，但无论遇到任何困难，都不能放弃希望，更不能放弃生命，坚持下去，时间会说话，当熬过去，回过头，从人生的角度看，任何阶段的重大痛苦，和生命比，其实都是小事。我总是与听我报告的朋友们约好一个承诺：感恩生命，热爱生活！曾有一个少女告诉我，因为和父母生气了，一时想不开，当她站在高楼窗台上，面对夜色中的灯火，想起了我说过的话——

从青春到中年的病瘫岁月，我是因为怀有文学梦想和康复梦想，才能够苦苦地坚持过来，是梦想支撑了我的生命！如今中央提出鼓舞人心的“中国梦”概念，中国梦是国家富强、民族振兴、人民幸福的梦，让每个人都享有梦想成真、人生出彩的机会，其实我的生命奇迹就很好地体现了“中国梦”精神：我的人生梦能够实现，得益于努力自强、得益于社会大爱，更得益于祖国的发展、时代的进步；中国梦是属于每一个中国人的，是十几亿华夏儿女共同拥有的期盼，我的梦想是伟大的中国梦的一点一滴；中国梦要实现中华民族的伟大复兴，我的梦呢，要以残疾的身体努力追求精神健康、实现有意义的人生；中国梦是要让每个公民都能够幸福生活，我们就天天生活在中国梦里，中国梦里有你、有他、也有我！

我满怀对党和政府及社会的感恩之心，可是曾经在做报告时我不太好意思说出口，同沈阳市委宣传部的李娜姐姐交谈时，我说：现在，人们虽然有时会冠冕堂皇地说一些感谢党、感谢政府的话，但其实真正的心理好像是不太爱听这种官话、套话，总觉得一说感谢党、感谢政府就好像有点假。李娜姐姐说：政府给你做手术是真的吧，政府给你安排工作是真的吧。我诚恳地点着头。李娜姐姐说：那你在做报告时就实实在在地说，对党和政府的感恩是出于自己的真切感受。宋欣大哥也对我说：你对党和政府感恩，不仅仅是因为市委书记特批给你做手术治疗，也不仅仅是因为政府市长和残联领导给你安排工作，你还感激作协和残联，对吧？这是党领导的社团组织；你总说感激恩师对你的关怀扶植，可是你要认清一点，何启治老师、刘兆林老师还有艾克拜尔·米吉提老师，他们都是党派来的文化干部，你感谢师恩，就应该感谢党恩，感谢政府恩。我连连点头说：对，对呀，我的老师们都是党员。现在，我要在这本书中把对党和政府与社会的感恩大声说出来！

诚挚感激人间大爱给予我新的生命，我心里盈满了爱心转化成的正能量，再没有任何苦难能在精神上打倒我了。读到这部书的朋友们，希望我微笑的阳光能折射到您心里，在您生活顺风顺水时，想到这世间还有处于困境中的人，恳请您把幸福折射给他人一些，在遭遇顶风难行时，不要绝望，相信社会上有潜在的巨大爱心等待着你告诉他你需要帮助。爱是人世间永不沉落的太阳，会驱散所有的乌云，在苦难与幸福之间架设一道彩虹桥，这是风景之上的风景，蓝天中最美的仰望，沿着这彩虹桥，我们越走越向上！

病萎的小草没有枯死，在爱心阳光下终于长成了一株小树，叶片缀满雨露映耀阳光；我是一个折射阳光的人，我是一棵折射阳光的树，我是一条折射阳光的河流：

一条河着“火”了！